N. May

SAMMY DRECHSEL

Elf Freunde müßt ihr sein

Ein Fußballroman für die Jugend

K. THIENEMANNS VERLAG STUTTGART

Drechsel, Sammy:
Elf Freunde müsst ihr sein
ISBN 13: 978 3 522 10170 7
ISBN 10: 3 522 10170 7

Umschlaggestaltung: Nikolaus Plump in Stuttgart
Umschlagreproduktion: Hirsch und Beck in Stuttgart
Satz: Süddeutsche Verlagsanstalt Ludwigsburg
Druck und Bindung: Friedrich Pustet in Regensburg

28 27 26 25 06 07 08 09

www.thienemann.de

ELF FREUNDE MÜSST IHR SEIN

I

Die Schüler der 2. Klasse in der 5. Volksschule Berlin-Wilmersdorf, Koblenzer Straße 23, hatten ihre Rechenaufgaben beendet. Da es eine Wiederholung war, hatten sie nicht allzuviel Anstrengung darauf verwenden müssen. Mehr oder weniger säuberlich stand das Ergebnis in ihren Heften.

Nur der Kleinste der Klasse, ein schwarzhaariger Junge in der letzten Reihe, rechnete noch eifrig. Er war so in seine Zahlen vertieft, daß er gar nicht wahrnahm, was um ihn herum geschah.

Seine Klassenkameraden wurden schon unruhig. Sie warteten darauf, daß Lehrer Peters eingreifen würde. Mitleidige Blicke wanderten zur letzten Bank.

Lehrer Peters erhob sich von seinem Pult. Zum Erstaunen der Schüler ging er aber nicht zu dem Nachzügler, sondern stellte sich an das Fenster, um, seinen Rücken den Schülern zugewandt, den Frühlingssonnenschein zu betrachten.

Lehrer Peters hatte eine besondere Gewohnheit. Seit seinem letzten Urlaub in der Schweiz, dem Lande der Uhren, begann jede Unterrichtsstunde mit der gleichen Handlung. Sobald er an seinem Pult Platz genommen hatte, holte er seine Uhr aus der Westentasche, behielt sie einen Augenblick in der Hand, betrachtete sie liebevoll und legte sie vorsichtig, als sei sie aus zerbrechlichem Glas, auf den Tisch.

Dann erst forderte er seine Schüler auf: „Setzen!"
Während des folgenden Unterrichts wanderten Lehrer Peters' Blicke immer wieder von seinen Schülern auf die Uhr. Der Grad der Ungeduld, mit der er die Zeitspanne zwischen seinen Fragen und den Antworten seiner Schüler bemaß, hing von den Zeigern seiner Uhr ab.
Manchmal setzte Peters neben den beiden großen Zeigern noch einen kleinen dritten in Bewegung. Das war dann, wenn es um Sekunden ging.
In die moderne Konstruktion war nämlich eine Stoppuhr eingebaut. Wenn Peters wissen wollte, wieviel Zeit seine Schüler für eine Antwort benötigten, drückte er bei seiner Frage auf einen winzigen Knopf und der Zeiger der Stoppuhr setzte sich in Bewegung. Sobald das erste Wort aus dem Munde des Schülers kam, genügte ein abermaliger Druck, um den Zeiger der Stoppuhr zum Stillstand zu bringen. Mit einem Blick konnte Lehrer Peters die abgelaufene Zeit auf die Sekunde genau feststellen.
Auch jetzt drückte Peters, nachdem er sich vom Frühlingssonnenschein ab und wieder seinen Schülern zugewandt hatte, auf den Knopf.
„9 Minuten und 44 Sekunden. Und Herr Kamke ist immer noch nicht fertig."
Der Schwarzhaarige in der letzten Reihe sah den Lehrer aus weit aufgerissenen Augen an. Er hatte nur seinen Namen verstanden und war so verwirrt, daß er vergaß, sich von seinem Platz zu erheben. Unsicher machte ihn vor allem, daß der Lehrer „Herr" gesagt hatte. Diese Anrede war immer ein Zeichen, daß er verärgert war.
Lehrer Peters hatte ein so gutes Gedächtnis, daß er es sich

leisten konnte, die Gepflogenheit, nach der die Schüler mit ihrem Nachnamen angeredet wurden, zu durchbrechen. Ohne sich jemals zu irren, rief er alle Schüler der 2. Klasse bei ihrem Vornamen auf, obwohl er sie nur an fünf Stunden in der Woche unterrichtete. Nur der Brauch der Schüler, ihre Namen mit einer Verkleinerungssilbe wie „i" oder „chen" zu schmükken, war ihm ein Greuel. So nannte er Kamke auch nicht, wie seine Mitschüler, „Heini" sondern „Heinz".

„Könnte ich einmal erfahren, auf welchem Umweg du eine so einfache Aufgabe löst?" wandte sich der Lehrer jetzt an den Schüler.

Der sonst sehr redegewandte Heini Kamke brachte nur stotternd ein paar Worte hervor.

„Ich dachte ... wenn man gleich ... man muß zuerst ... ich wollte ..."

Peters beugte sich zu ihm herab.

„Lies doch einmal deine Ausrechnung vor. Dann werden wir schon merken, woran es liegt, daß du nicht fertig wirst."

Aber noch immer kam keine Antwort. Nur hatte sich Heini inzwischen erhoben. Er sah hilfesuchend auf seinen rechten Nachbarn, Fritz Krause, der, ebenso klein wie er, „Matze" genannt wurde.

„Dir hat's wohl die Stimme verschlagen", sagte Peters teilnahmsvoll. „Fritz, nimm du ihm die Arbeit ab. Lies mal vor."

Ängstlich nahm Matze Krause das Heft. Offensichtlich fühlte er sich in seiner Rolle nicht sehr wohl. Er sah Heini mit einem langen Blick an, der ausdrücken sollte, ‚sei mir nicht böse, aber was soll ich anders tun?'.

„Nun, wird's bald", mahnte Peters, „ich habe keine Lust, noch Extraeinladungen zu verschicken."

Matze Krause warf einen Blick auf Heinis Heft. Er wurde blaß und trat nervös von einem Bein auf's andere. Das würde einen furchtbaren Krach geben, wenn Peters erfuhr, was da stand. Daß ausgerechnet er, Matze, das vorlesen mußte, war besonders schlimm. Er und Heini waren unzertrennliche Freunde, die, weil sie schon viel gemeinsame Dummheiten in der Klasse angestellt hatten, von ihrem Klassenlehrer Benecke auseinandergesetzt worden waren und sich nur in der Rechenstunde wieder nebeneinander setzten. Peters wußte nämlich von der Maßnahme Beneckes nichts.

Krause las so leise wie möglich:

BSV 92	27 : 7	Punkte	42 : 25	Tore	+ 1 : 0 = 43 : 25	= 43/25	= 1.72
Hertha BSC	29 : 5	„	54 : 31	„	— 0 : 1 = 54 : 32	= 54/32	= 1.66
Viktoria 89	29 : 5	„	38 : 28	„	— 0 : 1 = 38 : 29	= 38/29	= 1.31
Minerva 93	24 : 10	„	31 : 20	„	+ 1 : 0 = 32 : 20	= 32/20	= 1.60

Die Klasse lachte. Das hatte mit ihrer Rechenaufgabe nicht das geringste zu tun.

Schnell klappte Matze das Heft zu und setzte sich. Heini dagegen blieb trotzig stehen. Die Mitschüler duckten die Köpfe. Sie waren auf alles gefaßt. Lehrer Peters konnte sehr unangenehm werden, wenn er in Zorn geriet. Darum fielen die Jungen aus allen Wolken, als die Stimme des Lehrers jetzt ganz freundlich klang.

„Meine Aufgabe lautete zwar ganz anders. Aber lassen wir das. Vielleicht hast du die Güte, uns zu sagen, was deine Ausrechnung zu bedeuten hat."

Kamke gab sich einen Ruck. Er war bereit, ohne Umschweife seinen Ausflug in die Tabelle der Berliner Fußball-Liga aufzuklären. Er tat es im Grunde nur für Lehrer Peters. Seine Mitschüler wußten, daß mit Hertha und Viktoria zwei Fußballvereine gemeint waren, die mit dem BSV zusammen noch als einzige die Chance hatten, Berliner Fußball-Meister zu werden.

„Am nächsten Sonntag werden die Meisterschaftsspiele der Berliner Stadtliga abgeschlossen", begann Heini, „bei den letzten 5 Paarungen sind auch zwei entscheidende Spiele, BSV gegen Viktoria und Hertha gegen Minerva, die als Doppel-Veranstaltung im Poststadion ausgetragen wird. Nach der augenblicklichen Form müßte Minerva gegen Hertha gewinnen und der BSV 92 Viktoria besiegen. Hertha und Viktoria führen punktgleich die Tabelle an, während BSV zwei Punkte zurückliegt. Minerva hat im letzten Herbst zuviel verloren und ist schon weit abgeschlagen, kann also nicht mehr Meister werden. Gewinnen nun am Sonntag BSV und Minerva, dann sind BSV, Hertha und Viktoria zu dritt mit gleicher Punktzahl Tabellenführer. In diesem außergewöhnlichen Fall wird nicht durch die Punkte, sondern durch das Torverhältnis entschieden, wer Berliner Meister ist. Das Torverhältnis errechnet man, indem man die Anzahl der Tore, die eine Mannschaft geschossen hat, durch die Anzahl der Tore, die sie hereinbekommen hat, teilt. Und das habe ich vorhin getan."

Heini setzte sich und blickte genau so gespannt auf Lehrer Peters, wie die übrigen Schüler der Klasse, die einmütig ein kleines Donnerwetter erwarteten. Nicht etwa, daß Peters nichts für den Sport übriggehabt hätte; im Gegenteil, der große, schlanke Mittvierziger war Turner und gehörte sogar der Altherrenriege des Turnclubs Friesen an. Das wußten die Schüler durch den Vater Heinrich Erhardts, der auch in diesem Verein war und behauptet hatte, Peters könnte die Riesenwelle heute noch. Aber die Jungen wußten genau so gut, daß für Peters keine andere Sportart als Turnen Geltung hatte, schon gar nicht Fußball.

Als der Klassenmannschafts-Torwart, Hermann Hinze, vor kurzem nach einem Spiel auf dem rechten Bein hinkte, ließ der Lehrer seine Ansicht deutlich erkennen. Er meinte: „Hoffentlich läßt du nun diese blöde Ballrauferei für alle Zeiten sein."

Zum großen Erstaunen der Klasse blieb ihr Rechenlehrer diesmal ruhig. Er ließ sich das Heft geben, rechnete nach, schrieb einige Zahlen auf einen kleinen Zettel, überlegte eine Weile und reichte Heini das Heft zurück.

„Das Torverhältnis hast du richtig errechnet. Nun sieh nur zu, daß am Sonntag die vier Vereine auch so spielen, wie du es voraussetzt. Sonst geht deine Rechnung trotzdem nicht auf."

Peters sah auf seinen kleinen Zettel.

„Erkläre mir doch mal, warum du bei beiden Spielen einen 1:0-Sieg angenommen hast?"

Heini bekam Oberwasser, und ganz so, als sei er jetzt der Lehrer, antwortete er:

„BSV und Minerva gewinnen, das ist für mich eine ganz klare Angelegenheit. Knapper als 1:0 können sie aber nicht gewinnen. Also habe ich vorsichtshalber diesen ungünstigsten Fall angenommen und festgestellt, daß unsere ‚Störche' auch dann noch Berliner Fußballmeister werden."

„Ich denke, es können nur noch drei Vereine Meister werden, die ‚Störche' wären doch aber schon die vierte Mannschaft?"

Heini wurde beinahe übermütig.

„Die ‚Störche' und der BSV sind doch das gleiche. Man nennt

den BSV so, wegen seiner Spielkleidung. Die Spieler tragen nämlich weißes Hemd, schwarze Hosen und rote Stutzen. Stutzen, das sind die Fußballstrümpfe."

„Aha", Peters nickte zustimmend, „so ist das. Damit du dir aber nicht zu schlau vorkommst, du Fußballrechenkünstler, laß dir sagen, daß deine Rechnung doch einen großen Fehler hat, nämlich den, daß du den knappsten Sieg von 1:0 als den Fall voraussetzt, der für deine ‚Störche' am ungünstigsten ist. In Wirklichkeit können aber torreichere Ergebnisse unter Umständen viel ungünstiger sein. Überlege einmal, warum?"

Heini sah den Lehrer nachdenklich an. Er hätte gern eine Antwort gegeben, aber sie fiel ihm nicht ein.

„Nun", half Peters ein, „wodurch wird denn das Ergebnis eines Bruches bestimmt?"

„Durch den Zähler und den Nenner", antwortete Heini prompt.

„Richtig", bestätigte Peters. „Und wie verwandelt sich ein Bruch, wenn ich den Nenner erhöhe?"

Heini überlegte wieder vergebens.

„Welcher Wert ist kleiner", half Peters, „$^1/_3$ oder $^1/_4$?"

„$^1/_4$ ist natürlich kleiner!" Heini mußte fast lachen.

„Eben", bestätigte Peters, „und das ist auch das ganze Geheimnis. Wenn ich den Nenner eines Bruches erhöhe, wird der Wert kleiner. Das heißt also: ein 4:3-Sieg ist für eure ‚Störche' viel ungünstiger als 1:0, oder 2:1, oder 3:2, obwohl in all diesen Fällen die Tordifferenz die gleiche, also 1 ist. Bei 4:3 würden die ‚Störche' nämlich nur ein Gesamt-Torverhältnis von 1.64 erzielen und wenn Hertha dann mit 1:0 verlieren würde, wäre sie mit einem Verhältnis von 1.66 Berliner Fußballmeister."

Heini sah den Lehrer bewundernd an.

„Ja", meinte Peters freundlich. „die ‚Störche' müssen am kommenden Sonntag ihr Augenmerk in erster Linie auf die Tore richten, die bei der Errechnung des Torverhältnisses im Nenner stehen."

„Ihr Nenner darf nicht anwachsen, sie müssen also aufpassen, daß sie möglichst wenig Tore hereinbekommen!" sprudelte Heini hervor, stolz, daß er den Lehrer jetzt verstanden hatte.

„Und wenn sie trotz allem ein oder zwei Tore hereinbekommen", ergänzte Peters, „dann müssen sie den Zähler ihres Torergebnisses im Verhältnis des Bruches steigern, damit der Gesamtwert wieder ausgeglichen, beziehungsweise erhöht wird. Ich hoffe, das habt ihr jetzt verstanden!"

Der Lehrer sah auf seine Uhr, band sie wieder an die Kette, steckte sie in seine Westentasche und stand auf. Als sei sie erst durch Peters' letzte Bewegungen in Tätigkeit gesetzt worden, ertönte im gleichen Augenblick die Schulglocke.

Nachdem Peters das Klassenzimmer verlassen hatte, schwirrte es wild durcheinander.

„Mensch, war der großzügig. So war der ja noch nie! Den nehmen wir mal mit auf den Fußballplatz", meinte der Klassenerste Werner Plötz.

Voll Eifer stürzten sich die Jungen auf Heini.

„Zeig doch noch mal dein Heft her! Wir wollen nochmal nachrechnen!"

Sie zogen allerlei mögliche Vergleiche und kamen zu Ergebnissen, die sie überraschten. So stellten sie z. B. fest, daß, falls der BSV mit 3:2 siegen und Hertha – wie angenommen –

mit 0:1 verlieren würde, das Torverhältnis beider Vereine mit 1.66 die gleiche Höhe hätte.
Die Stimmung in der Klasse war großartig. Heinis Tat wurde als bahnbrechend bezeichnet. Er hatte es aber auch bitter nötig, sich das Ansehen seiner Klassenkameraden wieder zu erringen. Beim letzten Fußballspiel gegen die 1. Klasse ihrer Schule hatte er nämlich gleich zwei Elfmeter in einem Spiel verschossen. Wenn man es allerdings recht bedachte, so war Heinis Versagen gar nicht so schlimm, denn die verschossenen Elfmeter hatten auf den Endstand des Spieles, das die 2. Klasse mit 2:7 verlor, überhaupt keinen Einfluß mehr. Aber diese Tatsache beachteten die Jungen nicht. Die Fußballer der 2. Klasse hatten sich vorgenommen, wenigstens einmal gegen die oberste Klasse, die mit Ausnahme von Heini und Matze die gesamte Schulmannschaft stellte, zu gewinnen. Seit zehn Jahren war das keiner unteren Klasse gelungen. Und viel Zeit war nicht mehr zu verlieren, denn die Schüler der 1. Klasse verließen bald für immer die Schule. Der Revanche-Kampf war schon angesetzt. So war es verständlich, daß die beiden verschossenen Elfmeter die Jungen erregt hatten.
Fußball war überhaupt Trumpf bei den 13jährigen. Darum war Turnlehrer Bernburg auch der Lieblingslehrer dieser Klasse. Er hatte dem Vorschlag der Jungen zugestimmt, von den sechs Turnstunden der Woche drei auf den nur zwei Minuten vom Schulgebäude entfernten Sportplatz „Seepark“ zu verlegen, um Fußball zu spielen.
Bernburg hatte mit viel Mühe erreicht, daß diese drei Turnstunden das letzte Unterrichtsfach des Tages bildeten. So brauchte man es mit ihrer Beendigung nicht so genau zu nehmen.

Weniger glücklich waren darüber die Eltern der fußballbesessenen Schüler. Denn nicht immer stimmte das Spielende mit der Zeit des Mittagessens überein.
Auch war es vorgekommen, daß einige diese Turnstunden zu Hause als Ausrede benutzt hatten, um irgendeine Bummelei zu verdecken. Darüber gab es Beschwerden beim Rektor, und der gute Bernburg mußte oft an das Gewissen seiner Fußballer appellieren, damit sie die schöne Einrichtung nicht leichtsinnig gefährdeten.
Es gab so viel Fußballer in der 2. Klasse, daß die Jungen es sich erlauben konnten, zwei verschiedene Mannschaften spielen zu lassen. Die erste Mannschaft nannte sich das „Team". Diesen Namen hatten sie sich zugelegt, nachdem Turnlehrer Bernburg ihnen vor kurzem einen Fußballbericht aus dem Mutterland dieser Sportart, England, vorgelesen hatte, in dem die berühmte Londoner Meister-Mannschaft Arsenal als „Team" bezeichnet wurde. Heini war der Spielführer.
Er spielte mit Krause und Hinze noch zusätzlich in einem richtigen Fußballverein. Sie gehörten zur 1. Schülermannschaft der „Störche". Es war der Verein, der am nächsten beheimatet war und eine gute Fußballmännermannschaft besaß. In der Nähe des Bahnhofs Schmargendorf hatte er sein neues Stadion gebaut. Wenn die Schüler der 2. Klasse sonntags zu einem Spiel gingen, dann nur zu ihren „Störchen".

So war es auch am kommenden Sonntag. Ein gutes Dutzend der 2. Klasse stand auf dem S-Bahnhof Schmargendorf, um mit den berühmten „Störchen" ins Poststadion zu fahren. Sie durften zwar nicht in das Abteil der Fußballer, aber sie wußten die Ehre, mit den „Kanonen" des BSV den gleichen

Zug — wenn auch nur für acht Stationen — zu benutzen, vollauf zu schätzen.

Eine von allen beneidete Ausnahme bildeten Heini und Matze. Sie saßen mit den Spielern im gleichen Abteil. Matzes Onkel, Hugo Preußendorf, früher Stammspieler und heute noch eine der wichtigsten Stützen der Reserve-Mannschaft, hatte ihnen den hart umworbenen Posten eines Kofferträgers verschafft.

Das war vor einem halben Jahr geschehen, nachdem ein sicheres Spiel verloren gegangen war, weil die Spieler in geliehenem Sportdreß antreten mußten. Der Koffer mit den Schuhen, Trikots und Hosen war im Zug liegengeblieben, da sich beim Aussteigen einer auf den andern verlassen hatte.

Seitdem waren Heini und Matze für den Mannschaftskoffer verantwortlich. Ihr Amt brachte ihnen viele Vorteile.

Sie brauchten kein Fahrgeld zu bezahlen und kamen kostenlos zu vielen Spielen, deren Besuch sie sich normalerweise nie hätten erlauben können. Sie kannten fast alle namhaften Vereinsspieler und waren vor und nach jedem Spiel mit den großen Fußballern zusammen.

Kurz vor dem heutigen Spiel traf die Männer-Mannschaft der „Störche" mit Heini, Matze und den anderen Schülern im Gefolge im Poststadion ein. Da die besten Fußballer Berlins bei dieser großen Doppelveranstaltung mitwirkten, waren trotz des Regenwetters die Tribünen bis auf den letzten Platz gefüllt. Schon als das erste Spiel zwischen Minerva und Hertha begann, hingen an den Kartenhäuschen die Schilder mit dem Aufdruck „Ausverkauft".

Heini und Matze stellten den Koffer in die Kabine und ließen sich am Spielfeldrand in der Nähe der Eckfahne nieder, um dem Spiel zwischen Hertha und Minerva zuzusehen.

„Daß du mir ja die Daumen für die Richtigen drückst", sagte Heini zu Matze.
„Meinst du vielleicht, ich könnte gelb nicht von weiß unterscheiden?" gab Matze beleidigt zurück.
Zur Pause stand das Spiel noch 0:0, und so blieb es auch bis kurz vor Schluß.
„Minerva muß Hertha schlagen, sonst können sich unsere nachher auf den Kopf stellen und nichts ist mit ..."
Die letzten Worte gingen in einem tosenden Beifallssturm der 45 000 Zuschauer unter, denn Elsholz hatte gerade ein Tor für Minerva geschossen und die Blaugelben mit 1:0 in Führung gebracht. Heini stieß zornig mit dem Fuß auf. Nun hatten sie doch wahrhaftig dieses Tor verpaßt, weil sie so viel schwatzten!
Durch den Torschrei angelockt, kamen die Spieler von Viktoria und BSV, die das nächste Spiel zu bestreiten hatten, in Strümpfen und mit freiem Oberkörper an den Ausgang des unterirdischen Tunnels, der von ihren Umkleidekabinen zum Spielfeld führte. Als sie merkten, daß Hertha mit 0:1 im Rückstand lag, fielen sich die 22 Spieler, ob Freund oder Gegner, glücklich um den Hals. Jetzt hatten beide Mannschaften wieder eine reelle Chance, Meister zu werden.
Minerva verteidigte den 1:0-Vorsprung bis zum Schluß.
„Der Hanne Sobek ist schon ein ganz prima Sportler", sagte Heini zu Matze, als er sah, wie Herthas Kapitän Sobek, Idol der Berliner Fußballjugend, gleich nach dem Schlußpfiff zu dem Spielführer von Minerva lief und ihm herzlich zu dem Sieg seiner Mannschaft gratulierte.
„Ja, die von Hertha verstehen mit Anstand zu verlieren", bestätigte Matze.

„Ich weiß auch warum. Die haben in ihrem Leben schon genug gewonnen. Sie waren ja immerhin schon zweimal deutscher Meister und sechsmal hintereinander im deutschen Endspiel", stellte Heini fachmännisch fest. „Trotzdem, ich möchte nicht in ihrer Haut stecken. Ich glaube, ich würde heulen."
Sein Mitgefühl ließ ihn im Augenblick ganz vergessen, daß ihm Herthas Verlust nur recht sein konnte, weil andernfalls für seine „Störche" gar keine Hoffnung mehr vorhanden gewesen wäre.
Jetzt betraten die beiden Mannschaften, BSV und Viktoria, das Spielfeld. Die „Störche" waren sehr nervös, sie sahen gar nicht wie die Favoriten aus. Sie hatten es aber auch schwerer als Viktoria. Die „Störche" mußten auf jeden Fall gewinnen, wenn sie Meister werden wollten. Für Viktoria dagegen genügte bereits ein Unentschieden.
Heini war sehr stolz, daß er während des ganzen Spieles zwischen dem Trainer und dem Masseur der „Störche" auf der Reservebank am Spielfeldrand sitzen durfte. Matze hatte keine Lust, 90 Minuten lang still zu sitzen und betätigte sich hinter dem Tor der „Störche" als Ballholer.
Das Geschehen auf dem grünen Rasen hielt nicht ganz Schritt mit der Bedeutung, die das Spiel für die Entscheidung der Berliner Fußballmeisterschaft hatte.
Es fehlten ihm die sensationellen Höhepunkte. Die beiden Tor-Erfolge von Morokutti und Berner, die die 2:0-Halbzeitführung der „Störche" ergaben, waren eine beinahe zwangsläufige Folge der reifen technischen Leistung der „Störche".
„Wenn es beim 2:0 bleibt, dann sind wir Meister", sagte Matze, als er in der Pause bei Heini an der Reservebank auftauchte.

Die frohen Gesichter der Anhänger des BSV wurden aber wieder länger, als kurz nach Beginn der zweiten Halbzeit der dicke Sienholz seine Viktoria auf 2:1 heranbrachte.
„Das 2:1 geht gerade noch, damit haben wir ein um $^{3}/_{100}$ besseres Torverhältnis als Hertha“, sagte Heini zum Trainer der „Störche“.
„Das stimmt! Donnerwetter! Du kannst aber gut rechnen!“
Das Gespräch kam ins Stocken, denn die Viktoria begann mit ihrem Endspurt. Ihre technische Unterlegenheit gegenüber den „Störchen“ versuchte sie mit verstärktem Körpereinsatz und Kampfgeist auszugleichen. Ihre Härte überschritt aber einige Male die erlaubte Grenze. Der Schiedsrichter sah sich gezwungen, zwei Elfmeter gegen Viktoria zu diktieren. Beide Male schoß Walter Reitz, der linke Verteidiger der „Störche“, diesen Elfmeter mit traumwandlerischer Sicherheit in das Tor von Viktoria und erzielte somit das 3:1 und 4:1 für die „Störche“.
Plötzlich war Matze wieder bei Heini. –
„Hast du aufgepaßt, wie der Reitz die beiden Elfer reingedonnert hat? Davon kannst du dir eine Scheibe abschneiden! – Und überhaupt, sag mal, Heini, reicht es trotz des einen Gegentores noch? 4:1 ist doch schlechter als 2:0.“
Heini antwortete, ohne Matze dabei anzusehen:
„Na klar, wenn Viktoria kein Tor mehr schießt, dann langt es trotzdem. Frag jetzt nicht so viel!“
Er sah immer wieder aufgeregt auf die große Sportplatzuhr. Es kam ihm vor, als wollte der Zeiger einfach nicht weitergehen. Die wenigen Minuten bis zum Schlußpfiff erschienen ihm wie eine Ewigkeit.
Aber dann war es endlich so weit. Der Schlußpfiff befreite ihn

von aller Sorge. Unter brausendem Beifall der 45 000 Zuschauer umarmten sich die „Störche" vor Freude.
Heini hielt dem Trainer seinen Schreibblock hin, auf den er in fliegender Eile ein paar Zahlen notiert hatte.
„Wir sind Meister! Wir haben 29:7 Punkte und ein Torverhältnis von 46:26, das ergibt 1.77, also ist unser Torverhältnis um $^{11}/_{100}$ besser als das von Hertha."
Er unterbrach sich, denn er sah, daß Matze auf's Spielfeld rannte. Da mußte er mit, um den frisch gebackenen Meisterspielern als erster zu gratulieren.
Dann machte er sich, gemeinsam mit Matze, so schnell wie möglich auf den Heimweg.

Papa Kamke öffnete die Korridortür.
„Komm schnell rein. Es geht gleich los!"
Heini streifte seine Schuhe im Korridor ab.
„Du bist aber naß geworden", meinte Papa Kamke.
„Wir sind furchtbar eingeregnet, aber es hat sich gelohnt."
„Pst, nichts verraten! Ich will's selbst hören!"
Papa Kamke schob Heini vor sich her.
Im Wohnzimmer sah Mutter Kamke von ihrer Stopfarbeit auf. Sie schob die Brillengläser ein Stückchen die Nase hinunter und warf einen besorgten Blick auf Heinis nasse Strümpfe.
„Du wirst dir noch mal die Schwindsucht an den Hals holen mit dieser blöden Fußballrennerei. Bei so einem Wetter!"
„Das verstehst du nicht, Mutter. Das ist Sport!" nahm Papa Kamke seinen Sohn in Schutz.
„Natürlich, ihr wißt ja alles besser. Und du, Papa, mußt das auch noch unterstützen." Mutter Kamke schüttelte den Kopf.

In diesem Augenblick schlug die große Standuhr, ein Familienerbstück, das die Oma den Eltern zur Hochzeit geschenkt hatte, sechs Mal hintereinander.
Heini blickte seinen Vater auffordernd an. Der zog die Schultern hoch und sah ängstlich auf die Mutter.
Mutter Kamke lachte gutmütig.
„Ich weiß schon, was los ist. Eure komische Sportsendung kommt im Radio."
Sie rollte die Strümpfe ineinander und klappte den Nähkasten zu.
„Ich geh schon freiwillig in die Küche und mache das Abendbrot. Aber dreht nicht so weit auf, oder macht zumindest die Fenster zu!"
Heini stellte das Radio an. Es war aber auch höchste Zeit. Sie bekamen gerade noch die letzten Worte des Ansagers mit:
„... wir berichten Ihnen nun über die heutige Doppelveranstaltung im Poststadion. Reporter ist Rolf Wernicke."
Mit seiner sympathischen Stimme schilderte der große Rundfunkreporter allen Fußballfreunden, die nicht im Poststadion gewesen waren, den Kampfverlauf der beiden Spiele. Als Papa Kamke hörte, daß Elsholz beim Spiel Minerva – Hertha das goldene Tor schoß, fiel ihm ein Stein vom Herzen. Auch Heini war glücklich, daß der Reporter die Entstehung des Tores so echt schilderte. Nun würden seine Mitschüler morgen, wenn er davon erzählte, gar nicht merken, daß er dieses Tor nicht richtig gesehen hatte.
Das war überhaupt eine Besonderheit von Rolf Wernicke, daß die Art, wie er erzählte, im Zuhörer das Gefühl aufkommen ließ, er sei im Augenblick selbst dabei. Papa Kamke konnte

sich dieser Wirkung nie entziehen, so oft er den bekannten Reporter auch hörte, und als Rolf Wernicke jetzt seine Reportage mit den Worten schloß: „Mit diesem grandiosen 4:1-Sieg über die blauweiße Viktoria haben die ‚Störche' nach unzähligen Versuchen endlich das große Ziel erreicht: die Berliner Fußballmeisterschaft. Wir gratulieren und wünschen den ‚Störchen' viel Glück in den Gruppenspielen zur deutschen Meisterschaft", da rollten Papa Kamke einige Tränen die Wangen hinunter. Er drehte das Radio ab und überhäufte Heini mit Fragen. Er wollte alles bis ins kleinste wissen.
Heini erzählte und erzählte. Die beiden waren überglücklich. Es war, als hätten sie selbst die Meisterschaft errungen.
Papa Kamke hatte sich seit 12 Jahren dem Fußball verschrieben. Zwar hatte er niemals selbst einen Ball berührt; aber nachdem er die ganze Woche über schwer arbeiten mußte, bestand sonntags sein einziges Vergnügen darin, ein Fußballspiel zu besuchen.
Er war ein glühender Anhänger der „Störche". In ihrem Stadion hatte er seinen Stammplatz am aufgeschütteten Lehmwall, und aus dieser erhöhten Perspektive bildete er sich seine Meinung über Mannschaften und Spieler.
Nur wenn es regnete, zwang der Rheumatismus Papa Kamke, zu Hause zu bleiben. Dann mußte ihm der Rundfunk seinen Sportplatzbesuch ersetzen.
Niemals aber vergaß Papa Kamke, Heini bei jeder Gelegenheit anzuspornen. So klopfte er ihm auch jetzt wieder auf die Schulter:
„Trainiere nur immer schön fleißig und höre auf die Großen. Dann wirst du später auch einmal in der ‚Ersten Mannschaft' spielen."

Erst als die Mutter mit dem Tablett kam und den Tisch zum Abendbrot deckte, merkten die beiden, daß es auch noch etwas anderes auf der Welt gab als Fußball.
Mutti Kamke hatte immer irgendeinen Wunsch oder einen Auftrag in Bereitschaft, der ihre „Männer“ von ihrer Fußballschwärmerei wieder auf den Boden der Tatsachen zurückbeförderte. So mahnte sie auch jetzt, während sie sich das Essen schmecken ließen:
„Vergiß nicht, Heini, nachher noch Zeitungspapier in deine Schuhe zu stopfen. Sonst werden sie bis morgen früh nicht trocken.“
Heini nickte zustimmend. Er war selbst bestrebt, das einzige Paar Straßenschuhe, das er neben seinen Fußballstiefeln und Turnschuhen besaß, zu schonen, damit es bis zum Sommer halten würde. Denn er wußte, daß ihm die Eltern erst dann wieder neue Schuhe kaufen konnten.
Heini dachte nicht mehr allzugern an die Erfahrung zurück, die er vor Wochen gemacht hatte, als er einmal seine Fußballstiefel zur Schule angezogen hatte, weil die Straßenschuhe kaputt waren und Papa Kamke erst einen Tag später Zeit hatte, sie zu besohlen. „Angeber“ hatten ihn die Klassenkameraden genannt. Und er hatte sich diesen Spott gefallen lassen müssen, weil er nicht zugeben wollte, daß er nur ein Paar Straßenschuhe besaß.
Zu Hause hatte er allerdings nichts davon erzählt. Es hätte die Eltern nur traurig gestimmt. Heini hatte nicht vergessen, daß die Eltern sich seine Fußballschuhe vom Munde abgespart und darauf verzichtet hatten, sich selbst etwas zum Geburtstag zu schenken, nur damit er seine ersten Schritte als Fußballer hatte tun können.

II

Bevor Papa Kamke seinen Sohn für den Fußballsport gewann, übte dieser zwei ganz andere Sportarten aus.
Schon in jüngsten Tagen taten es Heini die hohen Baumkronen an. Wenn auch das Baumklettern nicht als Leistungssportart bezeichnet werden konnte, so galt Heini doch als der ungekrönte Baumkletterkönig der Koblenzer Straße. Die große Linde am S-Bahnzaun bezwang er als einziger in einem halbstündigen Aufstieg. Beim Abstieg mußte allerdings eine fast neue Hose daran glauben, und das trug ihm eine Tracht Prügel von seiner Mutter ein, die er aber heldenhaft als „Preis" für seine Erstbesteigung in Kauf nahm.
Heinis zweite Sportart war weniger anstrengend. Die Jungen der Koblenzer Straße trugen mit kleinen Rennautos aus Aluminium, die es für eine Mark zu kaufen gab, Wettrennen aus.
Die kurvenreiche Rennstrecke bestand aus einer auf dem asphaltierten Damm der verkehrsarmen Straße angebrachten Kreidezeichnung. Wer darauf nach einer bestimmten Rundenzahl als erster das Ziel erreichte, war Sieger.
In festgelegter Reihenfolge setzten die Jungen am Start durch einen kleinen Anstoß die Räder ihrer Wagen in Bewegung. Dabei kam es darauf an, die Autos möglichst weit auf der Rennstrecke voranzutreiben, denn an ihrem Haltepunkt mußten sie warten, bis der nächste Stoß ihres Besitzers fällig war. Der Erfolg war weniger von der Kraft als von der Geschicklichkeit des Autobesitzers abhängig. Die Gefahr, den Wagen aus der Bahn zu stoßen, war dadurch vergrößert, daß die Strecke nicht in Geraden, sondern in Kurven verlief. Das Herausfahren aus der vorgeschriebenen Bahn wurde damit

bestraft, daß der Wagen an den Punkt zurückmußte, wo er den Stoß empfangen hatte.
Jeder der Jungen hatte seine eigene Taktik und Technik. So war Heini der erste, der auf die Idee kam, in die von Haus aus hohlen Autos Blei zu gießen, um den Wagen schwerer und infolgedessen auch schneller zu machen. Sein Freund, Gerd Oppermann, goß die Wagen mit flüssigem Stearin aus und Kurt König erfand eine besondere Kurventechnik, indem er die Räder einer Seite mit Reifen versah, die kleiner waren als die der anderen, so daß das Fahrzeug automatisch einen Bogen fuhr.
Die ganze Rennerei hatte aber auch einen schweren Haken. Wenn ein richtiges, großes Auto oder ein Motorrad durch die Koblenzer Straße fuhr, mußten in Windeseile sämtliche Spiel-Rennautos von der Fahrbahn genommen werden. Das war der Augenblick, in dem es häufig zu heftigen Meinungsverschiedenheiten unter den Rennfahrern kam, weil einige gern die Gelegenheit wahrnahmen, bei der Wiederaufnahme des Rennens die Autos ein Stück vor ihrem vorherigen Haltepunkt aufzusetzen.
Kurt Königs Vater, der als Tankstellenbesitzer große Freude an diesem Spiel hatte, fungierte dann meist als Schiedsrichter, obwohl er viel lieber selbst mitgespielt hätte. Er war es auch, der die Rennstrecke auf den Fahrdamm zeichnete, und sie nach den berühmten Pisten der Welt benannte. Mitunter stiftete er auch kleine Geldpreise, so daß einige der siegreichen Rennfahrer sich in den Besitz von zwei oder drei neuen Autos bringen konnten.
Heini zog sich von diesem Sport zurück, als eines Tages sein Ersatzteillager — es bestand aus einer großen Zigarrenkiste —

beim Training zum „Großen Preis von Monza“ von einem Lastwagen-Anhänger überfahren und total zerquetscht wurde. Tazio Nuvolari, Manfred von Brauchitsch und Louis Chiron waren nur noch drei Klumpen Blei.

Erst nach vielen Wochen hatte Heini diesen Schmerz überwunden.

In diese Zeit fiel auch sein erster Fußballplatz-Besuch. Eines Sonntagmorgens nahm Papa Kamke Heini mit zum Seepark. Dort spielten zwei Kreisklassen-Mannschaften. Zwar mußte Papa Kamke die Feststellung machen, daß der Eindruck auf Heini nicht überwältigend sein konnte, da er während der eineinhalb Stunden nur auf dem großen Standbild herumkletterte, das sich 50 Meter hinter einem der Fußballtore befand und zwei kämpfende Boxer darstellte. Aber trotzdem ließ Papa Kamke nicht locker. Schon die nächsten Sportplatzbesuche sahen Heini hinter irgendeinem Tor, wo er die vorbeigeschossenen Bälle aufhielt, um sie dem Torwart zurückzuwerfen. Als er sich einmal die Zehen verstauchte, nachdem er dem Torwart den Ball mit dem Fuß zurückgespielt hatte, klärte dieser ihn auf, daß man als richtiger Fußballer den Ball niemals mit der Fußspitze, sondern mit dem Spann oder Innenrist weiterbefördern müsse. Auf dem Nachhauseweg teilte Heini diese neuen Erfahrungen seinem Vater mit. Über Papa Kamkes Gesicht ging ein strahlendes Lächeln.

Eine Woche später war Heini dann das jüngste Mitglied der „Störche“. Selbstverständlich durfte er an ein richtiges Fußballspiel noch gar nicht denken. Er mußte zuerst die primitivsten Grundsätze dieses Sportes, wie Stoppen des Balles, Weiterleiten zum Nebenmann und Schießen von der Erde sowie Schießen aus der Luft, lernen. Hinzu kam, daß alle

Fußballer, bevor sie in eine Mannschaft aufgenommen wurden, ein intensives Konditionstraining betreiben mußten. Es bestand in erster Linie aus leichtathletischen Übungen, Kurzstreckenlauf, Langstreckenlauf, Hoch- und Weitsprung. Auch gymnastische Übungen gehörten dazu.

Nach einigen Monaten bekam Heini von seinen Eltern die ersten Fußballschuhe seines Lebens zum Geburtstag geschenkt. Kurz darauf durfte er dann auch sein erstes richtiges Fußballspiel in der 3. Schüler-Mannschaft der „Störche" bestreiten. Weil das scharfe und genau placierte Schießen von Anfang an seine Stärke war, stellte man ihn als Stürmer auf. Meist wurden die Jungen, die neu in eine Fußballmannschaft kamen, auf der linken Seite eingesetzt, so auch Heini. Da er im Gegensatz zu den anderen Jungen, die fast immer nur ein „rechtes Bein" hatten, glücklicherweise mit beiden Beinen schießen konnte, machte ihm das keine Schwierigkeiten.

Zu seinem ersten Spiel fuhr Papa Kamke mit. Die Fahrt ging nach Potsdam, dort mußte die 3. Schüler-Mannschaft der „Störche" zu einem Punktspiel gegen die 1. Schüler-Mannschaft von Nowawes 03 antreten. Heini stand bei seiner Premiere auf dem Linksaußenposten, und obwohl er alles andere als überragend spielte, hatte er das Glück, mit drei erfolgreichen Torschüssen den 3:2-Sieg seiner Mannschaft sicherzustellen. Papa Kamke war darauf beinahe stolzer als sein Sohn, der sich darüber klar war, daß der gegnerische Torwart, zu klein, um bis an die Latte zu springen, ihm ungewollt Hilfestellung geleistet hatte. Heini hatte die Schwäche des Potsdamer Schlußmannes rechtzeitig erkannt und alle drei Torschüsse so hoch angesetzt, daß sie knapp unter der Querlatte ins Netz sprangen.

Sein Torinstinkt brachte ihm einen Stammplatz in der 3. Schüler-Mannschaft ein. Er wurde mit der Zeit ein recht brauchbarer Linksaußen, so daß er später über die 2. zur 1. Schüler-Mannschaft aufrückte. Gute Linksaußen waren in Jugend-Mannschaften immer sehr rar.
Wenn Heini nicht bei den „Störchen" spielte, verbrachte er seine Nachmittage auf dem Seepark. Hier traf sich täglich eine große Anzahl fußballbegeisterter Schuljungen. Er hielt sich bald mehr auf dem Sportplatz auf als zu Hause.
Als Heini schon in der 1. Mannschaft spielte, meldeten sich auch Hermann Hinze und Matze Krause bei den „Störchen" an. Ihre Eltern hatten ihrem leidenschaftlichen Drängen nicht widerstehen können.

So kam es, daß diese drei in der fußballbegeisterten 2. Klasse besondere Achtung genossen. Auch am heutigen Montag nach dem Meisterschaftssieg hatte Heini wieder einmal seine Mitschüler um sich versammelt, um sie über die Aussichten der „Störche" bei den Gruppenspielen zur deutschen Fußball-Meisterschaft aufzuklären.
„Gegen den Ostpreußenmeister aus Insterburg müßten es unsere Männer ganz eindeutig schaffen, gegen die Sachsen von der Polizei Chemnitz ist für beide Vereine gleich viel drin. Hängt nur von der Tagesform ab, wer gewinnt. Aber gegen Schalke 04 haben wir keinen Blumentopf zu gewinnen. Die sind ja immerhin der Verteidiger des Titels ‚Deutscher Meister'. Von denen können unsere ‚Störche' nur lernen."
Werner Plötz mischte sich ein:
„Wer weiß, Heini, die Schalker haben am letzten Sonntag sogar gegen die schwache Germania Bochum verloren. Warum

sollte der BSV nicht auch einmal für die große Sensation sorgen?"
Diese Sensation hatte aber noch viel Zeit, eine andere gab es dagegen schon eine Minute später. Nachdem Rechenlehrer Peters das Zimmer betreten und mit der üblichen Bedächtigkeit seine Uhr auf das Pult gelegt hatte, sagte er:
„Ich freue mich, daß eure ‚Störche' Berliner Meister geworden sind. Sie haben mir gestern im Poststadion am besten gefallen. Die spielen einen technisch sauberen Fußball und haben auch den schußfreudigsten Sturm von allen Berliner Mannschaften."
Peters war also im Poststadion gewesen!
Matze stieß Heini an:
„Du, den Peters haben wir zum Fußball bekehrt."
Heini nickte und flüsterte leise zurück:
„Wenn der Peters sich so weiter entwickelt, haben wir im nächsten Jahr — — wenn wir die Schulmannschaft stellen — — ein starkes Eisen im Feuer gegen unseren fußballfeindlichen Rektor Schulz."
Peters hatte sich mit einem Schlage das Vertrauen der 2. Klasse erobert. Und in den nächsten Wochen wuchs dies Vertrauen immer mehr. Die Jungen kamen aus dem Staunen nicht mehr heraus. Öfter und öfter schmuggelte der Lehrer statt der trokkenen Zahlen Aufgaben und Vergleiche aus den Sportgebieten ein. Die sonst nur mit Angst erwartete Rechenstunde machte auf einmal besonderen Spaß!
Daneben nahm das regelmäßige Fußballtraining unter Turnlehrer Bernburg seinen Fortgang.

Zwei Tage vor dem Revanche-Kampf der 2. gegen die 1. Klasse bevölkerten die Fußballer der 2. Klasse mit mehreren Bällen

die eine Spielhälfte auf dem Seepark. Einige probierten Ball-Weiterleiten in vollem Lauf, andere übten Kopfbälle, der Rest schoß aus allen Lagen auf das Tor.
„Kamke und Hinze, kommt mal mit mir hinunter zum anderen Tor", rief Bernburg seinem Mittelstürmer und seinem Torwart zu.
Die beiden Aufgerufenen lösten sich aus dem Knäuel der Schüler. Sie gingen über die Mittellinie und konnten sich eines kleinen mitleidigen Lächelns nicht erwehren, als sie an dem nicht fußballspielenden Rest der Klasse vorbeikamen, der unter Anleitung von Werner Pape Freiübungen machte.
„Wir brauchen doch kein Spezialtraining mehr, Herr Bernburg, wir sind doch in Überform!" wehrte Heini—am anderen Tor angekommen — ab.
„Nicht so übermütig, junger Freund", meinte der Lehrer gelassen, „deinetwegen habe ich euch hierhergerufen. Ich will verhindern, daß übermorgen wieder ein paar Elfmeter verschossen werden."
Heini gab keine Antwort. Er wurde nicht gern an diese Sache erinnert. Er schickte Hinze schnell ins Tor und legte sich den Ball genau auf den Elfmeterpunkt. Dann sah er zu seinem Turnlehrer hinüber und wartete auf Anweisungen.
Bernburg ging ganz dicht zu Heini und trat mit einem Bein auf den Ball.
„Ich glaube, ich muß dir erst einmal etwas Grundsätzliches zu einem Elfmeterstoß sagen. Es gibt genau genommen nur zwei Möglichkeiten, einen Elfmeter richtig zu schießen. Entweder man schießt ihn gradlinig mit größter Schärfe in eine der Torecken — gleichgültig in welche — oder aber man täuscht den gegnerischen Torwart so, daß dieser in irgend eine Ecke star-

tet, und man sucht sich blitzschnell die andere Ecke für den Einschuß aus. Dabei muß der Ball gefühlvoll dirigiert werden. Ich will jetzt einmal in Ruhe feststellen, welche der beiden Arten dir besser liegt."

Heini überlegte, wieso er trotz der verschossenen Elfmeter im Spiel gegen die 1. Klasse das verantwortungsvolle Amt des Elfmeterschützen weiter beibehalten durfte.

„Warum lassen Sie denn den Matze Krause nicht die nächsten Elfmeter schießen? Der kann's doch bestimmt besser als ich."

„Frag nicht soviel dummes Zeug", sagte Bernburg energisch. „Du schießt die Elfmeter eurer Klasse, und dabei bleibt es. Keine Widerrede! Es ist besser so."

Hermann Hinze und Heini sahen sich einen Augenblick fragend an und begannen dann mit dem Elfmeter-Training.

Die ersten zehn Schüsse jagte Heini mit voller Schärfe auf Hinzes Tor. Trotz aller Bemühungen konnte Hermann nicht einen einzigen davon berühren. Die meisten knallten mit voller Wucht ins Netz, die restlichen Bälle prallten von der Latte zurück oder verfehlten um wenige Zentimeter das Ziel.

Danach kamen Heinis getäuschte Elfmeter an die Reihe. Die ersten vier Bälle landeten unten links, während Hinze in der rechten Torecke lag. Dann aber hatte Hermann die Täuschungsmanöver von Heini durchschaut und las ihm jeden Schuß, der nun folgte, im voraus vom Fuß ab, so daß die restlichen sechs Bälle eine sichere Beute des Torwarts wurden.

Bernburg schaltete sich ein:

„Hör mal zu, Heini, du machst es im Prinzip schon absolut richtig. Deine scharfen Schüsse sind gut. Aber nicht so erfolgssicher wie es sein müßte, weil durch die enorme Schärfe deine Zielsicherheit nachläßt. Dein getäuschter Elfmeter gefällt mir

viel, viel besser. Nur muß ich dir dazu noch etwas sagen, was dir bisher sicherlich noch nicht aufgefallen ist."
Bernburg zog Heini zu sich. Er sprach jetzt so leise, daß Hermann Hinze im Tor kein Wort verstehen konnte.
„Ich habe genau aufgepaßt, wie du es machst. Wenn du anläufst, dann tust du so, als würdest du den Ball in die linke Ecke schießen, drehst aber beim Ausholen deinen Fuß im letzten Augenblick so, daß der Ball in die rechte Ecke geht. Oder umgekehrt. Die Torsteher, die dich kennen, wissen das inzwischen. Sie werfen sich in die richtige Ecke und halten den Ball. Den Jungblut zum Beispiel hast du früher immer eindrucksvoll überlistet. Im letzten Spiel gelang dir das nicht mehr, weil Jungblut durch eure vielen Spiele gegen die 1. Klasse deinen Trick längst durchschaut hat. Auch vorhin wußte Hermann Hinze schon nach dem vierten Schuß, wie du deine Täuschungen anlegst. Von da an warst du mit deinem Latein zu Ende."
Heini tippte sich mit dem Finger an die Stirn. Er hatte Bernburg begriffen.
Hermann Hinze lehnte gelangweilt an seinem Torpfosten. Er überlegte, was die beiden da wohl zu flüstern hatten.
Bernburg senkte seine Stimme noch mehr.
„Wir werden jetzt einmal etwas ganz Neues ausprobieren. Ich will dir einen besonderen Elfmetertip verraten. Versuche mal folgendes: tu so, als wolltest du den Ball in die linke Torecke schießen. Dreh auch deinen Fuß so, kurz bevor du an dem Ball bist, daß der Ball in die rechte Ecke gehen müßte. Im letzten Augenblick aber, wenn du den Ball triffst, reiße deinen Körper soweit herum, daß du den Ball doch wieder — wie ursprünglich geplant — in die linke Torecke schießt. So. Und nun

fangen wir gleich damit an. Du wirst feststellen, daß dies die beste Art für euren Kampf gegen die 1. Klasse ist."
Heini tat, wie ihm Bernburg geraten. Besser konnte es auf Anhieb gar nicht klappen. Hermann Hinze warf sich bei jedem Ball in die verkehrte Torecke. Er mußte mindestens sieben oder acht Bälle aus seinem Netz holen, bis er endlich merkte, daß er das Opfer einer doppelten Täuschung geworden war.
„Mensch, Heini, die Dinger sind ja absolut Weltklasse. Da weiß man ja überhaupt nicht mehr, wohin man sich werfen soll!" rief er schwer atmend und beehrte sowohl Heini wie Turnlehrer Bernburg mit diesem Kompliment.
Heini grinste frech. „Am besten bleibst du gleich stehen. Dann kannst du die Bälle schneller aus deinem Tor herausholen, Hermann!"
Bernburg machte der Unterhaltung ein Ende. „Ich glaube, die Elfmeterfrage ist nun endgültig geklärt. Nur einen Rat will ich euch noch geben: Probiert diesen Elfmeter nicht, wenn andere dabei sind. Sonst kriegt es am Ende noch die 1. Klasse heraus, und alle Mühe war vergebens. Kann ja auch sein, daß übermorgen überhaupt kein Elfmeter verhängt wird. Aber dann hat die heutige Übung auch nichts geschadet."
Mit diesen Worten wandte sich Bernburg zum Gehen. Die beiden Jungen sahen ihrem Lehrer nach, der mit seinem schleppenden linken Bein zur Mitte des Platzes hinkte. Niemand wußte so recht, woher Bernburg diesen Hinkefuß hatte. Die aus der 1. Klasse behaupteten, er sei in seiner Jugend ein großer Fußball- und Tennisspieler gewesen und sein kürzeres Bein sei die Folge eines Sport-Unfalls. Andere Jungen wollten gehört haben, Bernburg habe sich als Fliegeroffizier im Weltkrieg bei einem Absturz eine Bein-Verwundung zugezogen.

Er selbst sprach nie darüber, und wenn wirklich einer der Schüler einmal vorsichtig danach zu fragen wagte, gab er ausweichende Antworten.
Im allgemeinen zerbrachen sich die Jungen nicht den Kopf darüber. Ihnen war die Hauptsache, daß Bernburg alles tat, um ihren Fußball-Fanatismus zu unterstützen. Solange er in der Beziehung zu ihnen hielt, mochte er seine privaten Geheimnisse hüten.

Um so fassungsloser standen die Schüler am nächsten Tag der Maßnahme gegenüber, die Bernburg in der letzten Stunde ergriff. Er führte die 2. Klasse nicht, wie üblich, auf den Sportplatz, sondern in die Turnhalle. Ausgerechnet am Vortag des großen Spiels gegen die 1. Klasse!
Heini fragte entrüstet:
„Sollen wir hier wirklich Turnübungen machen? Das ist doch sinnlos. Wollen Sie uns nicht lieber den letzten Schliff für unser morgiges Spiel verpassen?"
Bernburg ließ sich nicht beeindrucken.
„Sei froh, daß wenigstens ich vernünftig bin. Wenn es nach euch ginge, würdet ihr auch nachts noch Fußball spielen. Und morgen wäret ihr dann so überspielt, daß ihr kein Bein mehr vor's andere bekämt. Hört nur auf mich. Es ist besser so."
Matze, der ganz hinten stand, maulte:
„Sie bringen uns um unsere Chancen. Für uns ist jede Minute mit dem Ball kostbar."
Jetzt wurde Bernburg ungemütlich.
„Ich habe gesagt, es wird heute kein Fußball gespielt. Verstanden? Und wehe, wenn jemand heute nachmittag auf den

Platz geht und einen Ball anrührt. Zuviel ist ungesund. Glaubt mir nur: es ist besser so."

Hermann Hinze und Heini Kamke sahen sich an. Da war es wieder, dieses: „es ist besser so." Schon beim Elfmeter-Training hatte es Bernburg dauernd gesagt.

In gedrückter Stimmung folgten die Jungen den Kommandos ihres Lehrers, der den Unterricht mit ein paar leichten Freiübungen begann. Heini wirbelten, während er seine Arme gehorsam vorwärts, aufwärts, seitwärts, rückwärts schwenkte, die widersprechendsten Gedanken durch den Kopf. Er konnte mit dem Mißtrauen, das plötzlich gegen den Lehrer in ihm aufgestiegen war, nicht fertig werden. Als die Turnstunde beendet war, forderte er die Mitglieder des „Teams" auf, sich um 16.00 Uhr zu einer Besprechung auf dem Seepark zusammenzufinden. Parole: Bernburg!

Schon eine Viertelstunde vorher waren sämtliche Jungen pünktlich auf dem Sportplatz. An der hinteren Seite befand sich ein großer Sandkasten für die kleinen Kinder. Dort pflegte das „Team" seine Zusammenkünfte abzuhalten, wenn es etwas Besonderes zu besprechen gab. Werner Plötz, der Klassenbeste, durfte als einziger aus der 2. Mannschaft anwesend sein. Dafür hatte er die Sonderaufgabe, die spielenden Kinder aus dem Sandkasten zu verjagen, um die Geheimnisse des „Teams" vor ihren neugierigen Ohren zu schützen.

Heute tat Heini, der die Sitzung eröffnete, besonders feierlich und geheimnisvoll:

„Meine Herren", begann er, denn er fand diese Anrede sehr erwachsen und sie sollte die Sache ernster machen, „meine Herren", wiederholte er, weil Plötz und Heinz Augustin mit großem Krach einen kleinen Jungen, der den Sandkasten nicht

räumen wollte, kurzerhand wegtrugen, „wir müssen uns auf eine eventuelle Sabotage gefaßt machen."
Seine Ausführungen hatten nicht ganz die erwartete Wirkung. Das Wort „Sabotage" wurde nicht richtig begriffen. Heini hatte es sich auch erst vorgestern erklären lassen, als er bei einer Zeitungsmeldung mehrmals darüber stolperte.
„Also, ich meine, es könnte sein, daß wir verraten worden sind."
Jetzt bekamen die Jungen große Augen.
„Ich will niemand ungerecht verdächtigen", fuhr Heini fort, „aber wir müssen damit rechnen, daß die von der 1. Klasse schon heute die Aufstellung kennen, in der Bernburg uns morgen spielen lassen will. Zum Beispiel, daß Matze, der als Mittelstürmer aufgestellt ist, in Wirklichkeit als vierter Läufer spielen wird, um den gefährlichen Hoffmann abzudecken, und daß wir nur zu viert im Sturm spielen. Außerdem kann der Jungblut auch erfahren haben, wie ich meinen neuen Elfmeter eintrainiert habe."
„Aber den kennt doch außer Hermann Hinze keiner", gab Hans Ritter, der Mittelläufer, zu bedenken.
„Mensch, ich meine doch nicht, daß es einer von uns verraten hat", erklärte Heini.
„Und wer käme deiner Meinung nach in Frage?" ließ sich Hans Ritter wieder vernehmen.
Heini holte Luft. „Ich habe Bernburg in Verdacht", sagte er, jedes Wort einzeln betonend.
Matze pfiff durch die Zähne. Er tippte mit dem Finger an seine Stirn.
„Darum mußten wir auch heute turnen, statt auf dem Seepark Fußball zu spielen!"

„Und heute nachmittag sollten wir auch zu Hause bleiben“, sagte Klaus Mond. „Die von der 1. spielen aber fleißig. Und der Bernburg denkt, wir riechen den Braten nicht!“
„Klare Sache“, ereiferte sich Plötz. „Ich weiß auch, warum der Bernburg das macht!“
„Wirklich? Warum denn?“ Hans Ritter schüttelte immer noch ungläubig den Kopf.
„Stell dich doch nicht so dumm an!“ sagte Plötz. „Seit 10 Jahren hat die jeweilige 1. Klasse alle Spiele gegen die unteren Klassen gewonnen und immer wurde der Bernburg als Schultrainer gefeiert. Nun will er auch diesmal dafür sorgen, daß die 1. einen guten Abgang hat!“
Die Jungen sprangen erregt auf.
„Plötz hat recht!“
„Bernburg ist ein Verräter!“
„Wir werden es ihm schon zeigen.“
„Wir durchkreuzen seine Pläne.“
„Wir spielen nicht, wie er es will.“ — So schwirrte es durcheinander.
Nur Heini sagte nichts. Sein Gesicht war ein wenig blasser als sonst. Er sah mit erschreckten Augen auf die tobenden Jungen. Soweit hatte er es eigentlich nicht treiben wollen, als er sein Mißtrauen gegen Bernburg aussprach. Schließlich raffte er sich zusammen: „Hört mich noch einmal an“, rief er so laut er konnte, „hört mich noch einmal an!“
Die Jungen scharten sich wieder um ihn.
„Ich meine“, begann Heini zögernd, „solange wir keine Beweise haben, sollten wir doch so spielen, wie Bernburg es will. Schließlich war er doch immer ganz prima zu uns und hat uns viel gezeigt!“

„Eben“, pflichtete ihm Hans Ritter bei, „ich habe es ja gleich gesagt. Ich sehe nicht ein, warum der Bernburg gerade uns reinlegen sollte!“
Heini atmete erleichtert auf. In den letzten Minuten hatte er wahrhaftig Angst vor seiner eigenen Courage bekommen.
„Also“, sagte er abschließend, „wir spielen morgen erst mal unseren Stiefel runter. Alles andere wird sich zeigen. Wir sind ja nicht dumm. Wenn wir merken, daß die 1. Klasse unsere Taktik kennt, schalten wir sofort um. Dann spiele ich wieder den vorgeschobenen Mittelstürmer, Matze halblinks und Hinze schießt als Torwart den Elfmeter, falls es einen gibt!“
Die Jungen lachten aus vollem Halse. Sie waren glücklich, daß das Thema Bernburg auf diese Weise beendet wurde. Heinis Vorschlag, den Torwart einen Elfmeter schießen zu lassen, hielten sie für einen gelungenen Witz.
Aber Heini fiel ihnen sofort in die Parade:
„Ihr braucht gar nicht so dämlich zu lachen! Der Nationaltorwart Jürissen aus Oberhausen schießt alle Elfer seiner Mannschaft.“
Mit diesen Worten und dem Gefühl, für alle Fälle gewappnet zu sein, verließ Heini, gefolgt von seinem „Team“, den Sandkasten.
Er beabsichtigte, noch einige Worte mit Gerd Hoffmann, dem Spielführer der 1. Klasse zu sprechen, der mit seinen Jungen auf dem Fußballplatz trainierte.
Als die 1. das „Team“ kommen sah, unterbrach sie sofort ihr Training und plötzlich umstanden die Gegner von morgen im Kreis ihre beiden Spielführer.
„Was wollt ihr morgen anziehen?“ fragte Heini.

„Wir spielen nur mit Hose", der sommersprossige Hoffmann grinste, „ihr könnt in Hose und Hemd antreten. Ihr seid doch noch so klein und könntet euch sonst erkälten."
Die Fußballer der 1. Klasse lachten. Heini tat, als hätte er die Anspielung nicht gehört.
„Wird in Turnschuhen gespielt?"
„Bitte! Wir haben nichts dagegen, wenn ihr in Turnschuhen antretet. Wir ziehen unsere Fußballschuhe an." Hoffmann lächelte überlegen.
Da die 1. Klasse den größten Teil der Schulmannschaft stellte, besaßen ihre Spieler alle Fußballschuhe, während in der 2. Klasse nur drei, Heini, Matze und Hinze, als Vereinsspieler damit aufwarten konnten. Selbst wenn Ritter die Schuhe von Hinze, der als Torwart die Fußballschuhe leichter als ein Feldspieler entbehren konnte, übernahm, blieben immer noch sieben Mann von Heinis „Team", die in Turnschuhen spielen mußten. Heini wußte, daß er dadurch mit seinen Jungen in schwerem Nachteil war.
„Wäre es nicht gerechter, wenn alle 22 Spieler in Turnschuhen anträten?" wagte er sich noch einmal hervor.
Hoffmann sah seine Jungen mit einem Ausdruck an, als wollte er sagen, ‚die können wir auch noch barfuß besiegen'. Aber bevor er zu einer Antwort kam, mischte sich sein Torwart Jungblut ein und wandte sich an Heini:
„Habt ihr nicht noch ein paar Sonderwünsche? Wie wär's denn, wenn wir euch von vorneherein 10 Tore vorgäben?"
Da drehte sich Heini um. Die Spieler der 2. Klasse verließen wortlos den Platz.
Plötz, Heini und Matze, die im gleichen Häuserblock wohnten, gingen zusammen heim.

„Hoffentlich stopft ihr denen morgen das Maul", meinte Plötz.
„Um ehrlich zu sein, mehr als zehn Prozent sind für uns nicht drin", stellte Heini fest. Er stieß mit dem Fuß seine Haustür auf, drehte sich aber noch einmal um.
„Beinahe hätte ich es vergessen, Werner. Ich wollte dich noch um einen Gefallen bitten. Was hältst du davon?"
Er redete eifrig auf Werner ein. Der nickte zustimmend mit dem Kopf.
„Wird gemacht", rief er im Fortgehen, „ich lege sie ihm morgen früh auf das Pult!"

III

Der Tag des Spieles war gekommen. Die erste Schulstunde der 2. Klasse gab Lehrer Peters. Plötz hatte ihm eine schön gemalte Einladungskarte für das Fußballspiel auf das Pult gelegt, und die Schüler warteten gespannt, ob er zusagen würde. Sie mußten lange warten. Erst am Schluß der Stunde, nachdem er seine Uhr wieder eingesteckt hatte, sagte Peters formell:
„Ich danke euch schön für eure Einladung. Ich halte euch beide Daumen."
Heini wurde unsicher.
„Meinst du, daß der kommt?" fragte er Matze. „Vielleicht war es doch falsch mit der Einladung? Ein bißchen zu aufdringlich?"
„Quatsch", tröstete Matze. „Mach dir keine Sorgen. Wir werden heute nachmittag schon merken, ob er da ist oder nicht."

Matze schickte sich an, auf die vorderste Bank umzuziehen, denn in der nächsten Stunde unterrichtete Klassenlehrer Benecke.
In der großen Pause, während die Jungen aller Klassen auf dem Schulhof lebhaft den bevorstehenden Kampf diskutierten, kam plötzlich Hoffmann auf Heini und seine Gruppe zu.
„Das von gestern müßt ihr nicht so ernst nehmen. Wir haben das nicht so gemeint. Wir wollen in Freundschaft spielen und uns nicht die Köpfe einhauen. Bis nachher!"
Genau so schnell, wie er gekommen, war er verschwunden. Heini wurde sehr nachdenklich. Er fand den Hoffmann auf einmal „prima", obwohl dieser ihm immer den Ruf, bester Fußballer der 5. Volksschule zu sein, streitig gemacht hatte und bei den Schülern der unteren Klassen viel mehr galt als er.
Als Hoffmann zu seinen Mitschülern aus der 1. Klasse zurückkam, fragte Jungblut mißtrauisch:
„Was wolltest du denn bei den Kindern?"
„Ach, ich habe ihnen nur noch einmal gesagt, daß sie heute eine furchtbare Packung beziehen werden", log Hoffmann. Aber er schämte sich dieser Worte ein bißchen, denn er mußte gerade jetzt daran denken, daß Heini ihn mehrmals im Krankenhaus besucht hatte, als er damals nach einem Fahrradsturz sein Bein gebrochen hatte. Heini hatte ihm sogar alle Bände seiner Fußballzeitschriften geliehen und ihm außerdem ein Autogramm von den Nationalspielern Hohmann und Rasselnberg besorgt, die während seines Krankenhausaufenthaltes mit ihrem VfL Benrath in Berlin gespielt hatten.
In der letzten kleinen Pause suchte Bernburg die 2. Klasse in ihrem Zimmer auf. Er mahnte kurz:
„Schlagt euch heute mittag nicht den Bauch zu voll. Und seid

rechtzeitig draußen. Übrigens kommen auch die unteren Klassen alle zum Zuschauen."
Das letzte sagt er, um dem „Team" Mut zu machen. Denn die Kleinen würden bestimmt die aus der 2. Klasse anfeuern, weil sie die Großen von der 1. nicht gern mochten.
Bevor Matze und Heini nach der letzten Unterrichtsstunde nach Hause gingen, machten sie einen kleinen Abstecher in den Schillerpark. Matze sah sich vorsichtig um. Als er merkte, daß die Luft rein war, flüsterte er:
„Da links die roten sehen am schicksten aus."
Nach fünf Minuten kam Heini mit einem großen Rosenstrauß zurück. Er zwängte ihn in seine Schulmappe. Vorsichtshalber rannten beide ein Stück, bis sie sicher waren, daß sie niemand beobachtet hatte, und sie unangefochten mit ihrer Beute heimkehren konnten.
„Männer schenken sich doch keine Blumen. Und überhaupt, wo habt ihr die denn her?" wunderte sich Mutti Kamke zu Hause, während sie auf Wunsch der Jungen die Rosenstiele auf eine gleiche Länge brachte und sie mit einer blauweißen Schleife kunstgerecht umwickelte.
„Das verstehst du nicht, Mammilein", sagte Heini. Matze klärte sie auf.
„Die Mannschaft der 1. Klasse trägt heute ihr letztes Spiel aus. Die Jungen werden in zwei Wochen aus der Schule entlassen. Im nächsten Jahr treten wir ihre Nachfolge an. Da gehört es sich, daß wir ihnen eine kleine Aufmerksamkeit erweisen."
„Und über die Herkunft brauchst du dir keine Sorgen zu machen. Es sind noch genug Rosen im Schillerpark", beruhigte Heini seine Mutter.

Matze blieb zum Mittagessen bei Kamkes. Seine Mutter war heute in ihrem kleinen Schrebergarten im Grunewald. Mutter Kamkes „Zusammengekochtes“ reichte gut und gern für beide Jungen. Heini war so nervös, daß er nur mit Mühe und Not einen Teller leer essen konnte. Zuviel ging ihm durch den Kopf. War der Bernburg echt? Würde Peters heute nachmittag zum Fußballplatz kommen? Würden die von der 1. wieder so hart spielen?

„Was meinst du, Fritz“, fragte Heini. ‚Fritz‘ nannte er seinen Freund nur, wenn es um etwas Wichtiges ging, oder wenn sie Krach hatten. Das kam hin und wieder vor, hielt aber nie lange an.

„Was meinst du, Fritz, wie hoch können wir verlieren, ohne uns zu blamieren?“

„Fasel nicht so einen Blödsinn! Verlieren! Schon mal was von Außenseitersieg gehört? Sollst mal sehen, wie der ‚Fritze Szepan‘ heute seinen Kreisel laufen läßt. Und der ‚Orsi‘ soll ja auch in Hochform sein“, gab Matze selbstbewußt zurück.

Mit ‚Szepan‘ bezeichnete er sich selbst und mit ‚Orsi‘ war Heini gemeint. Es war üblich, daß die Jungen sich mit dem Namen ihres Fußball-Ideals schmückten. Matze, der die königsblauen Schalker schon mehrere Male spielen gesehen hatte, war von dem Spielmacher des Meisters, dem blonden Szepan, tief beeindruckt. Bei Heini lagen die Dinge etwas komplizierter. Sein großes Vorbild war in Deutschland lediglich den Fußballfachleuten bekannt. Bei ihnen allerdings galt der Argentinier, der seit der Weltmeisterschaft 1930 in Italien bei Juventus Turin spielte und auf den melodisch klingenden Namen Raimondo Orsi hörte, als der beste Linksaußen der

Welt. Aber bei seinem „Team“ hatte Heini, der von Orsi nur ein Zeitungsbild besaß, viel Überredungskünste aufbringen müssen, bis er es von der Bedeutung seines in Berlin nie leibhaftig in Erscheinung getretenen Helden überzeugte.
Jetzt gab ihm Matzes Anspielung auf sein großes Ideal ein wenig von seiner arg erschütterten Ruhe zurück. Kaum hatte er den letzten Bissen heruntergeschluckt, schleppte er die alten Jahrgänge seiner Fußballzeitungen auf den Balkon. Er wollte mit Matze nach großen Außenseitersiegen suchen. Eifrig hockten sich die beiden trotz Mutter Kamkes Protest auf den Boden und wühlten in den dicken Bänden. Schließlich erklärten sie das Deutsche Fußballendspiel 1933, bei dem Fortuna Düsseldorf gegen Schalke 04 mit 3:0 gewann, zum größten Außenseitersieg der vergangenen Jahre. Dabei übersahen sie zwar, daß Schalke zu der Zeit noch nicht die große Rolle im Fußball gespielt hatte wie jetzt, wo Heini und Matze sie als Deutsche Meister kannten, aber was tat dieser kleine Irrtum schon? Im Augenblick faßten sie neuen Mut. Auch Heini war wieder überzeugt, daß für ihr Spiel noch nicht alle Chancen verloren seien.
Lebhaft diskutierend verließen sie Heinis Wohnung, um sich bei Matze für das Spiel umzuziehen. Ihr schöner Sportdreß der „Störche“ mußte allerdings heute zu Hause bleiben. Eine Umfrage beim „Team“ hatte ergeben, daß jeder der Spieler ein blaues Oberhemd auftreiben konnte, das sie zu ihrer schwarzen Turnhose anziehen würden, um in einheitlicher Bekleidung anzutreten.
Beinahe eine halbe Stunde vor dem Anpfiff kamen Heini und Matze auf dem Seepark an. Heinis Blick wanderte über die dicht besetzten Zuschauerreihen.

„Riecht nach Schulausflug. Das sind ja mindestens tausend Kinder. Hoffentlich ist das junge Gemüse gut bei Stimme. Anfeuerung können wir immer gebrauchen."
„Beeil dich", drängte Matze. „Die Unseren sind schon alle da. Wir sind wieder mal die letzten!"
Hänschen Ritter kam angerannt.
„Gottseidank, daß ihr endlich kommt." Sein Gesicht war todernst. „Stellt euch vor, der Pilz und Klaus Mond haben kein blaues Hemd. Pilz hat mit seiner Mutter nicht klarziehen können. Und bei Klaus war keiner zu Hause. Die Kommode, in der sein Hemd liegt, war abgeschlossen."
„So ein Reinfall!" Heini war wütend. Er hatte sich so darauf gefreut, mit seiner blau behemdeten Mannschaft auf den Platz zu ziehen.
Matze stieß Ritter an: „Vaters Sohn hat eine Idee. Gib mir rasch dein Fahrrad. Ich hole noch zwei blaue Hemden aus unserem Kleiderschrank. Auf ein paar Ohrfeigen mehr oder weniger kommt es mir nun schon nicht mehr an."
Es dauerte ziemlich lange, bis Matze zurückkam. Zu seinem Entsetzen hatte er nur noch ein sauberes blaues Hemd im Kleiderschrank vorgefunden. Aber nach einer umständlichen Suchaktion hatte er mit detektivischem Scharfblick endlich ein zweites bei der eingeweichten Wäsche in der Waschküche entdeckt. Mutter Krause wäre wahrscheinlich nicht gerade begeistert gewesen, wenn sie gesehen hätte, daß ihr Sohn sich keineswegs gescheut hatte, das Hemd in aller Eile aus dem Waschtrog herauszuangeln.
Die Jungen brachen in ein helles Gelächter aus, als Matze eine dramatische Schilderung dieses Ereignisses gab. Großzügig verteilte er seine beiden trockenen Hemden an Pilz und Klaus

Mond, und war selbstlos bereit, in das nasse Hemd zu schlüpfen.
Der lange Pfiff, der aus einer Trillerpfeife über den Platz tönte, machte der ausgelassenen Stimmung ein Ende. Bernburg mahnte noch einmal:
„Kinder, denkt daran, daß anständig gespielt wird. Weder Schulentlassung noch Versetzung hängen davon ab, ob ihr heute gewinnt oder verliert."
Unter dem Jubel der vielen jugendlichen Zuschauer liefen beide Mannschaften zur Mittellinie. Hier hatte Bernburg noch eine besondere Überraschung für sie bereit. Der Schiedsrichter war kein geringerer als Mehlitz, einer der berühmtesten europäischen Hockeyspieler. Er wurde von allen nur „Bolle" genannt, sogar von den Zeitungen, und dieser Spitzname hatte sich so eingebürgert, daß sich niemand mehr auf den richtigen Vornamen von Mehlitz besinnen konnte. Nur die Schüler der Oberrealschule vermieden es, ihn „Bolle" zu nennen, denn Mehlitz war ihr Turnlehrer.
Mehlitz begrüßte die beiden Spielführer Hoffmann und Heini. Plötz, der schon am Rande des Spielfeldes gewartet hatte, drückte Heini den Rosenstrauß in die Hand. Heini pflanzte sich in feierlicher Haltung vor Hoffmann auf:
„Für euer letztes Spiel wünsche ich euch viel Glück. Wir werden uns Mühe geben, im nächsten Jahre eure würdigen Nachfolger zu werden. Hals- und Beinbruch!"
„Wir danken euch", sagte Hoffmann und versuchte möglichst ungerührt auszusehen. Das glaubte er seiner Männlichkeit schuldig zu sein.
Dann begann das Spiel. Gleich nach dem Anpfiff startete die 2. Klasse einige gefährliche Angriffe. Unerwartet bekam sie

in den ersten Minuten Oberwasser. Die 1. Klasse versuchte, ihre körperliche Überlegenheit ins Feld zu führen, um das Ruder wieder herumzureißen. Aber sie kam damit bei Schiedsrichter Mehlitz an die falsche Adresse. Er pfiff sofort jedes überharte Spiel und jede Rüpelei ab und diktierte mehrere Freistöße für Heinis Mannschaft. Sie gaben Jungblut, dem Torwart der 1. Klasse, Gelegenheit, sich auszuzeichnen. Der erste Sonderbeifall des Publikums galt ihm, als er zwei 20-Meter-Freistöße, die Heini und Klaus Mond abgefeuert hatten, in phantastischer Manier aus der Luft herunterholte.

Nach und nach kam die Mannschaft der 1. Klasse immer stärker auf, und schon nach einer Viertelstunde hatte sich das Spielgeschehen in die Spielhälfte der 2. Klasse verlagert. Torwart Jungblut wurde arbeitslos, während sein Gegenüber Hermann Hinze von nun an der meist beschäftigte Spieler auf dem Platz war.

Das lag in erster Linie daran, daß Gerd Hoffmann in seinen Sturm vorgegangen war. Obwohl Matze Krause ihm wie ein Schatten folgte, war Hoffmann überall zu finden, verteilte die Bälle an seine Nebenspieler und schoß aus allen Lagen auf Hinzes Tor.

Dennoch fehlte allen Aktionen der 1. Klasse der Zusammenhang. Hoffmanns Bemühungen, den Ball schulmäßig von Mann zu Mann wandern zu lassen, blieben erfolglos. Es kamen keine Kombinationszüge zustande. Jeder versuchte sein Glück auf eigene Faust.

Auch auf der Gegenseite war es nicht besser. Heinis Spieler brachten keine klare Linie in ihren Abwehrkampf und schlugen die Bälle völlig systemlos aus der Gefahrenzone heraus.

Daß Fußball ein Mannschaftssport ist, schienen die 22 Spieler ganz und gar vergessen zu haben.
Schließlich wurde es Gerd Hoffmann zu dumm, daß trotz der Überlegenheit seiner Mannschaft kein zählbarer Erfolg für sie heraussprang. Er holte sich auf der Mittellinie einen Ball, überspielte alles, was sich ihm in den Weg stellte, stand plötzlich zehn Meter vor dem gegnerischen Tor und schoß zum 1:0 für die 1. Klasse ein.
Hermann Hinze war, obwohl er einen seiner besten Tage hatte und bisher sein Tor mit viel Glück und Geschick erfolgreich abgeschirmt hatte, gegen diesen Scharfschuß machtlos. Er zuckte nur mit den Schultern, als wollte er sagen: ‚Gegen den Hoffmann ist kein Kraut gewachsen.'
Zum Glück war die Hintermannschaft der 2. Klasse durch diesen Verlusttreffer nicht aus der Fassung zu bringen. Sie kämpfte unverdrossen weiter. Auch Matze ließ sich durch nichts in seiner Aufgabe erschüttern, den gefährlichen Gerd Hoffmann zu bewachen.
Das war gar nicht leicht, denn Hoffmann war nicht nur der beste Fußballer, sondern auch der schnellste und ausdauerndste Läufer von allen 22 Spielern. Außerdem wußte man bei ihm nie, auf welchem Posten er überhaupt spielte. Ein Mal schoß er auf Hinzes Tor, ein anderes Mal nahm er dem durchgebrochenen Heini Kamke im letzten Augenblick den Ball vom einschußbereiten Fuß.
Kurz vor Beendigung der ersten Halbzeit gab es einen Eckball für Heinis Mannschaft. Den von Klaus Mond wunderbar hereingeschossenen Eckstoß faustete Torwart Jungblut weg, und Hoffmann, der an der eigenen Strafraumgrenze stand, stoppte sich sofort das Leder. Er trieb den Ball über die Mittellinie in

die gegnerische Hälfte vor. Es war für ihn nicht schwer, die leichtsinnig weit aufgerückte Hintermannschaft der 2. Klasse zu überspielen, ungehindert lief er auf das von Hinze bewachte Tor zu. Nur Matze war dicht hinter Hoffmann. Er riß all seine Kraft zusammen. Mit großer Energie gelang es ihm, Hoffmann nicht nur einzuholen, sondern ihn sogar noch zu überspurten. Er beschloß, den Ball vorsichtig zu seinem Torwart Hermann Hinze zurückzuspielen. Unglücklicherweise aber hatte Hinze gerade in diesem Augenblick sein Tor verlassen, um Hoffmann den Schußwinkel abzukürzen. Matze hatte das zu spät bemerkt. Der Ball kullerte seelenruhig von seinem Fuß ins eigene Tor.

2:0 für die 1. Klasse. Matze, der sonst bestimmt nicht zimperlich war, konnte nicht verhindern, daß ihm die Tränen über die Backen kullerten. Die Jungen der 2. Klasse waren völlig durcheinander. Sie atmeten erleichtert auf, als „Bolle" zur Pause pfiff.

Erschöpft sammelten sich die Mannschaften an ihrem Tor und warfen sich ins Gras.

Heini stand als einziger aufrecht. Mit sorgenvoller Miene beobachtete er das „Team".

„Daß mir ja keiner auf die verrückte Idee kommt und jetzt Wasser trinkt!" rief er energisch, als er hörte, daß Klaus Mond einen Klassenkameraden bat, für die Fußballer Wasser zu holen.

Dann erblickte er Matze, der allein an einem Torpfosten saß und tat, als sei soeben die Welt untergegangen.

„Komm, Matze, sei kein Frosch. Setz dich doch zu uns!" rief Heini.

Aber Matze rührte sich nicht.

Turnlehrer Bernburg vermied es, in der Pause die beiden Mannschaften aufzusuchen, um jeden Verdacht der Parteilichkeit von vornherein auszuschließen.
Dadurch war Heini gezwungen, selbständig zu handeln. Er drehte sich so, daß auch der abseits sitzende Matze ihn hören mußte, und erklärte:
„Uns bleibt nichts anderes übrig. Wir müssen nun Bernburgs Taktik ändern und offensiv spielen. Matze muß vor in den Sturm, weil wir vier Männlein allein nichts ausrichten können. Also, er geht in der zweiten Halbzeit auf halblinks und ich wieder auf meinen Stammposten als Mittelstürmer. Mit fünf Stürmern schießen wir bestimmt unsere Tore."
Mittelläufer Hänschen Ritter war skeptisch.
„Hast du denn auch bedacht, daß der Hoffmann sich ohne Matzes Sonderbewachung bei uns in der Hintermannschaft nach Herzenslust austoben kann?"
„Richtig, Hänschen", bestätigte Heini. „Es kann uns natürlich passieren, daß die von der 1. Tor auf Tor schießen, wenn Matze nicht mehr eure Hintermannschaft verstärkt. Das Risiko müssen wir auf uns nehmen, weil die einzige Chance, dieses Spiel noch zu gewinnen, darin besteht, daß Matze als fünfter Stürmer mit angreift. Bleibt er aber hinten, haben wir überhaupt keine Aussicht zu siegen. Ich gehe lieber das Risiko ein, hoch zu verlieren, wenn ich dadurch eine Siegeschance habe, als daß ich mich von vorneherein geschlagen gebe. Und ob wir 0:2 oder 0:10 verlieren, ist nun auch schon egal. Und wegen Hoffmann mach' dir mal keine Sorgen. Wenn wir zu fünft stürmen, wird er sich noch überlegen, ob er es sich erlauben kann, nur vorn in seinem Sturm herumzugeistern."
Die meisten Jungen nickten mit dem Kopf. Sie gaben Heini

recht. Nur Matze Krause saß immer noch völlig geistesabwesend an seinem Torpfosten. Kein Trostwort seiner Freunde konnte ihm über den Kummer hinweghelfen, den er sich durch sein Eigentor zugefügt hatte.

Da geschah etwas Unerwartetes. Rechenlehrer Peters, an den keiner der Jungen mehr gedacht hatte, tauchte plötzlich neben Matze auf. Er setzte sich zu ihm ins Gras und drückte ihm die Hand.

„Ohne dich, Fritz, würde es bestimmt schon 5:0 für die 1. Klasse heißen. Du hast ja eine phantastische Leistung vollbracht. Hätte ich dir gar nicht zugetraut!"

Er klopfte Matze auf die Schulter, stand wieder auf, wandte sich herzlich an die anderen Spieler: „Nur weiter so, Jungs, ihr macht mir Freude", und verschwand.

Er ließ elf Jungen zurück, die trotz ihres 0:2-Rückstandes glückliche Gesichter machten. Vor allem Matze war wie ausgewechselt. Er sprang auf und meinte:

„Von mir aus könnte der ‚Bolle' sofort mit der zweiten Halbzeit beginnen."

Heini sah ihn strahlend an:

„Bin ich froh, Matze, daß du wieder der Alte bist!"

Auf der anderen Seite des Platzes bei der 1. Klasse war die Stimmung auf Hochtouren.

„Habt ihr gesehen, wie harmlos die Kleinen sind?" frohlockte Torwart Jungblut.

„Ihr müßt doch wohl zugeben, daß der Heini Kamke bei mir kein Bein auf die Erde kriegt", prahlte Mittelläufer Kurzmann.

Und Hoffmann meinte:

„Die sind ja blöd, daß sie den Matze Krause hinten lassen. Mit

vier Stürmern müssen die ja gegen uns mit Pauken und Trompeten eingehen."
Ein langgezogener Pfiff von Schiedsrichter Mehlitz machte der Unterhaltung ein Ende.
Die zweite Hälfte begann – genau wie die erste Halbzeit – mit einigen überfallartigen Angriffen der 2. Klasse.
„Laßt euch nicht bange machen, das ist nur ein kleines harmloses Strohfeuerchen", beruhigte Jungblut seine durcheinandergewirbelten Verteidiger. Er hatte aber das „Strohfeuerchen" gewaltig unterschätzt. In den nächsten Minuten kam die 1. Klasse kaum aus ihrer eigenen Spielhälfte heraus. Schon in der 7. Minute nach der Pause gab es einen Eckball von links für Heinis Mannschaft. Heini, der alle Linksecken trat, obwohl er Mittelstürmer spielte, gab diesen Eckballstoß so raffiniert vor das Tor, daß der Ball beinahe von allein ins Netz geflogen wäre. Nur noch mit allerletzter Kraft konnte Torwart Jungblut das Leder über die eigene Torlatte lenken. Es gab also eine Wiederholung dieses Eckballs. Die Abwehr der 1. Klasse rechnete damit, daß Heini ihn in der gleichen Art wie den ersten hereingeben würde. Darum deckten auch die beiden Verteidiger die Torecken, und sogar Mittelläufer Kurzmann baute sich neben seinem Torwart zwischen den beiden Torpfosten auf. Heini stellte sich blitzschnell darauf ein.
Er schoß den Ball nicht unmittelbar vor's Tor, sondern etwas weiter zurück zur Strafraumgrenze, so daß er sich genau am Elfmeterpunkt senkte. Ehe sich die Abwehrspieler von der Torlinie loslösen konnten, war Matze mit seinem Kopf am Leder, und im Fallen jagte er den Ball an Jungblut und dessen Verteidigern vorbei ins gegnerische Tor.

Nur noch 2:1 für die 1. Klasse! Übermütig lief Matze bis zur Eckfahne, um sich bei Heini für die schöne Vorarbeit zu dem Anschlußtreffer zu bedanken.
„Ich hab's wieder gut gemacht! Ich hab's wieder gut gemacht!" Er war ganz aus dem Häuschen.
Matzes Anschlußtor war der zündende Funke im Spiel der 2. Klasse. Endlich lief der Ball genau so wie im Training. Von Spieler zu Spieler, ohne daß ihn ein Gegner berührte. Plötzlich war eine echte Fußballstimmung auf dem Seepark zu spüren.
Von den Anfeuerungsrufen des Publikums angezogen, kamen die Kinder, die in den Sandkästen und auf den Nebenplätzen spielten, angerannt. Eine dichtgedrängte Menge von jungen Zuschauern umsäumte nun den Platz.
Der Sturm der 2. war wie ausgewechselt. Heini und Matze machten mit Ball und Gegner, was sie wollten. Nur Gerd Hoffmann, der sich ganz und gar in seine eigene Abwehr zurückgezogen hatte, konnte die beiden, wenn auch meist erst im letzten Augenblick, bremsen. Es wirkte urkomisch, wie die kleinen Innenstürmer die langen Verteidiger ausspielten.
Das 2:2 Ausgleichstor fiel nicht unerwartet. Mond führte den Ball über die Mittellinie hinweg und wurde auf Rechtsaußen abgedrängt. Er wartete bis er angegriffen wurde und erst dann leitete er das Leder weiter zu Matze. Matze hielt den Ball bei sich, blieb auf der Stelle stehen und lockte dadurch Gerd Hoffmann von Heini Kamke weg. Genau in dem Augenblick, in dem Hoffmann bei ihm angelangt war, schob Matze das Leder zu dem freistehenden Heini. Dieser Zug war so geschickt ausgeführt, daß Heini nur noch den großmauligen Kurzmann und Torwart Jungblut vor sich hatte. Als es ihm

gelungen war, sich mit einem lässigen Trick an Kurzmann vorbeizuspielen, wurde er übermütig. Statt sofort aufs Tor zu schießen, wartete er darauf, daß Torwart Jungblut ihm entgegenlief und mit einer großartigen Körpertäuschung ließ er auch den Torwart glatt ins Leere laufen. Unter ohrenbetäubendem Jubel lief Heini mit dem Ball die letzten paar Meter ins leere Tor.

Die übrigen 10 Spieler der 2. Klasse rannten begeistert nach vorn zu ihrem Spielführer, um ihn zu dieser kaltschnäuzigen Meisterleistung zu beglückwünschen. Selbst Hinze kam aus seinem Tor und rief Heini zu:

„Jetzt noch ein Tor, und wir haben es geschafft. Wir in der Abwehr halten schon dicht."

Werner Plötz stand, obwohl das verboten war, plötzlich auf dem Spielfeld. Er hielt den Jungen die Uhr hin.

„Noch zwölf Minuten sind zu spielen. Jetzt müßt ihr mauern, denn ein Unentschieden ist für euch ein Sieg."

Heini war gegenteiliger Meinung. Er hielt gar nichts von der Taktik, die Spieler vor das eigene Tor zurückzuziehen und die Bälle möglichst weit wegzuschlagen, nur um ein Ergebnis zu halten.

„Es wird auf gar keinen Fall gemauert. Wir stürmen weiter wie bisher!" rief er seiner Mannschaft zu.

Schiedsrichter Mehlitz, der sich das unerlaubte Eindringen von Werner Plötz einen Augenblick lang angesehen hatte, wurde ungemütlich.

„Wir sind doch hier nicht beim Kaffeeklatsch. Was hast du überhaupt auf dem Spielfeld zu suchen? Mach, daß du fortkommst!"

Er pfiff das Spiel wieder an.

Blitzschnell wechselten nun die Geschehnisse. Das eine Mal mußte Hermann Hinze alle Kraft aufbieten, um einen Gewaltschuß aus der Torecke zu erhechten, ein anderes Mal konnte Jungblut nur mit größter Geschicklichkeit den durchgebrochenen Matze Krause stoppen, indem er sich ihm blindlings vor die Füße warf.

Über Langeweile hatten sich weder die Zuschauer noch die Spieler zu beklagen. Am wenigsten die beiden Torhüter.

Leider wurde der Kampf in den letzten Minuten auch wieder härter. Schiedsrichter Mehlitz hatte schon zwei Verwarnungen aussprechen müssen.

In dieser angespannten Situation wurde es von den Spielern und Zuschauern kaum bemerkt, daß Hänschen Ritter, als er einen Ball wegschlug, plötzlich zusammenknickte und mit schmerzverzerrtem Gesicht vom Platz hinkte. Ehe Heini einem Stürmer den verwaisten Mittelläuferposten zuweisen konnte, erfaßte Gerd Hoffmann die Situation. Er tauchte plötzlich im Sturm auf, angelte sich den Ball, lief ungehindert auf das gegnerische Tor zu und schoß aus 15 Meter Entfernung einen für Hermann Hinze unerreichbaren Ball in die rechte obere Torecke.

3:2! Nun lag die 1. Klasse doch wieder in Führung.

„Hätten wir mal lieber gemauert. Das Unentschieden wäre uns bestimmt nicht mehr zu nehmen gewesen", sagte Klaus Mond zu Heini.

Der gab aber das Rennen nicht auf.

„Matze, nun erst recht", rief er seinem Halblinken zu.

„Soll ich nicht lieber als Mittelläufer zurückgehen?" fragte Matze. „Ich glaube nicht, daß der Ritter wiederkommt. Guck mal! Die tragen ihn gerade auf die Bank!"

„Ist ja furchtbar! Da müssen wir mit zehn Mann durchstehen. Du bleibst aber trotzdem vorn. Der Angriff ist die beste Verteidigung. Wir müssen jetzt alles auf eine Karte setzen."
Auf der anderen Seite lauteten Hoffmanns Weisungen genau umgekehrt.
„Alles zurück vor's eigene Tor! Es sind nur noch fünf Minuten zu spielen. Die Außenstürmer dürfen vorn bleiben."
Mit neun Mann verteidigten die aus der 1. ihr Tor. Dadurch wurde Heinis Mannschaft absolut feldüberlegen. Aber so sehr sie sich auch anstrengten, immer, wenn ein Schuß von ihnen auf Jungbluts Tor abgefeuert wurde, brachte irgendein Abwehrspieler sein Bein dazwischen. Und wenn wirklich ein Schuß durch diesen Abwehrblock durchrutschte, rettete Jungblut ihn selbst.
„Wir beide gehen jetzt auf außen", rief Heini Matze zu. „Im Innensturm haben wir keine Bewegungsfreiheit mehr."
Heini hatte lange genug bei den „Störchen" Linksaußen gespielt, und auch Matze wußte sich auf dem Rechtsaußen-Posten sehr sicher zu bewegen. Schon die zweite Flanke, die Matze hereinschickte, strich gefährlich nahe am Tor vorbei, nur hatte sie leider etwas zuviel Fahrt. Dadurch flog sie über Freund und Gegner hinweg in Richtung linke Eckfahne. Heini, der genau auf dem anderen Flügel stand, erwischte das Leder noch kurz vor der Aus-Linie. Er brachte den Ball unter seine Kontrolle und lief dann noch zwei bis drei Schritte in Richtung Tor. Die Gegner, und auch seine eigenen Spieler, konnten aus diesem unmöglichen Winkel nur eine Flanke erwarten. Heini narrte sie aber alle, statt zu flanken, schoß er den Ball so, als würde er eine Linksecke hereingeben, mit dem Außenrist auf Jungbluts Tor.

Er traf das Leder so raffiniert, daß es über Torwart Jungblut hinwegdrehte und an den Torpfosten knallte. Von dort sprang der Ball dann endgültig ins Netz.
Das Ausgleichstor war gefallen. Es stand unentschieden 3:3.
„Heini! Heini! Heini!" riefen die zuschauenden Schulbuben. Die Freude über dieses von ihnen kaum noch erwartete Tor machte sich in einem ohrenbetäubenden Geschrei Luft.
„Noch zwei Minuten", schrie Torwart Hinze. Das sollte heißen, daß sich die von der 2. von nun an Zeit lassen sollten.
Er hatte seine Rechnung ohne den Wirt gemacht, denn die Jungen von der 1. Klasse übernahmen sofort das Kommando. Sie wollten auf Biegen und Brechen das Siegestor erzwingen. Gerd Hoffmann tauchte sofort wieder in seinem Sturm auf. Heini zog daraus seine Konsequenzen und wies Matze an, seine alte Bewacherrolle wieder zu übernehmen. Genau wie in der ersten Halbzeit klebte Matze wie eine Klette an dem Spielführer der 1. Klasse. Automatisch wechselte das Spielgeschehen in die Hälfte der 2. Nur Heini und Mittelläufer Kurzmann standen noch auf der Mittellinie. Alle anderen Spieler tummelten sich vor dem Tor von Hinze, der soeben seine größte Leistung in diesem Spiel vollbrachte. Er hechtete einen flach in die untere Ecke abgefeuerten Schuß im Panthersprung heraus und brachte obendrein noch das Kunststück fertig, diesen Ball festzuhalten.
„Eine Minute noch", rief ihm Werner Plötz, der mit der Uhr in der Hand hinter dem Tor stand, zu. Hermann Hinze überlegte, ob er den Ball nicht einfach ins Aus schlagen sollte, um für seine Mannschaft wichtige Sekunden zu gewinnen. Er entschloß sich aber doch, den Ball so weit es ging nach vorn ins Spielfeld zu schlagen.

Heini mußte weit nach links laufen, und er erreichte nach einem gewaltigen Zwischenspurt den Ball nur noch knapp vor der Seitenlinie. Kurzmann war aber dicht neben ihm und drückte ihm seinen linken Ellenbogen in die Rippen. Obwohl das für einen Augenblick sehr weh tat, riß sich Heini zusammen und schlug um Kurzmann einen Haken. Er hatte bei diesem Manöver gute zwei Meter gewonnen und rannte auf dem kürzesten Wege mit dem Ball auf Jungbluts Tor zu. Kurzmann, der ein sehr guter Sprinter war, lief aber schneller als Heini und war schon an der Strafraumgrenze mit ihm auf gleicher Höhe. Heini stoppte in vollem Lauf, trat auf den Ball und ließ Kurzmann, der auf diesen Trick nicht gefaßt war, ins Leere laufen. Im selben Augenblick drehte Heini in Richtung Tor ab.

Nun entstand die gleiche Situation wie beim zweiten Tor. Jungblut stürzte aus seinem Kasten heraus und wollte sich Heini vor die Füße werfen. Mit einer herrlichen Körpertäuschung umspielte Heini den Torwart.

‚Bloß jetzt nicht das leere Tor verfehlen', dachte Heini, denn er wußte, daß von seiner nächsten Berührung mit dem Ball der Sieg seiner Mannschaft abhing. Es waren ja höchstens noch dreißig Sekunden zu spielen. Der Anfeuerungsjubel auf dem Platz wuchs zu einem Orkan. Torwart Jungblut gab sich aber noch nicht geschlagen. Obwohl er überhaupt nicht mehr damit rechnen konnte, den Torschuß zu verhindern, warf er sich blindlings hinter Heini her, bekam dessen Standbein zu fassen und umklammerte es mit beiden Händen. Mit einem Ruck riß er Heini von den Beinen.

Heini fiel der Länge nach hin. Neben ihm lag der Ball, nur einen halben Meter vom Tor entfernt.

Schiedsrichter Mehlitz pfiff sofort ab und rannte zum Tatort. Das Anfeuerungsgeschrei des Publikums verwandelte sich in ein Pfeifkonzert gegen Jungblut. Jungbluts Rettungsaktion war gegen alle Regeln des Fußballsports.
„Elfmeter, Elfmeter!" riefen die Spieler der 2. Klasse.
Matze warf einen verächtlichen Blick auf Jungblut.
„Der Strolch. Hat das überhaupt noch etwas mit Sport zu tun?"
Hoffmann versuchte Matze zu beruhigen.
„Schön war's ja nicht, was der Jungblut da soeben gemacht hat. Es war aber doch für ihn der letzte Ausweg. Mal ehrlich, Matze, hätte euer Hinze das nicht auch versucht?"
Das Erscheinen des Schiedsrichters am Tatort enthob Matze der Antwort. Ohne jeden Kommentar legte Mehlitz den Ball auf den Elfmeterpunkt. Das Publikum rannte quer über das Spielfeld hinter das Tor der 1. Klasse, um den Elfmeterschuß aus nächster Nähe zu verfolgen. Jedem war klar, daß dieser Elfmeterball das Spiel entscheiden mußte.
Die Spieler der 1. Klasse machten einen letzten Versuch:
„Sehen Sie doch bitte mal auf Ihre Uhr, Herr Mehlitz. Das Spiel ist doch schon seit einer Minute beendet. Der Elfmeter darf doch gar nicht mehr ausgeführt werden."
Mehlitz winkte ab.
„Ihr müßt euch gelegentlich das Regelbuch des Deutschen Fußballbundes ansehen. Das Vergehen eures Torwarts, das ja ein absolut sicheres Tor verhindert hat, erfolgte dreißig Sekunden vor Schluß des Spiels, also innerhalb der regulären Spielzeit. Jeder Elfmeter muß ausgeführt werden, auch wenn dadurch die vorschriftsmäßige Spielzeit überschritten wird. Begriffen? Und nun macht mir gefälligst den Strafraum frei."
„Du Heini, jetzt mußt du dem Jungblut einen so dollen

Knallbonbon in den Kasten setzen, daß dem die Augen übergehen", sagte Matze.

Heini sah ihn zweifelnd an.

„Ich meine, wir sollten lieber Hermann Hinze den Elfer schießen lassen. Du weißt doch warum."

„Ach so, wegen Bernburg meinst du."

„Eben."

„Ich hab nur Angst, der Hermann hat nicht die Nerven, diesen Elfmeter zu schießen!" warnte Matze.

Aber Heini stand schon bei Hermann Hinze.

„Nimm dich jetzt zusammen, Hermann. Du wirst diesen Elfmeter schießen. Man kann nie wissen. Vielleicht hat der Bernburg den Jungblut doch gewarnt."

Torwart Hinze, der noch nie einen Elfmeter in einem entscheidenden Spiel geschossen hatte, sah ängstlich auf den Ball. Er ging darauf zu, bückte sich, anstatt sich aber den Ball zurechtzulegen, knöpfte er ohne jeden Grund sein Schuhband auf und wieder zu, erhob sich und – stutzte plötzlich.

Turnlehrer Bernburg schob Heini vor sich her. Bei Hinze angekommen, wetterte er:

„Was soll dieser Blödsinn? Seit wann schießt denn du die Elfmeter?"

Hinze bekam einen roten Kopf.

Bernburg tippte Heini vor die Stirn.

„Seid ihr verrückt geworden? Wollt ihr euch denn selbst um den sicheren Sieg bringen? Du schießt den Elfmeter, verstanden!"

„Gott sei Dank", seufzte Hinze erleichtert.

Heini wagte keine Widerrede. Stillschweigend legte er sich den Ball zum Schuß zurecht.

„Mensch, mach es doch nicht so spannend“, rief Jungblut, der abwehrbereit auf der Torlinie stand. „Wie auch immer du den Elfmeter schießt, ich halte ihn bestimmt!“
‚Wieso ist der so selbstsicher?‘ ging es Heini durch den Kopf. ‚Nur weil er im letzten Spiel zwei Elfmeter gehalten hat? Oder hat ihn Bernburg über meinen neuen getäuschten Elfmeter unterrichtet? Will der Bernburg darum, daß ich den Elfmeter schieße? Meint er es mit uns gut? Oder mit den Spielern der 1. Klasse?‘
Schiedsrichter Mehlitz riß Heini aus seinen verworrenen Gedanken:
„Sobald ich gepfiffen habe, wird geschossen. Geht der Ball direkt ins Netz, oder prallt er vom Torwart ins Netz, gilt der Schuß als Tor. Prallt der Ball aber vom Pfosten, von der Latte oder vom Torwart ins Feld zurück, pfeife ich sofort das Spiel ab. Ein Nachschuß ist also nicht mehr möglich.“
Die Spieler und Zuschauer bildeten einen Halbkreis um das Tor. Jungblut stand genau in der Mitte des Tores und ging ein wenig in die Knie, um schneller springen zu können. Seine Blicke verfolgten jede Bewegung, die Heini machte. Der Ball schien ihn gar nicht zu interessieren. Auf dem Platz wurde es mäuschenstill. Heini war ungefähr zehn Schritte vom Ball zurückgegangen und Mehlitz setzte die Pfeife an den Mund.
Heini war entschlossen, Bernburgs neu-eintrainierten Elfmeter zu schießen. Trotz allem, was zu befürchten war. Er sah noch einmal zu Bernburg hinüber. Da zerriß der Elfmeterpfiff schneidend die Stille.
Heini lief die zehn Schritte zum Ball. Er tat so, als wollte er ihn in die linke untere Ecke schießen. Jungblut blieb unbeweglich. Heini drehte seinen Fuß so, daß der Ball in die rechte Ecke

fliegen mußte. Nun reagierte Jungblut. Wie ein Tiger hechtete er in die rechte untere Ecke. Heini aber riß seinen Körper noch einmal herum und der Ball flog ungehindert in die äußerste linke Ecke des Tores.
Der dreimalige Torpfiff des Schiedsrichters ging im Torgebrüll unter. Der glückliche Torschütze schlug drei Purzelbäume hintereinander. Sein Elfmeter hatte der 2. Klasse den 4:3-Sieg eingebracht und damit den seit zehn Jahren bestehenden Nimbus von der Unbesiegbarkeit der 1. Klasse zerstört.
Heini rannte zu Bernburg. Allen Respekt vergessend, ergriff er die Hand des Lehrers.
„Ich danke Ihnen – ich bitte um Verzeihung – ich habe Ihnen bitter Unrecht getan."
Bernburg, der mit diesen Worten nichts anzufangen wußte, sagte herzlich:
„Laß dir doch erst einmal gratulieren. Das hast du großartig gemacht. Was so ein kleines Training doch ausmacht, nicht wahr?"
Heini nickte zustimmend mit einer Bescheidenheit, die sonst nicht seine Art war.
„Was hast du denn nur?" fragte Bernburg erstaunt. „So kenne ich dich ja gar nicht. Ein bißchen die Nerven verloren, was? Das hab' ich schon vorhin gemerkt, als du den Elfmeter nicht schießen wolltest."
Da mußte Heini doch lachen.
„Nerven, Herr Bernburg? Nein, die kenn' ich nicht!"
„Na, Gott sei Dank", sagte der Lehrer, „dann ist es ja gut. Du darfst stolz sein. Übrigens nicht nur auf den Elfmeter. Auch auf deine Leistung als Spielführer. Ich war froh, als ich bei Beginn der 2. Halbzeit merkte, daß du in die Offensive

übergingst. Ich hätte es unter den gegebenen Umständen nicht anders gemacht."

Bernburg klopfte Heini freundschaftlich zum Abschied auf die Schulter. Als seine Mannschaft, die in respektvollem Abstand auf ihren Spielführer wartete, das sah, ging ein Aufatmen durch ihre Reihen.

Das leise Mißbehagen, mit dem sie der Unterhaltung von weitem gefolgt waren ohne sie zu verstehen, war verschwunden. Die Erinnerung daran, daß Heini in der Pause zwischen den zwei Halbzeiten die taktischen Anweisungen des Lehrers kurzerhand beiseite geschoben hatte, hatte sie unsicher gemacht.

Jetzt, als Heini in den Kreis seiner Mannschaft trat, überkam sie das Glücksgefühl ihres Sieges von neuem. Sie schüttelten ihm die Hände, fielen ihm um den Hals und erdrückten ihn fast mit ihren Umarmungen.

Als der Sturm sich etwas gelegt hatte, trat Gerd Hoffmann heran.

„Alle Achtung", sagte er und reichte Heini die Hand, „Ihr könnt mit euch zufrieden sein. Ihr wart die besseren."

Das „Team", dem diese Haltung Hoffmanns gewaltig imponierte, klatschte begeistert Beifall.

Das war der Auftakt für die jugendlichen Zuschauer, die bisher nur schwer ihre Geduld bezähmt hatten. Sie gebärdeten sich, als ob sie nicht eine erfolgreiche Jungenklasse, sondern den frischgebackenen deutschen Fußballmeister feiern würden. Sie hoben die elf siegreichen Spieler auf die Schultern und trugen sie von dem Tor, in das Heini den Elfmeter geschossen hatte, quer über den Platz zu der Bank, an der ihre Kleider lagen.

IV

Die Siegesfreude des „Teams“ erhielt beim Anblick Hänschen Ritters einen starken Dämpfer. Er lag an der Umkleidebank, von einigen Kameraden umgeben und versuchte tapfer den Schmerz im geschwollenen Knie zu verbergen.

„Um Gottes willen, Hänschen“, sagte Heini schuldbewußt, denn sie hatten ihren Mittelläufer im Siegestaumel ganz vergessen, „was ist denn passiert? Wir haben das vorhin gar nicht richtig mitgekriegt. Ist es was Schlimmes?“

„Ich weiß nicht“ — Ritter versuchte ein Lächeln — „ich kann mit dem linken Bein nicht mehr auftreten. Das tut furchtbar weh. Aber man sieht eigentlich gar nichts. Nur ein bißchen geschwollen.“

Heini, der sich als Fachmann fühlte, weil er auch schon öfter eine Knieverletzung davongetragen hatte, betrachtete Ritters Bein lange und sagte:

„Du mußt zum Arzt. Ich glaube, das ist der Meniskus.“

Heini hatte mal irgendwo aufgeschnappt, daß dieser Knieschaden als typische Fußball-Erkrankung galt.

„Mensch, du mußt ja irrsinnige Schmerzen haben. Tust mir richtig leid“, tröstete Matze den Mittelläufer.

„Ich tu mir selber leid, aber nicht wegen der komischen Schmerzen. Die ertrage ich gern, weil wir gewonnen haben“, sagte Ritter heroisch. „Aber zu Hause merken sie nun, daß ich Fußball gespielt habe. Und das wird furchtbar.“

Ritters Eltern waren absolute Fußballgegner und hatten ihrem Sohn klipp und klar untersagt zu spielen. Er mußte jedes Mal eine neue Ausrede erfinden, wenn er zum Fußballplatz ging.

Meistens brachte er vor, daß er als guter Schüler den schlechteren bei den Schularbeiten helfen müsse. Von Zeit zu Zeit stimmte das sogar. Klaus Mond, in der Schule alles andere als eine Leuchte, nahm sehr oft die Hilfe seiner Mannschaftskameraden in Anspruch.

Aber jetzt, mit dem schmerzenden Bein, war auch Ritter am Ende seiner Weisheit.

„Was erzähle ich denn nur zu Hause?" überlegte er.

„Ich bin dafür, du sagst die Wahrheit", empfahl Heini. „Dann kannst du auch schnellstens einen Arzt aufsuchen. Das beste wird sein, wir bringen dich alle nach Hause. Wenn ich deiner Mutter sage, daß wir 4:3 gewonnen haben, wird sie sicherlich milder gestimmt."

„Hast du eine Ahnung, wie wenig sich meine Mutter für 4:3 interessiert. Da kriege ich höchstens vier auf die linke und drei auf die rechte Backe", erwiderte Ritter nicht gerade mutig.

„Dann laß uns doch sagen, wir hätten 0:0 gespielt", schlug Heini vor.

„Tröste dich, Hänschen", Matze Krause nahm seinen verletzten Mittelläufer auf die Seite, „bei mir gibt es auch Krach, wegen der Oberhemden. Das Hemd, das ich dem Pilz geliehen habe, ist völlig verdreckt. Und Klaus Mond hat mit dem andern wahrscheinlich den Seepark harken wollen. Es ist an drei Stellen zerrissen."

„Mach dir bloß keine Sorgen. Ich nehme das Hemd mit nach Hause. Meine Mutter näht das so prima, daß deine Mutter gar nichts merkt", versprach Klaus Mond etwas leichtsinnig.

„Mir kann's recht sein", meinte Matze. „Das Hemd vom Pilz steck ich dann gleich mit meinem zusammen in den Einweich-

kessel. Meine Mutter wird ja heute abend nicht mehr in den Kleiderschrank gucken."
Werner Plötz, der während dieser Unterhaltung Eintragungen in ein großes Buch gemacht hatte, bat jetzt feierlich um Ruhe.
„Mit dem heutigen Spiel gegen die 1. Klasse, unserem besten Ergebnis des letzten Jahres, hat unsere Klassen-Mannschaft ihre erfolgreiche Spielzeit abgeschlossen", las Werner vor. „29 Spiele haben wir ausgetragen, 24 Kämpfe wurden gewonnen, 2 mal unentschieden gespielt, und nur 3 mal haben wir verloren. Das wären somit 50:8 Punkte und 96:25 Tore. Kamke hat 42, Krause 23 und Mond 14 Tore geschossen. In die übrigen 17 Tore teilen sich sieben weitere Spieler."
Heini strahlte über das ganze Gesicht:
„Na, bitte, meine Herren, mit dieser Bilanz können wir im nächsten Schuljahr getrost das Erbe der 1. Klasse als Vertreter der 5. Wilmersdorfer Volksschule antreten. Laßt euch von mir sagen: wenn wir weiter so zusammenhalten wie bisher, wird unser ‚Team' im nächsten Jahre Berliner Schulmeister."
„Bravo, Bravo! Wir werden Berliner Meister!" riefen die Jungen. Sie waren so begeistert, daß sie gar nicht mehr überlegten, ob sie ernsthaft selbst daran glaubten.
Gemeinsam verließ das „Team" den Seepark. Heinz Augustin und Klaus Mond nahmen Hänschen Ritter, der ohne Hilfe überhaupt nicht mehr vorwärts kam, in die Mitte. Auf der Straße setzten sie den Mittelläufer auf sein Fahrrad und schoben ihn vorsichtig nach Hause. Zu zwölft kamen sie vor Ritters Wohnung an.
„Wie ich meine Mutter kenne, ist es doch besser, ihr bleibt unten", sagte Hänschen, bevor er den schweren Weg in den

ersten Stock hinauf wagte. „Ich glaube, wenn Werner Plötz allein bis an die Wohnungstür mitkommt, hat es den größten Erfolg."
Er sah seine Freunde mit einem bittenden Lächeln an.
„Ihr müßt das verstehen. In den Augen meiner Mutter seid ihr nun mal nur die ‚Fußballer'. Der Plötz aber wird mir immer als gutes Beispiel vorgehalten, weil er so viele Einser hat."
„Gut, Hänschen, ich komme allein mit. Aber hoffentlich weiß deine Mutter nicht, daß ich in diesem Spieljahr auch zwei Tore für das ‚Team' geschossen habe", antwortete Plötz und war glücklich, die Spieler auf diese, wie er dachte, dezente Art und Weise daran erinnert zu haben, daß er am 12:0-Sieg gegen die 3. Klasse als Ersatzmann für den grippekranken Matze mit zwei Toren beteiligt war.
Auf Zehenspitzen warteten die Jungen unten im Hauseingang auf die Dinge, die sich nun entwickeln würden. Heini, der Plötz bei Ritters Transport in den ersten Stock behilflich war, kehrte auf schnellstem Wege zurück, um Hänschens Rad im Keller unterzustellen. Dann erst klingelte Plötz bei Ritters.
„Guten Tag, gnädige Frau", sagte er, als Frau Ritter die Tür geöffnet hatte. Er wußte von seinem Vater, der eine Maßschneiderei besaß, daß es immer einen guten Eindruck machte, wenn man eine Dame mit „gnädige Frau" anredete. „Gnädige Frau, ich möchte den Hans entschuldigen. Er hat sich sein Knie verletzt und ich wollte Sie höflichst bitten, nicht böse darüber zu sein. Wir brauchten nämlich heute den Hans so dringend. Es ging um Sein oder Nichtsein."
Unten staunten die Jungen, wie fließend Plötz das vorbrachte.

Frau Ritter schien weniger davon beeindruckt.
„Ich verstehe schon. Der Hans hat also doch gegen unser Verbot Fußball gespielt", sagte sie streng. Dann wandte sie sich an ihren Sohn.
„Na warte, mein Bürschchen. Wenn der Vater heute abend nach Hause kommt, wirst du was erleben! Nur eins verstehe ich nicht —" Frau Ritters Stimme klang wieder etwas vornehmer — „daß ausgerechnet du, Werner, den Hans in Schutz nimmst. Du bist doch sonst so wohlerzogen. Aber dazu hat dich bestimmt mein Sohn überredet."
Sie wurde wieder zornig.
„Das ist ja typisch. Andere sollen ausfressen, was er sich eingebrockt hat!"
Unmittelbar darauf hörten die Jungen, die immer noch atemlos im Hausflur warteten, wie es kurz hintereinander „Klatsch-Klatsch" machte.
„1:1" konnte sich Heini nicht verkneifen, festzustellen, während Matze zweifelnd sagte:
„Wer weiß, vielleicht auch 2:0."
„Niemals, das war ein Doppelschlag, links und rechts zugleich. Hundertprozentig 1:1", blieb Heini bei seiner Meinung. „Hoffentlich erhöht sich das Ergebnis nicht noch!"
Oben wurde die Tür zugeknallt. Werner Plötz kam langsam die Treppe herunter. Er zuckte stillschweigend mit den Schultern. Die Jungen waren sich nicht darüber klar, ob es Zweck hatte, weiter zu warten.
Aber schon nach zwei Minuten wurden sie aller Zweifel enthoben. Oben klappte die Wohnungstür zum zweiten Mal und ehe die Jungen begriffen, was los war, tauchte Frau Ritter auf der Treppe auf.

Sie stutzte, als sie das „Team“ im Hauseingang sah.
„Da ist ja die ganze Fußballhorde zusammen. Was wollt ihr denn hier? Macht, daß ihr nach Hause kommt!“
Heini trat mutig vor:
„Wir wollten nur wissen, was mit Hänschens Knie los ist. Er hatte große Schmerzen und ich glaube, er muß heute noch zum Arzt. Vielleicht könnten wir Ihnen behilflich sein und ihn hinbringen?“
„Danke“, sagte Frau Ritter kurz, „ich will gerade selbst einen Arzt holen.“ Aber sie sah schon nicht mehr so zornig aus wie zuerst.
„Dürften wir vielleicht hier warten, bis Sie mit dem Arzt zurückkommen?“ fragte Heini bescheiden.
„Ihr müßt zum Abendbrot nach Hause. Ihr werdet doch Hunger haben“, wehrte Frau Ritter ab.
Heini ließ sich nicht beirren.
„Bevor wir nicht wissen, was Hänschen fehlt, kriegen wir keinen Bissen herunter.“
Ungläubig sah Frau Ritter die Jungen an, die sie eben noch mit „Fußballhorde“ bezeichnet hatte. Die hatten ja wahrhaftig mehr Charakter im Leib, als mancher Erwachsene. Frau Ritter führte gern das Sprichwort von den „Freunden in der Not“ im Munde. Sie hatte da ihre Erfahrungen gemacht. Aber diese Jungen warfen ihre Weltanschauung glattweg über den Haufen.
„Also, dann wartet“, erklärte sie und gab sich Mühe, ihre Rührung zu verbergen. „Aber nicht hier im Hausflur. Geht in die Wohnung hinauf!“
Sie gab Werner Plötz die Schlüssel.
„Paß auf, daß sich die Jungen die Schuhe abstreifen, bevor sie

die Wohnung betreten. Wenn ich nachher mit dem Arzt zurückkomme, klingle ich unten. Ihr braucht dann nur auf den kleinen braunen Knopf neben der Wohnungstür zu drücken."
Mit lautem Gepolter stürmte die Meute in den ersten Stock hinauf.
„Mensch, die alte Dame von Hänschen ist ja eine tolle Wucht!" schwärmte Matze. „Die tut ja nur so grob. Habt ihr gesehen, die hatte vorhin direkt Tränen in den Augen!"
Hänschen Ritter lag mit schmerzverzerrtem Gesicht auf der Couch im Wohnzimmer. Das Knie tat doch weher, als er ursprünglich zugeben wollte.
„Was glotzt ihr mich denn so an wie einen Halbtoten? Ihr habt wohl vergessen, daß Ludwig Goldbrunner sehr hart im Nehmen ist?"
Goldbrunner, der Spielführer von Bayern München und derzeitiger Mittelläufer der Fußballnationalmannschaft, war das Ideal, nach dem Hänschen Ritter sich benannte.
„Ihr sollt mal sehen, im nächsten Spiel bin ich wieder da wie eine Eiche. Und dann werd' ich euch mal zeigen, wie man Tore schießt. Ich werd' dem Hermann Hinze gleich zwei hervorragende Selbsttore, Marke Matze Krause, in die Maschen jagen", witzelte er trotz seiner Schmerzen.
Alles lachte. Auch Matze machte gute Miene zum bösen Spiel. Er baute sich vor Hänschen in Boxerstellung auf:
„Eigentlich müßte ich dich jetzt mit meiner sagenhaften Rechten ins Land der Träume schicken. Aber ich bin ja Mensch, mir tun deine Nachkommen leid."
„Fühl dich nur nicht zu stark! Du könntest sonst vor Kraft nicht mehr laufen, und das wäre doch schade für unser ‚Team'", gab Hänschen zurück.

Das Gelächter verstummte erst, als die Türglocke klingelte und Frau Ritter mit dem Arzt ins Zimmer trat.
„Nun erzähl mal, wie das passiert ist“, sagte der Arzt und setzte sich zu Hänschen auf die Couch.
„Ich weiß es selbst nicht so genau. Ich habe mit dem rechten Bein einen Ball weggeschlagen. Dabei bin ich weggerutscht, und dann konnte ich plötzlich nicht mehr stehen. Aber es ist halb so wild.“
Hänschen Ritter stand auf und wollte dem Arzt mit zusammengebissenen Zähnen beweisen, daß er wieder laufen könne. Aber schon beim ersten Schritt knickte er ein.
„Na“, meinte der Arzt väterlich, „ein bißchen wild ist es doch noch, nicht wahr? Nun wollen wir das Knie mal gründlich untersuchen.“
Die Jungen sahen gespannt zu, wie der Arzt Hänschens Knie abtastete, vorsichtig im Gelenk bewegte, und auf die Muskeln drückte.
Endlich richtete er sich auf.
„Ich kann Sie beruhigen“, sagte er zu Frau Ritter. „An und für sich ist es nichts Ernstes. Ich tippe auf eine Meniskusverletzung. Kein Riß, sondern eine Quetschung. Aber auch die kann böse Spuren hinterlassen, wenn man nicht aufpaßt. Absolute Vorsicht ist also geboten. Auf jeden Fall muß Ihr Sohn ein paar Tage im Bett bleiben. Wenn er danach immer noch nicht richtig laufen kann, würde ich empfehlen, meinen Kollegen Dr. Beck aufzusuchen. Der ist Knie-Spezialist und hat mit Fußballern sehr viel zu tun.“
Hänschen war den langen Ausführungen des Arztes unruhig gefolgt. Jetzt nahm er die erste Pause wahr und fragte besorgt:

„Sie haben doch gesagt, Herr Doktor, es ist nichts Ernstes. Daß heißt doch, daß ich bald wieder fußballspielen kann?"
Nicht nur Hänschens, sondern elf andere Augenpaare hingen gespannt an den Lippen des Arztes.
„Jetzt hör mal schön zu, mein Junge. Mit dem Fußballspielen ist es in den nächsten Monaten nichts. Das mußt du vorläufig aufstecken. In deinem Interesse."
„Und euch", wandte sich der Arzt an die entsetzten Jungen, „bitte ich auch, vernünftig zu sein. Versucht nicht, ihn zu überreden, trotzdem mitzuspielen. Achtet lieber darauf, daß er keinen Ball anrührt. Denn sonst kann es passieren, daß eines Tages mal das Knie operiert werden muß. Und das wollt ihr doch bestimmt nicht."
Der Arzt nickte ihnen aufmunternd zu, klopfte Hänschen auf die Schulter und verließ mit Frau Ritter das Zimmer.
Mit der Freude der Jungen war es nun endgültig vorbei. Sie wußten auch nicht recht, was sie Hänschen Ritter sagen sollten. Sie fühlten, daß jetzt keiner ihrer üblichen Scherze angebracht war und das, was sie empfanden, konnten sie nicht ausdrücken.
Sie verabschiedeten sich bald. Heini begleitete Matze in seine Wohnung, um seine Straßenschuhe, die er vor dem Spiel dort hatte stehen lassen, abzuholen. Matzes Mutter war noch nicht zurückgekehrt. So hatten sie eine gute Gelegenheit, die beiden Hemden in die Waschküche zurückzuschmuggeln. Das hätte ihnen zu jeder anderen Zeit ein diebisches Vergnügen bereitet. Aber jetzt sprachen sie kein Wort. Sie drückten sich nur stumm zum Abschied die Hand. Matze klopfte Heini auf die Schulter, ohne besonderen Grund, wohl mehr aus Verlegenheit.

Als Heini an den Müllkästen vorbei quer über den Hof ihres Häuserblocks in seine Wohnung ging, lief ihm Werner Plötz in die Arme, der den Abfalleimer noch ausleeren mußte.
„Ohne Ritter ist es aus mit unserer Schulmeisterschaft", stellte Plötz traurig fest.
„Scheint mir auch so", sagte Heini. „Wo sollen wir über Nacht einen neuen Mittelläufer hernehmen, der so stark wie Ritter ist? Aus unserer Klasse nicht. Und in der 3. Klasse finden wir auch keinen. Die können ja überhaupt nichts. Ich kann mich gar nicht mehr freuen über unseren heutigen Sieg."
Mutter und Vater Kamke saßen schon vor dem Abendbrottisch, als Heini die Küche betrat. Wochentags wurde bei Kamkes immer in der Küche gegessen. Nur sonntags deckte Mutter Kamke in der Wohnstube, weil es an diesem Tage meist etwas „Besseres" gab.
„Habt ihr denn bis jetzt Fußball gespielt? Es ist doch schon lange dunkel?" fragte Papa Kamke.
Er achtete nicht gleich darauf, daß Heini sich ohne Antwort an den Tisch setzte, denn er hatte einen anstrengenden Tag hinter sich, weil er in seiner Firma wieder einmal Überstunden machen mußte. Seit 15 Jahren war er als Oberpacker bei einer der größten Berliner Lederfirmen beschäftigt. Da sich die Fabrik in der Nähe des Schlesischen Bahnhofs befand, nahm der Weg von seiner Wohnung bis zur Arbeitsstätte, Fußmarsch und Bahnfahrt zusammengerechnet, eine Dreiviertelstunde in Anspruch. Hin und zurück waren das anderthalb Stunden. So war Vater Kamke täglich zwölf bis dreizehn Stunden unterwegs. Und wenn es Überstunden gab, sogar vierzehn und fünfzehn.
Jetzt bat er seine Frau:

„Ich bin heute so müde, Muttchen. Pellst du mir die Kartoffeln?"
Mutter Kamke machte sich sofort an die Arbeit. Es gab Pellkartoffeln mit saurem Hering, und jeder bekam ein schönes Stück Butter dazu.
Als Papa Kamke voll Wohlbehagen in die erste Kartoffel biß, fiel ihm ein, daß sein Sohn ihm ja noch eine Antwort schuldig war.
„Du sagst ja gar nichts, Heini! Haben euch die Großen denn so toll eingeseift?"
„Ach nein, gar nicht."
„Nun mal raus mit der Sprache. Die haben euch wohl ganz schön eins auf die Badehose gegeben?" neckte Papa Kamke. „Wieviel Tore haben sie euch denn reingehauen? Erzähle. Wenn ihr gewinnt, steht dein Mund ja auch nicht still."
„Damit du es weißt: wir haben 4:3 gewonnen!"
Papa Kamke ließ nicht locker.
„Ja, aber was ist denn los? Warst du etwa wieder so schlecht wie beim letzten Spiel? Hast du wieder zwei Elfmeter verschossen?"
Er zwinkerte Heini zu.
„Mir kannst du es doch sagen. Ich bin doch dein Freund!"
„Ach Papa, es ist alles so ein Mist. Wir haben zwar 4:3 gewonnen. Und ich war auch gar nicht schlecht. Ich hab' sogar drei Tore geschossen. Und damit du dich beruhigst: das Siegestor war ein von mir verwandelter Elfmeter. Aber was nützt das alles? Der Sieg ist absolut wertlos. Wir haben seit heute keinen Mittelläufer mehr."
Heini schwieg wieder. Papa Kamke fragte auch nicht mehr. Er kannte seinen Sohn. Heini mußte schon einen triftigen

Grund haben, wenn er nicht weiter erzählte. Im allgemeinen redete er mehr, als mitunter erträglich war.
Erst lange nach dem Abendessen, Papa Kamke lag schon im Bett und sah noch ein wenig in die Zeitung, kam Heini zu seinem Vater und erzählte aus freien Stücken, was sich tagsüber ereignet hatte. Angefangen bei den im Schillerpark organisierten Blumen, aufgehört bei den Erlebnissen in Ritters Wohnung. Das erleichterte sein Herz.
Trotzdem konnte er, als er endlich in seinem Bett lag, lange nicht einschlafen. Er mußte immer an Hänschen Ritter denken.

V

Der Tag der Versetzung war gekommen. Die Schüler der 2. Klasse standen noch einmal in ihrem alten Klassenzimmer. Nach den Osterferien mußten sie ins Erdgeschoß umziehen. Es gehörte zur Tradition der Schule, daß die 1. Klasse dort gleich neben dem Lehrerzimmer untergebracht wurde.
Klassenlehrer Benecke hielt eine kleine Ansprache.
„Ich hatte zwar viel Ärger mit euch im letzten Schuljahr, erkenne aber an, daß ihr euch wenigstens zum Schluß enorm angestrengt habt. Dadurch ist es der Klasse gelungen, das Ziel geschlossen zu erreichen. Bei einigen von euch habe ich allerdings mehr als ein Auge zudrücken müssen.
Macht mir bitte im nächsten Jahr keine Schande. Herr Schulrektor Schulz persönlich wird euer Klassenlehrer werden. Er ist ebenso gerecht wie ich, verlangt aber auch absoluten Gehorsam, Fleiß und selbständige Mitarbeit.

Ich unterrichte euch auch im nächsten Jahre weiter in Geschichte und Erdkunde. Wir werden uns nicht aus den Augen verlieren."

Benecke schritt zum wichtigsten Punkt des Tages: der Zeugnis-Verteilung. Er rief jeden Schüler zu sich ans Pult, um ihm mit einem kurzen Kommentar das Zeugnis zu überreichen.

„Du bist gerade noch so durchgerutscht infolge der Zwei, die Herr Peters dir im Rechnen gegeben hat", bekam Klaus Mond zu hören.

„Wenn Heinz sich mehr auf den Lehrstoff der Klasse konzentrieren würde, könnte er mehr leisten", las Benecke die Bemerkung, die auf Heinis Zeugnis stand, und wandte sich mit ernstem Gesicht an den Spielführer des „Teams".

„Du weißt hoffentlich selbst, daß dein Fußball-Fimmel daran schuld ist. Du könntest einer der besten sein. Ich möchte die Herren Fußballer bei dieser Gelegenheit darauf aufmerksam machen, daß sie im nächsten Schuljahr sowieso kürzer treten müssen. Der Herr Rektor vertritt den völlig richtigen Standpunkt, daß die Schulperiode vor allem zum Lernen da ist. Fußballspielen könnt ihr in den Ferien."

Die letzten Worte des Lehrers gingen in einer erregten Diskussion unter, die die Fußballer nach Erhalt ihrer Zeugnisse führten.

„Ist denn sowas drin, da schießt man Tor auf Tor, es heißt immer, ‚du bist unersetzlich', und dann kriegt man im Turnen eine Drei", schimpfte Matze nicht gerade leise.

„Mir hat er sogar eine Vier verpaßt, der spinnt wohl", stellte der linke Verteidiger Heinz Augustin fest.

„Das ist doch das hinterste vom allerletzten. Da haben wir eine Klassenmannschaft zusammengezaubert, die 9/10 aller

Spiele gewonnen hat, wir haben sogar die 1. Klasse geschlagen, und unser eigener Trainer haut uns Zensuren hin, über die wir uns unser Leben lang schämen müssen. Nette Dankbarkeit!"

Heini schwenkte sein Zeugnis hoch in der Luft.

Benecke sah ihn strafend an.

„Wenn du dich eines besseren Tones befleißigst, kläre ich dich gern auf.

Ihr dürft nicht übersehen, daß dieses Schulfach nicht Fußball sondern Turnen heißt. Lehrer Bernburg, der zu einem Lehrgang nach Hohenlychen gefahren ist, hat mir einen Bericht hiergelassen. Er weiß, daß ihr gute Fußballer seid. Das ändert aber nichts an der Tatsache, daß mehr als die Hälfte der Mannschaft nicht einmal eine einfache Bauchwelle am Reck machen kann. Kamke, Hinze und Augustin haben bei allen Barren- und Reckübungen vollkommen versagt. Krause ebenso an den Ringen. Ihr dürft euch nicht einbilden, daß ihr mit eurem Fußball alles erreichen könnt. Herr Bernburg hat nach bestem Wissen und Gewissen gehandelt. Im übrigen ist wegen einer 4 oder 5 im Turnen noch keiner sitzengeblieben."

Heini nahm die Erklärung ohne Erwiderung entgegen. Geringschätzig sah er auf Beneckes kugelrunden Bauch.

Die Zeugnisverteilung endete damit, daß jeder Schüler an Beneckes Pult vorbeiging, um ihm die Hand zu geben. Die meisten sagten dem Lehrer ein paar Dankesworte. Sie stammten zwar im allgemeinen nicht von den Jungen selbst, sondern waren ihnen von Vater oder Mutter eingetrichtert worden, aber Benecke freute sich doch.

Die Gefühle, mit denen die Fußballer in die Ferien gingen,

waren reichlich gemischt. Wenn sie an Hänschen Ritter dachten, waren sie unglücklich, denn es hatte sich inzwischen herausgestellt, daß die erste Prognose des Arztes stimmte und er wirklich ein Jahr lang nicht fußballspielen durfte. Dagegen waren sie über die Versetzung Klaus Monds äußerst froh. Sie hatten alle befürchtet, daß Klaus kleben bleiben würde.

Heini sah seinen Ferien auch mit einiger Unruhe entgegen. Papa Kamke, der einen kurzen Urlaub hatte, wollte die freien Tage benutzen, um die Wohnung zu renovieren. Einen Maler konnte er nicht bezahlen, und so spielte der praktische Vater selbst Handwerker. Heini mußte ihm dabei, so gut es ging, zur Hand gehen. Gleich am nächsten Tag begannen sie.
„Träum nicht und reich mir schnell den dicken Pinsel herauf", rief Papa Kamke von der großen Leiter herunter, die Heini festhielt, ohne dabei von seiner Fußballzeitschrift aufzusehen.
„Wie lange müssen wir denn noch kleistern? Ich komme mit den Jungen überhaupt nicht mehr zusammen. Der Matze war heute schon dreimal hier."
„Wer hat sich denn zuerst darum gerissen, zu malen? Es ist immer das gleiche. Erst übertreibst du alles und nachher hast du keine Lust mehr."
„Wenn du mich nicht mitmalen läßt, macht es auch gar keinen Spaß!"
„Du hast doch selbst gesehen, was dabei herausgekommen ist. Der Fußboden und deine Haare waren voller Farbe, und die Wand war trocken. Ich war zufrieden, daß wir alles noch retten konnten. Du hast eben zwei linke Hände. So was

Ungeschicktes habe ich noch nicht erlebt. Was aus dir mal werden soll, ist mir schleierhaft. Dich schmeißt jeder Meister sofort wieder raus. Das beste wäre, du würdest Fußballer, aber leider ist das kein Beruf."

„Leider", wiederholte Heini.

„Nun kipp mal rasch das schmutzige Wasser aus und mach den Eimer noch mal voll, dann kannst du mit Matze in den Garten gehen."

„Nein, jetzt bleib ich auch bis zum Schluß dabei, sonst sagst du später, du hättest alles allein gemacht."

„Also gut. Bleib hier. Ist mir auch recht. Aber vergiß den Eimer nicht. Wenn du zurück bist, darfst du mir die neuesten Spielberichte vorlesen."

Nachdem Heini das Wasser aus der Küche geholt hatte, las er, mit dem Rücken an die wacklige Leiter gelehnt, laut und vernehmlich aus der Zeitung vor. Papa Kamke war ein aufmerksamer Zuhörer, der nie dazwischen redete. Nur Heini unterbrach sich einige Male selbst. Wenn ein Farbspritzer seine Zeitung bekleckste, rief er: „Achtung, Köpfe weg!" oder „Fliegerdeckung!"

Zwei Stunden später hatte er die Zeitung von vorn bis hinten gelesen. Erst da meldete sich der Vater wieder zum Wort:

„Gegen wen spielen denn nun am Sonntag unsere ‚Störche'? Haben sie überhaupt noch geringe Aussichten?"

„Bis jetzt noch. In Allenstein haben sie 3:1 gewonnen, gegen Schalke in Gelsenkirchen 0:4 verloren. Ich hab' dir doch den Artikel vorgelesen, in dem der E.W. über unsere Außenseiterhoffnungen schreibt."

E. W. war der bekannteste Fußballjournalist Berlins und hieß mit richtigem Namen Ernst Werner.

„Der hat übrigens dieselben Ansichten wie ich. Schalke wird Erster, wir und die Chemnitzer Zweiter und Dritter und die Ostpreußen Letzter. Da nur die Sieger weiterspielen, sind unsere Aussichten auf die Deutsche Meisterschaft gleich null."
Papa Kamke nickte und stieg von der Leiter herunter, um sich in der Küche die Hände zu waschen. Heini war erlöst.
Aber es dauerte doch noch eine volle Woche, bis die Wohnung zur Zufriedenheit der Eltern in neuem Glanze erstrahlte. Und so war Heini beinahe froh, als er nach Ferienschluß wieder den gewohnten Weg zur Schule antreten durfte.

Heini, Matze und Plötz trafen sich am ersten Schultag vor dem roten Feuermelder, der auf ihrer Straßenseite stand.
„Deine Tasche ist ja größer als du", rief Plötz schon von weitem Matze entgegen.
„Die habe ich von meinem Vater bekommen. Ist doch nicht so albern wie ein Schulranzen auf dem Rücken", verteidigte sich Matze. Sie standen noch eine Weile an der Ecke und tauschten ihre Ferienerlebnisse aus. Heini tat, als hätte er allein die Wohnung geweißt und angestrichen. Seinen Vater erwähnte er nur am Rande. Aber Plötz und Matze kannten ihren Heini viel zu gut, um nicht zu wissen, daß dies nicht stimmte; hatte er doch beim Werkunterricht mehr Fingernägel ab-, als Eisennägel eingeschlagen. Sie waren jedoch großzügig und sahen sich nur augenzwinkernd an, statt zu widersprechen.
„Ich hab auch schuften müssen, aber in Gottes freier Natur", berichtete Matze. „Unser Garten ist jetzt piccobello in Ordnung. Ihr müßt mal rauskommen. Wer auf den Rasen trampelt, muß zur Strafe einen Tag lang Unkraut jäten."

„Hast du denn auch draußen übernachtet?“ wollte Heini wissen.
„Na klar, meinst du ich hab Angst, in der Laube zu schlafen? Da brauchte ich mich wenigstens nicht jeden Morgen zu waschen.“
Plötz wollte gerade seine Reise-Erlebnisse zum besten geben, als die drei merkten, daß die große Uhr an der Tankstelle König 8.00 Uhr anzeigte.
„Wir kommen gleich am ersten Tag beim Rektor zu spät.“
Sie rasten im D-Zug-Tempo zur nahegelegenen Schule. Heini und Matze kamen vor Plötz an dem großen Tor an.
„Laß uns auf Werner warten“, sagte Heini atemlos, als Matze Anstalten machte, hineinzugehen. „Sonst gibt es gleich zwei Donnerwetter hintereinander und Werner ist doch nicht so hart im Nehmen wie wir.“
„Hast recht! Und außerdem ist es für uns besser, wenn wir mit Werner kommen, der wird schonender behandelt.“
Aber sie hatten Glück. Ihr neuer Klassenlehrer, Rektor Schulz, war noch nicht im Zimmer, und so wurden sie von den Schülern mit lautem „Hallo“ empfangen.
Heini und Matze setzten sich automatisch nebeneinander, wie sie es bei Peters in der Rechenstunde gewohnt waren.
„Wißt ihr schon von dem Gerücht?“ schrie Hänschen Ritter.
„Keine Ahnung“, sagte Heini, der erst einmal die eingeritzten Figuren und Buchstaben auf seiner Schulbank zu entziffern versuchte.
„Na, dann setz dich mal, sonst trifft dich der Schlag.“ Ritter machte es sehr spannend.
„Achtung!“ erscholl es in diesem Augenblick, und mit einem Mal war es mucksmäuschenstill in der Klasse.

Rektor Schulz betrat ruhig die Klasse. Er brauchte fast zwei Minuten für den kurzen Weg zu seinem Pult. Bis dahin hatte er jeden Jungen eindringlich angesehen. Als der auffallend kleine Mann vor dem Pult stand, machte er eine einladende Handbewegung.

„Guten Morgen, meine Jungen. Kollege Benecke hat euch ja schon in großen Zügen aufgeklärt. Ihr wißt also, was ihr tun müßt, um meine Freunde zu bleiben. Wenn ihr anständig seid, könnt ihr mich als euren zweiten Vater ansehen; wenn nicht, merkt ihr rechtzeitig, was mit mir los ist. Falls ihr mein Vertrauen mißbraucht, ist mit mir nicht gut Kirschen essen. Wer aber bei mir aufpaßt und mitarbeitet, kann viel lernen, mehr als im allgemeinen auf der Volksschule üblich ist. So, das mußte gesagt werden."

Der höchstens einen Meter sechzig große Rektor Schulz hatte seine Antrittsrede beendet. Im Gegensatz zu seinen langsamen Bewegungen sprach er schnell und kurzatmig. Als die Jungen dachten, jetzt würde er sich endlich setzen, begann er nochmals.

„Zwei wichtige Dinge. Erstens: ich möchte nicht, daß ‚Achtung' gerufen wird, wenn ich ins Zimmer komme. Ich erwarte auch ohne ‚Achtung', daß Ruhe herrscht, wenn ich die Klasse betrete. Ihr braucht auch nicht aufzustehen. Wir sind in der Schule und nicht in einer Kaserne. Zweitens: es hat einige Veränderungen in der Klasse gegeben. Franz Gerlach besucht die Aufbauschule und hat sich ummelden lassen. Die Eltern von Werner Böhmler sind nach Bayern verzogen. Wir sind also nur noch 32 Schüler in der Klasse."

„31, Herr Rektor", verbesserte Plötz vorlaut.

„Augenblick, jetzt bin ich dran." Rektor Schulz hob beide Hände. „Ihr seid 32. Ihr habt nämlich einen Zugang, zu dem ich euch noch etwas sagen will. Ihr sollt ja eine Klasse sein, die sehr kameradschaftlich zusammenhält. Diese Kameradschaft ist selbstverständlich, denn ihr seid zum großen Teil schon seit 8 Jahren zusammen. Wenn ihr nun heute einen neuen Mitschüler bekommt, so möchte ich euch bitten, ihn gleichberechtigt in eure Gemeinschaft aufzunehmen, obwohl er unter unglücklichen Vorzeichen aufkreuzt. Ihr wißt, daß es für jeden ein Schreckgespenst ist, nicht versetzt zu werden. Ich denke nicht nur an die Folgen zu Hause, sondern auch das Eingewöhnen in der neuen Klasse. In diesem Jahr konnte ich einen Schüler der 1. Klasse nicht entlassen, obwohl er bereits eine Lehrstelle hatte. Er hat durch einen längeren Krankenhaus-Aufenthalt viel versäumt und sich im restlichen Schuljahr nicht genug angestrengt, um den versäumten Stoff nachzuholen. Also bitte, macht es ihm nicht zu schwer, er ist schon gestraft genug. Ich danke euch im voraus."

Rektor Schulz ging bedächtig zur Tür und öffnete sie.

„Komm rein", rief er. Der Aufgerufene trat schüchtern ins Zimmer.

Ein Raunen ging durch die Klasse. Heini rutschte ein lautes „Hurra" heraus.

Der sommersprossige Junge, der die 1. Klasse ein zweites Mal durchlaufen mußte, war Gerd Hoffmann.

„Mensch, komm hierher", rief Hänschen Ritter.

Auf seiner Bank war der Mittelplatz noch frei.

„Gerd, bei uns ist auch noch Platz!" sagte Matze.

Über Rektor Schulz' rotes Gesicht ging ein Schmunzeln. Er war der Meinung, seine gutgemeinten Ratschläge hätten Wunder gewirkt. Woher sollte er auch wissen, daß die Klasse dringend einen guten Mittelläufer benötigte?

„Hoffmann, setze dich dorthin.“ Der Rektor zeigte auf Ritters Bank.

In der ersten kleinen Pause wurde Hoffmanns Anwesenheit gebührend gewürdigt.

„Seid ihr mir wegen der letzten Spiele nicht mehr böse?“ fragte er seine neuen Klassenkameraden.

„Wieso denn? Du hast doch immer anständig gespielt“, sprudelte Heini hervor, „und außerdem brauchen wir dich ganz dringend. Der Arzt hat Hänschen Ritter das Spielen verboten.“

Teilnahmsvoll blickte Hoffmann auf seinen rechten Nachbarn:

„Dann darf ich deinen Posten als Mittelläufer übernehmen?“

„Ist doch klar“, sagte Heini. „Außerdem machst du wieder den Spielführer.“

Die Jungen bewunderten, daß Heini so leicht auf diese Ehre verzichten konnte. Hoffmann wurde ernst:

„Das geht auf gar keinen Fall. Ich habe soviel nachzuholen, da kann ich nicht auch noch Spielführer sein. Der Rektor würde es sowieso verbieten, und auch der Bernburg macht da nicht mit. Ich bin schon sehr glücklich, daß ich überhaupt dabei sein darf. Laßt den Heini Kapitän bleiben. Dann ist alles in Ordnung.“

Heini und Hoffmann drückten sich wie zwei Erwachsene die Hände. Matze warf sich in die Brust:

„Na bitte, meine Herren, dann sind wir also doch am Ende dieses Schuljahres Berliner Fußballmeister.“

Zu Hoffmann sagte er:

„Bei uns mußt du aber Platz halten. Mal vorn, mal hinten ist nicht drin.“

„Daß ich Platz halten kann, habt ihr doch bei den Schulmannschaftsspielen im letzten Jahr gemerkt. Den Berliner Schulmeister könnt ihr euch aber gleich aus dem Kopf schlagen. Ich hab' vor einem Monat das letzte Schulendspiel gesehen: die 31. Schule aus Charlottenburg hat gegen die 1. aus Pankow nur ganz knapp verloren, und in der Charlottenburger Mannschaft waren 7 Spieler aus der 2. Klasse, die also dies Jahr auch wieder dabei sind. Gegen die haben wir überhaupt nichts zu bestellen. Wenn wir erst mal Wilmersdorfer Meister sind, können wir auch schon zufrieden sein", mahnte Gerd Hoffmann.

Mit der Berliner Schulmeisterschaft war es so: zuerst spielten sämtliche Berliner Schulen ihre 16 Bezirksmeister aus, und dann kämpften diese 16 Bezirksmeister in der Endrunde in zwei Gruppen zu je acht Mannschaften. Die ersten beiden jeder Gruppe bestritten die Vorschlußrunde.

Aber bis dahin verging noch viel Zeit. Im Augenblick hatten die Fußballer der 1. Klasse dringlichere Sorgen. Lehrer Bernburg war sehr verändert aus den Ferien zurückgekehrt. Er hatte die Turnstunden wieder vom Fußballplatz in die Turnhalle verlegt. Dort ließ er die Schüler Übungen machen.

Die Jungen rätselten herum. Wahrscheinlich hatte Benecke dem Turnlehrer von dem Protest der Fußballer gegen ihre Zensuren erzählt, und Bernburg war nun beleidigt.

„Bevor ihr nicht anständige Leistungen im Turnen aufweist, melde ich euch nicht zur Berliner Meisterschaft", hatte er kürzlich gesagt.

Das „Team" war in heller Aufregung. Mit Ausnahme von Klaus Mond und Hoffmann waren alle Fußballer wirklich ganz miserable Turner. Was sollten sie tun?

Das einzige Glück war, daß sie nun, nachdem Hoffmann zu ihnen gehörte, nicht mehr darauf angewiesen waren, sich nachmittags den Schulball von Bernburg zu leihen. Gerd Hoffmanns wertvollster Besitz war nämlich ein richtiger Fußball, das letzte Weihnachtsgeschenk seines Vereins Olympia 07.

Aber damit war es nicht getan. Ohne Bernburgs Meldung waren sie aufgeschmissen. Sie mußten einen Entschluß fassen.

So trafen sie sich dann wieder einmal im Sandkasten am Seepark. Der Kreis war inzwischen auf 13 Beteiligte gestiegen. Werner Plötz hatte seine Sonderstellung auch im neuen Schuljahr beibehalten und Hänschen Ritter nahm trotz der Übernahme seines Postens durch Hoffmann weiter als „Ehrenmitglied“ des „Teams“ an den Sitzungen teil.

Auch diesmal war Heini sehr ernst.

„Meine Herren! Wenn wir in den nächsten vier Wochen nicht an den Wilmersdorfer Rundenspielen teilnehmen, bekommen die Jungen aus der Pfalzburger und Babelsberger Schule einen so großen Vorsprung, daß wir sie nie wieder einholen können. Wir müssen also unsere Teilnahme erzwingen. Aber wie? Meint ihr, daß wir noch einmal eine Abordnung zu Bernburg schicken sollen?“

Plötz meldete sich zum Wort.

„Jede Verhandlung mit Bernburg ist sinnlos. Ich habe in der vorigen Woche mit ihm gesprochen. Er sagte: ‚Bevor ihr nicht im Turnen auf eine Zwei kommt, gebe ich keine Meldung ab.‘“

„Das schaffen wir nie“, resignierte Matze, „ich habe es gerade mit Mühe und Not zu einem einfachen Kreuzaufzug am Reck gebracht.“

„Mit Pessimismus kommen wir auch nicht weiter, Matze", tadelte Heini. „Wir müssen etwas unternehmen. Ich habe eine Idee. Wie wär's, wenn wir den Peters bäten, sein frisch gebackenes Fußballherz für uns einzusetzen und noch einmal mit Bernburg zu reden? Vielleicht macht er sich so stark, den Bernburg umzustimmen!"
Nach einigem Hin und Her kamen die Jungen zu dem Entschluß, daß dieser Vorschlag der einzige Ausweg sei. Sie bestimmten, daß Plötz und Heini im Namen der Schulmannschaft mit Lehrer Peters verhandeln sollten.
Lehrer Peters wunderte sich ein wenig, als die beiden ihn zu Beginn der nächsten Rechenstunde baten, mit ihm unter vier Augen sprechen zu dürfen. Aber dann sagte er „Nun gut", stellte den übrigen Schülern eine Aufgabe, mit der sie eine Weile beschäftigt sein würden, nahm seine Uhr an sich und forderte Plötz und Heini auf, ihm ins Lehrerzimmer zu folgen.
„Jeder von euch muß also jetzt ein Auge zumachen", begann er scherzhaft, „wenn ihr mit mir unter vier Augen sprechen wollt. Oder erwartet ihr, daß ich beide schließe? Aber, Spaß beiseite, wo brennt's denn?"
Heini trug das Anliegen des „Teams" vor.
„Wir wagen es, Sie zu bitten", schloß er seine Rede, „weil wir der Meinung sind, reelle Chancen zu haben, Berliner Meister zu werden."
„So, so", sagte Peters. „Nicht turnen können, aber sich einbilden, Berliner Fußballmeister zu werden. Das habe ich gern. Und da soll ausgerechnet ich eine Lanze für euch brechen. Wenn das mein Turnclub Friesen erfährt, schmeißt er mich raus."

Heini und Plötz, die nicht recht wußten, ob die Worte des Lehrers ernst gemeint waren, schwiegen.
„Na, ich werde es mir trotzdem überlegen", fuhr Peters fort. „Kommt morgen nach dem Unterricht wieder. Vielleicht ist mir bis dahin etwas eingefallen."
Peters sah auf seine Uhr und schickte sich an, in die 1. Klasse zurückzukehren. Heini und Werner konnten seinen großen Schritten kaum folgen.
Am nächsten Tag mußten sie eine Weile vor dem Lehrerzimmer warten. Endlich kam Peters, schon in Hut und Mantel.
„Ihr könnt mich ein Stück begleiten. Ich gehe zur Straßenbahn. Oder wartet euer Essen schon?"
„Wir essen erst abends, wenn Vater kommt", sagte Heini. Er konnte es vor Neugierde kaum aushalten.
Lehrer Peters ließ sich Zeit. Erst als sie an der Straßenbahn-Haltestelle angekommen waren, erklärte er:
„Also, ich habe mit Herrn Bernburg gesprochen. Aber er gibt nicht nach. Ich kann ihn auch verstehen. Dankbar wart ihr ihm bestimmt nicht. Denkt einmal an den letzten Schultag. Sollte er euch denn unverdient gute Zensuren im Turnen geben, nur weil ihr das Fußballspiel gegen die 1. Klasse gewonnen habt?"
„Das habe doch nur ich behauptet. Dafür können doch die andern nichts", sagte Heini und bewunderte heimlich, daß Peters seine Linie 44 davonfahren ließ.
„Rede keinen Unsinn, Heinz. Alle haben das gleiche gesagt. Herr Benecke hat gute Ohren."
Peters sah auf den Fahrplan und stellte fest, daß die nächste Bahn erst in fünf Minuten kommen würde. Er nahm seinen Hut vom Kopf und drehte ihn in der Hand.

„Ja", sagte er bedächtig. „Es gibt nur eine Möglichkeit: ihr müßt gute Turner werden."
Heini ließ den Kopf hängen. „Ich wüßte nicht, wie wir das in der kurzen Zeit fertigbringen sollen."
„Aber ich weiß es", sagte Lehrer Peters zuversichtlich. „Ihr stellt sofort das Fußballtraining ein und geht stattdessen in den Turnclub Friesen. Ihr meldet euch in der Turnhalle der Babelsberger Schule bei Turnwart Tismer. Das ist ein Freund von mir, der sich bereit erklärt hat, dreimal in der Woche mit euch zu üben. Es kostet euch keinen Pfennig. Ihr müßt mir nur versprechen, regelmäßig hinzugehen. Blamieren dürft ihr mich nicht. Auf Wiedersehen."
Peters hatte es plötzlich sehr eilig. Ehe die Jungen noch etwas fragen konnten, war der Lehrer in der soeben vorgefahrenen Straßenbahnlinie 44 verschwunden. Daß er und Bernburg gemeinsame Sache machten, indem sie die Fußballer in den Turnclub Friesen schickten, brauchten die Jungen ja nicht zu wissen. Er war nur froh, daß es ihm in letzter Minute gelungen war, den Jungen ein kleines Hintertürchen zu öffnen, durch das sie vielleicht noch die Meisterschaftsrunden rechtzeitig erreichen konnten.
Auch die Mitglieder des „Teams" erkannten diese Chance sofort, als Heini Kamke und Werner Plötz ihnen von der Unterredung an der Straßenbahn Mitteilung machten. Noch am gleichen Abend stellten sie sich bei Turnwart Tismer vor.

Inzwischen waren drei Wochen vergangen. Die Jungen hatten ihre anfängliche Scheu vor dem weißhaarigen Turnwart längst verloren. Er hatte immer ein humorvolles Wort bereit, wenn es einmal nicht so klappte, wie es sollte.

„Helft dem Dicken doch ein bißchen nach. Am besten mit ‚Schinkenklopfen'", munterte er auch jetzt wieder die Jungen auf, die sich rechts und links vom Reck zur Hilfestellung für Heinz Augustin postiert hatten.
Der hing nun schon seit beinahe fünf Minuten an der Stange und kam trotz aller Versuche nicht soweit, seinen Kameraden einmal von oben auf den Kopf zu sehen.
Als er merkte, daß die Jungen Anstalten machten, die Aufforderung des Turnwarts wortgetreu auszuführen, strampelte er mit den Beinen.
„Ich kann auch ohne!" versicherte er und nahm noch einmal alle Kraft zusammen.
Die Anstrengung trieb ihm die Röte in sein Gesicht, aber es gelang ihm nicht, seinen Kopf auch nur um ein paar Zentimeter der Stange näherzubringen.
„Na, laß man Dicker. Komm schon runter. Ich nehme deinen guten Willen für die Tat. Reckturner wirst du nie. Dazu fehlt dir einfach jegliche Veranlagung."
Heinz Augustin ließ sich von der Stange fallen. Seine Arme waren wie abgestorben. Aber er verbiß tapfer die Schmerzen. Er war der einzige, der in den vergangenen drei Wochen keinerlei Fortschritte am Reck gemacht hatte. Er konnte sich nur damit trösten, daß seine Leistungen am Pferd, wo es mehr auf Mut als auf Geschicklichkeit ankam, einigermaßen denen der anderen gleichkamen.
Das „Team" hatte die Zeit reichlich genützt. Nachdem ihnen erst einmal aufgegangen war, daß es bei den meisten Geräte-Übungen gar nicht so sehr auf die Kraft der Muskeln wie auf das richtige Verhältnis der einzelnen Körperbewegungen zueinander ankam, stellte sich die technische Beherrschung der

Übungen fast von selbst ein. Turnlehrer Bernburg hatte ihnen das zwar auch oft genug vorgestellt, aber das hatte sie nie interessiert, weil sie in jeder Turnstunde nur eine störende Abhaltung von ihrem Fußball-Training erblickten. Nun, wo ihr guter Wille durch bessere Leistungen belohnt wurde, machte ihnen die Sache sogar Spaß, wenn das auch keineswegs ihre Überzeugung, daß das Turnen im Vergleich zum Fußball eine höchst unbedeutende Sportart sei, erschüttern konnte.

Auch Turnwart Tismer war im großen und ganzen mit den Fortschritten der Fußballer auf turnerischem Gebiet zufrieden.

„Ich schätze, daß eure Leistungen in acht Tagen der Klassen-Norm entsprechen werden", erklärte er. „Dem kleinen Schwarzen da würde ich empfehlen, wo es nur geht Klimmzüge zu üben. Ein bißchen stärkere Armmuskeln können ihm nicht schaden."

Damit war Heini gemeint. Der fand zwar, daß ein Training seiner Beinmuskeln sinnvoller sei, sagte aber nichts. Zur Erreichung seines Ziels, der Beteiligung an der Meisterschaftsrunde, wurde ihm kein Umweg zu viel, auch wenn er über Barren, Pferde und Reckstangen führte.

Eine Woche später — am letzten Turnabend — war auch Rechenlehrer Peters in der Halle. Er und Turnwart Tismer prüften die Jungen nach allen Regeln der Kunst.

Schließlich meinte Peters:

„So, ich glaube jetzt reicht's. Die beiden ‚Heinzen', Kamke und Augustin, sind zwar noch nicht so weit, wie ich es mir wünschen würde, aber ich hoffe, daß Bernburg seine Meldung davon nicht abhängig machen wird. Dafür haben wir ja wenigstens ein ‚As' im Spiel!"

Bei den letzten Worten zwinkerte er Klaus Mond zu, der sich in den wenigen Wochen, alle anderen hinter sich lassend, wirklich zu einem Klasse-Turner entwickelt hatte.
Turnwart Tismer zog einen Zettel aus seiner Brieftasche und reichte ihn Mond.
„Das ist eine Eintritts-Erklärung für den Turnclub Friesen. Wenn du sie ausfüllst, kannst du sofort in die 1. Jugendriege. Ich freue mich, dir das sagen zu können. Hier unten links muß dein Vater unterschreiben."
„Ich hab keinen Vater mehr!" Das klang etwas ausweichend.
‚Klaus wird doch hoffentlich nicht absagen', ging es Heini durch den Kopf. ‚Dann macht er den ganzen guten Eindruck bei Peters und Tismer wieder kaputt.'
Aber Mond kam gar nicht dazu, sich näher zu äußern.
„So laß deine Mutter unterschreiben." Turnwart Tismer hatte Monds Zögern nicht bemerkt. „Sage ihr, daß es für dich nichts kostet. Das ist eine kleine Anerkennung des Turnclubs für deine Leistungen."
Klaus Mond nahm den Zettel und versprach, sich zum nächsten Turnabend der 1. Jugendriege zu melden. Er brachte mühsam einen einigermaßen herzlich klingenden Dank über die Lippen. Die Ehre würde ihn nur Zeit kosten und es war zu befürchten, daß seine Mutter angesichts seiner schlechten Schulleistungen diesen zusätzlichen Zeitaufwand mit einem Befehl zur Kürzung des Fußballtrainings auszugleichen versuchte. Das hatte man nun davon. Da er im Turnen bei Bernburg immer mit „Gut" abschnitt, hatte er diese Überei bei Turnwart Tismer eigentlich gar nicht nötig gehabt. Er war überhaupt nur mitgegangen, um dem „Team" seine Kameradschaft zu beweisen!

Als sich die Jungen nach Peters' letzter Ermahnung, nur ja nicht im Turnunterricht bei Bernburg nachzulassen, verabschiedet hatten, meinte Matze:

„Ich wundere mich, daß der Bernburg bis jetzt noch nichts über unsere Fortschritte verlauten ließ. Das kann ihm doch nicht entgangen sein!"

Sie brauchten sich nicht mehr lange zu wundern. Schon am nächsten Mittag beendete Bernburg die Turnstunde fünf Minuten vor dem offiziellen Schluß, schwang sich rittlings auf ein Pferd und rief seine Schüler zu sich.

„Setzt euch mal alle hierher! Aber macht nicht soviel Radau dabei!"

Er baumelte mit den Beinen und blätterte in seinem Notizbuch.

„Ich habe in den letzten fünf Wochen die Beobachtung gemacht, daß die Fußballer von Stunde zu Stunde besser geworden sind. Ich könnte euch jetzt fragen, wie ihr das fertig gebracht habt, aber" — er blickte verschmitzt in die Runde — „man muß auch seine Geheimnisse haben. Ich will euch also nur sagen, daß ich eure Leistungen anerkenne. Das bedeutet ..."

„Daß wir jetzt doch an den Meisterschaftsrunden teilnehmen dürfen!" fuhr es Heini heraus, ehe er sich auf den Mund schlagen konnte.

Bernburg blieb wohlgelaunt.

„Was du nicht sagst! Aber du hast es erraten!"

Die Jungen brachen in ein Jubelgeschrei aus.

Nur der immer ein wenig weiter denkende Plötz machte ein sorgenvolles Gesicht.

„Glauben Sie, Herr Bernburg, daß die Meldung noch angenommen wird?"

Bernburg lächelte zum zweiten Male.
„Stellt euch vor, ich habe euch schon am gleichen Tag gemeldet, an dem Lehrer Peters als Fürsprecher für euch bei mir auftrat."
Die Jungen waren platt. Und das hatte Bernburg ihnen die ganze Zeit vorenthalten können!
„Ja", sagte Bernburg, „Strafe mußte sein! Aber nun wollen wir nicht mehr von der Vergangenheit reden, die Zukunft ist wichtiger."
„Wir haben inzwischen die ersten beiden Spiele kampflos verloren, weil wir trotz Meldung nicht angetreten sind!" stellte Hoffmann sachlich fest.
„Ganz recht", bestätigte Bernburg. „Das heißt, daß euch für jedes Spiel zwei Verlustpunkte angerechnet wurden und ihr bis zum heutigen Tage 0:4 Punkte und 0:0 Tore habt. Nun muß euer nächstes Ziel sein, die kommenden Hin- und Rückspiele gegen die Wilmersdorfer Schulen ohne Ausnahme zu gewinnen. Damit fügt ihr euren Gegnern jedesmal zwei, also insgesamt vier Verlustpunkte zu, während sich eure jetzigen vier Verlustpunkte ja nicht erhöhen können, wenn ihr alle Spiele gewinnt. Der ungünstigste Fall, der eintreten kann, ist der, daß eine andere Schule – vielleicht die Pfalzburger oder die Babelsberger, deren Können ungefähr auf gleicher Stufe mit dem euren steht – alle anderen Kämpfe, außer den beiden gegen euch, auch gewinnt. Dann hättet ihr und diese Schule die gleiche Punktzahl und das Torverhältnis müßte entscheiden. Aus diesem Grunde habe ich auch eure zweite Mannschaft zu den ersten beiden Spielen nicht antreten lassen, obwohl meine Strafe ja in erster Linie nur für die erste Mannschaft gedacht war. Aber eure zweite Mannschaft hätte

bestimmt beide Spiele verloren und dadurch das Torverhältnis verschlechtert. Unter den Umständen, wie sie nun mal herrschen, ist euer Torverhältnis von 0:0 die günstigste Voraussetzung."

Heini konnte sich eines kleinen Einwands nicht enthalten: „Wenn es uns aber nicht gelingt, alle Spiele zu gewinnen, wenn wir nur ein Spiel verlieren, dann hat uns der Scherz, zweimal gegen kinderleichte Gegner nicht angetreten zu sein, um alle Chancen gebracht."

„Erstens habt ihr euch den Scherz selbst eingebrockt" sagte Bernburg, nun doch etwas strenger, „und zweitens weiß ich nicht, wie ihr gegen die Mannschaften aus anderen Bezirken aufkommen wollt, wenn euer Können nicht ausreicht, die Wilmersdorfer Schulen glatt zu besiegen. Dann braucht ihr wirklich gar nicht an die Meisterschaft zu denken. Aber darüber wollen wir uns jetzt nicht den Kopf zerbrechen. Euer ‚nächstes' — oder sagen wir besser ‚erstes' Spiel" — Bernburg schmunzelte wieder — „findet am nächsten Mittwoch statt. Bis dahin haben wir noch zwei Trainingsstunden auf dem Seepark!"

Der Fußballfriede zwischen Bernburg und der 1. Klasse war wieder hergestellt.

VI

Berlins Fußballgemeinde fieberte dem Sonntag entgegen. Der deutsche Fußballmeister Schalke 04 kam nach Berlin und spielte im Poststadion gegen die „Störche". Für Schalke 04 ging es in diesem Spiel um die Erringung der Gruppenmeisterschaft. Der Spielausgang war für die Schalker entscheidender

als für die „Störche“. Wenn Schalke als Sieger vom Platz ging, dann war er Gruppensieger und hatte berechtigte Aussichten, den deutschen Meistertitel erfolgreich zu verteidigen.
Die „Störche“ dagegen konnten auch im Falle eines Sieges lediglich einen Achtungserfolg erringen, denn auf den Ausgang der Gruppenmeisterschaft hatten sie keinen Einfluß mehr. Ihre beiden Spiele gegen Chemnitz und auch das Vorrundenspiel gegen Schalke waren klar verloren gegangen. Daß sie zweimal mit 3:1 gegen den Ostpreußenmeister siegreich geblieben waren, nützte sie dabei wenig.
Früher als sonst begaben sich Heini und Matze an diesem Sonntag zum Platzwart Otto Hoppe, um den Mannschaftskoffer abzuholen. Sie mußten heute vor der Männermannschaft im Poststadion eintreffen, denn sie wirkten im Vorspiel mit. Diese Ehre machte ihnen den Verzicht auf das Zusammensein mit den Spielern, auf das sie sich sonst immer freuten, leichter.
Die Berliner Fußballvereine hatten die besten 22 Jugendfußballer, die das 14. Lebensjahr noch nicht überschritten hatten, in zwei Auswahlmannschaften aufgestellt. Als Nord-Ost und Süd-West würden sie sich heute nachmittag gegenüberstehen.
Von den „Störchen“ spielten nur Heini und Matze mit, Hoffmann war der einzige von Olympia 07. Zu dritt bildeten sie den Innensturm bei Süd-West.
Die anderen Spieler ihrer bunt zusammengewürfelten Mannschaft, die in erster Linie aus Mariendorf und Tempelhof stammten, kannten sie kaum, weil sie während der Meisterschaftsrunde in einer anderen Gruppe spielten.
Heini und Matze begaben sich mit ihrem Koffer zum Bahnhof

Schmargendorf. Papa Kamke und Gerd Hoffmann erwarteten sie dort. Ein paar Minuten später traf auch Matzes Vater ein. Heini machte ihn mit Papa Kamke bekannt. Herr Krause, der Vorsteher eines Postamtes war, kaufte die Fahrkarten für die drei Jungen. Papa Kamke fuhr mit seiner Wochenkarte.

„Spielt denn Schalke mit bester Besetzung?" fragte Herr Krause, als sie im Zug saßen.

„Na klar, die sind mit allen Kanonen gekommen. Heute kannst du mal Szepan und Kuzorra kreiseln sehen", klärte ihn sein Sohn auf.

Heini, der wußte, daß Matzes Vater sich nicht allzuviel um den Fußball kümmerte, sagte:

„Die Schalker werden sich schwer anstrengen! Denn wenn sie unentschieden spielen oder gar verlieren, dann sind die Chemnitzer Gruppensieger und ziehen in die Vorschlußrunde ein."

„Ich denke aber, Schalke ist die beste deutsche Mannschaft?" fragte Herr Krause.

„Wohl schon, sie sind Deutscher Meister, aber dieser Titel muß in jedem Jahr neu erworben werden. In 16 deutschen Landesverbänden werden vom Herbst bis zum Frühling die Landesmeister ermittelt. Diese 16 Meister spielen in vier Gruppen die Vorrunde zur Deutschen Meisterschaft aus. Die vier Gruppensieger kommen in die Vorschlußrunde und deren Sieger bestreiten das Endspiel um die Deutsche Fußball-Meisterschaft."

Herr Krause nickte mit dem Kopf zum Zeichen, daß er begriffen hatte.

Heini fuhr fort:

„Sehen Sie, Herr Krause, heute ist nun der letzte Spieltag bei den Gruppenspielen. Die Schalker haben in ihrer Gruppe zweimal gegen Insterburg und einmal gegen die ‚Störche' gewonnen. Gegen Chemnitz haben die Schalker einmal gewonnen und einmal verloren. Schalke hat also vor dem heutigen Spiel zwei Verlustpunkte. Das Tolle ist aber, daß auch die Chemnitzer nur zwei Verlustpunkte haben. Die haben zweimal gegen die ‚Störche' und einmal gegen Insterburg gewonnen. Gegen Schalke einmal gewonnen, einmal verloren. Eigentlich sind die Chemnitzer sogar noch besser dran als die Schalker, denn in ihrem heutigen Spiel ist Insterburg für sie kein ernstlicher Gegner.

Schalke dagegen muß seinen heutigen Gegner ernst nehmen. Wenn unsere ‚Störche' einen guten Tag haben, können sie für eine Sensation sorgen, denn ein Sieg unserer ‚Störche' oder ein Unentschieden gegen die königsblauen Schalker aus Gelsenkirchen ließe Schalkes Traum von der Titelverteidigung endgültig verfliegen."

Heini war stolz, daß er Herrn Krause in Gegenwart seines Vaters so gut aufklären konnte. Er wußte, daß Papa Kamke Herrn Krause immer ein wenig bewunderte, weil dieser es vom Briefträger bis zum Leiter ihres Postamtes gebracht hatte und durch seine Pensionsberechtigung einem sorgenfreien Alter entgegensah.

Vor dem Eingang des Poststadions trennten sich die Jungen von ihren Vätern, weil Hoffmann, Matze und Heini einen besonderen Durchgang, der zu den Umkleidekabinen führte, benutzen mußten.

„Spieler", sagten sie zu dem Kontrolleur, als sie an der Sperre angekommen waren.

„Was heißt hier Spieler? So kann jeder kommen!" Der Kontrolleur breitete abwehrend die Arme aus.

„Aber wir gehören doch zum Vorspiel", bemerkte Hoffmann.
„Auf den Trick fall ich nicht rein! Da müßt ihr euch das nächste Mal was besseres ausdenken, wenn ihr umsonst zusehen wollt. Die vom Vorspiel sind geschlossen vor 10 Minuten hier durchgegangen."
Heini setzte den Mannschaftskoffer der „Störche" auf den Boden und öffnete den Deckel.
„Und was ist das hier?" fragte er.
Aber bevor der Beamte antworten konnte, tauchte ein Mann im Trainingsanzug auf und befreite sie aus ihrer peinlichen Lage.
„Ihr seid wohl schon so große Stars, daß ihr euch an keine Verabredung zu halten braucht!" wetterte er los. „Es war doch klar abgesprochen: Um halb vor dem Lehrter Bahnhof. Wir haben auf euch vergeblich gewartet."
„Wir mußten doch den Mannschaftskoffer der ‚Störche' mitnehmen", verteidigte sich Heini. Er war froh, daß ihm so schnell eine Ausrede einfiel und er nicht einzugestehen brauchte, daß sie alle drei die Verabredung verschwitzt hatten.
„Gebt das Ding beim Platzwart ab und zieht euch so schnell wie möglich um. Ausgerechnet ihr von meinem Verein kommt so nachgekleckert!"
Der Mann im Trainingsanzug, der jetzt den Jungen vorausging, war nämlich der Jugendbetreuer der „Störche", Bernhard Engler. Er trug bei dem heutigen Vorspiel die Verantwortung für die Süd-West-Auswahl.
Ihm hatten Hoffmann, Heini und Matze ihre Berufung in die Auswahlmannschaft zu verdanken. Der Jugendbetreuer war

mit ihrer Aufstellung ein gewisses Risiko eingegangen, denn Heini und Matze hatten sich bei den letzten Vereinsspielen der „Störche“ nicht besonders hervorgetan und Hoffmann war dem Jugendbetreuer nur durch die Beobachtung einiger „wilder“ Spiele auf dem Seepark bekannt.

In der Umkleidekabine stellte Bernhard Engler die drei Nachzügler der übrigen Mannschaft vor.

Mittelläufer Peter Schwandt von Preußen Berlin kam auf Heini zu und musterte ihn von oben bis unten.

„Du bist also der Kamke von den ‚Störchen‘?“

„Du hast doch hoffentlich nichts dagegen, oder ...“ Heini wußte nicht recht, was er von dem anderen halten sollte.

„Ich hab mir gedacht, da kommt jetzt so ein Bulle von zwei Zentnern und nicht so eine halbe Portion.“

„Warum soll ich denn ein Bulle sein?“

„Na, hör' mal, wenn einer in einer Spielzeit 72 Tore für seinen Verein schießt, dann stellt man sich darunter so'n Typ wie Hanne Berndt oder Sienholz vor.“

Berndt und Sienholz waren zwei bekannte, durch ihre Körperkraft besonders durchschlagskräftige Fußballstürmer.

Heini war sehr stolz, daß sich seine Torerfolge so weit herumgesprochen hatten, aber nach außen tat er unbeteiligt.

„Na, wenn ich erst einmal ein paar Jährchen älter bin, werde ich vielleicht auch noch so ein Brocken wie der dicke Sienholz.“

Bernhard Engler machte der Unterhaltung ein Ende.

„Höchste Zeit zum Umziehen!“

Als Heini sein Trikot in Empfang nahm, starrte er tief beeindruckt auf die schöne azurblaue Farbe des Hemdes.

„Matze, Gerd, kommt doch mal her! Seht euch das an!“

„Tolles Blau!“ bewunderte auch Matze.
Heini sah immer noch ganz verliebt auf sein Hemd:
„Genau so etwas müßten wir für unser ‚Team‘ haben.“
Ehrfürchtig und bemüht, ja nichts daran zu beschmutzen, streiften die drei ihr Trikot über.
Als Heini und Matze ihre schwarzen Hosen angezogen hatten, gab es ein großes Gelächter in der Kabine. Die Hosen fielen bis über die Knie. Mit ihrer kleinen Figur hatte niemand gerechnet.
Draußen im Gang ertönte ein langgezogener Pfiff. Der Schiedsrichter holte die Spieler aus ihren Kabinen und führte die Mannschaft aufs Feld.
„Das ist ja direkt feierlich“, sagte Heini, als er auf die schon zur Hälfte gefüllten Ränge des Poststadions sah.
„Wegen der paar Männlein auf den Tribünen?“ meinte Matze.
„Tu bloß nicht so, als würdest du jeden Sonntag vor 20000 Zuschauern spielen.“
„Das ist aber mein Publikum. Ab 20000 bin ich erst richtig in Form.“
„Paß nur auf, daß dich dein Publikum am Ende nicht auspfeift“, sagte Heini und legte sich den Ball zum Anstoß zurecht.
Da Nord-Ost die Platzwahl gewonnen hatte, durfte Süd-West den Anstoß ausführen.
Nach dem Anpfiff spielte Heini den Ball zu Matze, der gab gleich weiter zu Hoffmann, dieser wollte eine Steilvorlage für seinen Rechtsaußen vorschlagen, der Außenstürmer ahnte aber nicht, was geplant war und blieb immer noch auf der Mittellinie stehen. Der gegnerische Verteidiger bekam den Ball. So ging es in der ganzen ersten Halbzeit weiter. Ein planloses

Hin und Her. Nicht einmal die Andeutung eines Kombinationsspieles kam zustande. Da die Spieler sich untereinander nicht richtig kannten, ging keiner auf das Spiel seines Nebenmannes ein.

Für die Zuschauer war es bestimmt kein reines Vergnügen, sich das anzusehen.

„Kinder, wir spielen ja wie die ersten Menschen. Das darf doch wohl nicht wahr sein, was wir für einen Käse zusammenzaubern“, meinte Matze, als sie zur Pause in der Kabine angelangt waren.

„Na, wenigstens einen Trost haben wir: die andere Mannschaft trifft auch keinen Ball“, bemerkte Rudi John, Spandaus Torwart, der das Süd-West-Tor hütete.

Auch Heini gab seinen Senf dazu:

„Ach, wär das schön, meine Herren, wenn ich wenigstens wüßte, wie meine beiden Außenstürmer heißen!“

Bernhard Engler betrat die Kabine. Er sah alles andere als befriedigt aus.

„Mit Meckern ändert ihr nun auch nichts mehr. Seht lieber zu, daß es in der zweiten Halbzeit besser klappt. Wenn einer auf den anderen Rücksicht nimmt, muß es gehen. Spielt einen gradlinigen Ball. Die Verteidiger und Mittelläufer Schwandt müssen die Bälle schneller wegbefördern, die Außenläufer genauer abspielen und der Sturm darf das Schießen nicht vergessen.

Das wäre doch gelacht, wenn es dann nicht klappte. Noch ist alles offen, es steht ja erst 0:0.“

Mit dieser Ermahnung schickte Bernhard Engler seine Jungen zur zweiten Halbzeit auf's Spielfeld.

Inzwischen hatte sich das Stadion bis auf den letzten Platz

gefüllt. Die Anfeuerungsrufe der Zuschauer ließen erkennen, daß sich beide Mannschaften nun doch besser zusammengefunden hatten.
Die Nord-Ost-Elf ging durch zwei schön herausgespielte Treffer mit 2:0 in Führung. Als sich Heini nach dem zweiten Tor den Ball zum Anstoß zurechtlegte, sagte er zu Matze und Hoffmann:
„Was wir bisher gemacht haben, hat keinen Zweck. So schießen wir nie ein Tor. Wir drei versuchen es jetzt auf eigene Faust. Nur mit Klein-Klein."
„Klein-Klein" war das Spiel mit dem Ball auf engstem Raum, das nur Fußballer betreiben konnten, die ständig zusammen spielten.
Von nun an wurde das Stürmerspiel der Süd-West-Auswahl gefährlich. Heini, Matze und Hoffmann wirbelten die Nord-Ost-Hintermannschaft völlig durcheinander. Die Zuschauer spendeten für die drei kleinen Innenstürmer Beifall auf offener Szene.
Das beflügelte diese von neuem. Ihnen gelang nun einfach alles. Nach einer schönen Vorlage von Gerd Hoffmann täuschte Matze den gegnerischen Torwart und verkürzte auf 1:2.
Auch der 2:2-Ausgleichstreffer war eine Folge des hervorragenden Zusammenspiels der drei Innenstürmer. Matze und Hoffmann überliefen mit einigen Kurzpässen die gegnerische Hintermannschaft und spielten den Ball zu Heini, der ihn mit wuchtigem Scharfschuß ins Netz beförderte.
50 000 Berliner brüllten vor Begeisterung, das Publikum erkor im Handumdrehen die kleinen Innenstürmer der Süd-West-Auswahl zu seinen Lieblingen. Diese dankten es ihren Zuschauern durch ein 3:2-Siegestor, dessen meisterhafte Leistung

in der traumwandlerischen Sicherheit ihres Zusammenspiels lag.
Nicht nur, daß sie sich mit eleganten Dreiecks-Kombinationen auf engstem Raum von der Mittellinie bis vor das gegnerische Tor durchspielten und dabei die gesamte gegnerische Abwehr lächerlich machten, sondern es gelang ihnen darüberhinaus, mit dem Ball um den gegnerischen Torwart herumzulaufen. Nun hätte einer von ihnen nur noch den Ball ins leere Tor zu schießen brauchen. Sie aber krönten ihre überlegene Aktion, indem sie sich an der Hand faßten und zu dritt mit dem Ball ins Tor liefen, so dicht nebeneinander, daß weder die Zuschauer noch die Mitspieler feststellen konnten, wer von den dreien das Tor erzielt hatte. Auch nach dem Spiel blieb der Torschütze anonym. Als die Mitspieler sich bei Heini, Matze und Hoffmann erkundigten, wer es gewesen sei, sagten sie nur:
„Wir."
Ein wenig später nahmen die Jungen vor der Treppe, die zu den Kabinen führte, Aufstellung. Gleich mußten die Schalker und die „Störche" durch das lebende Spalier das Spielfeld betreten. Langanhaltender Beifall brauste auf. Am Tunnelausgang erschienen die beiden berühmten Schwager Fritz Szepan und Ernst Kuzorra. Ihnen folgten die übrigen königsblau gekleideten Schalker: Torwart Mellage, der trickreiche Linksaußen Urban, die großen Techniker Poertgen und Gellesch und all die anderen, deren Namen jedes Kind in Deutschland kannte.
„Sieh mal, die sind so ruhig, als ginge sie das alles gar nichts an", flüsterte Heini.
Matze hörte es kaum. Er starrte wie gebannt auf sein großes Vorbild, Fritz Szepan, der unmittelbar vor ihm stand. Als ob er die bewundernden Blicke in seinem Rücken gespürt hätte,

drehte sich der Kapitän der deutschen Fußball-National-Mannschaft um, sah den Miniatur-Fußballer vor sich und lächelte freundschaftlich:
„Na, Kleiner, habt ihr gewonnen?"
Matzes Augen bekamen einen überglücklichen Glanz.
„3:2."
Mehr brachte er nicht über seine Lippen.
Während die Schalker und die nachfolgenden „Störche" den grünen Rasen betraten, kreuzte Bernhard Engler bei den Jungen auf:
„Ihr verteilt euch um das Spielfeld und betätigt euch als Ballholer. Nord-Ost drüben und Süd-West hier."
„Können wir drei hinter's Tor?" bat Heini.
„Mir ist's recht! Beeilt euch!"
Das brauchte Engler nicht zweimal zu sagen. Heini, Hoffmann und Matze flitzten hinter das Schalketor.
Das Spiel begann und Heini beobachtete durch das Tornetz, wie sich Torwart Mellage die Mütze aufsetzte, um nicht von der Sonne geblendet zu werden. Noch bevor er fertig war, zappelte ein Bombenschuß des BSV-Linksaußen Kurt Berner im Schalker Tornetz. Unbeschreiblicher Jubel ließ das Poststadion erzittern. Der „lange" Berner hatte seine „Störche" bereits in der ersten Spielminute mit 1:0 in Führung gebracht. Die Schalker bekamen einen regelrechten Schock, von dem sie sich im Laufe der kommenden Dreiviertelstunde nicht mehr erholten.
Zur Pause hieß es immer noch 1:0 für die „Störche". Die Berliner rechneten insgeheim mit einer Sensation. Aber sie hatten den Deutschen Meister unterschätzt.
In der zweiten Halbzeit zeigten die Schalker, was wirklich in

ihnen steckte. Der weltberühmte Kreisel lief wie am Schnürchen. Von Mann zu Mann wanderte der Ball, ohne daß ihn einer der Berliner Spieler überhaupt berührte. Nach vorn, nach rechts, nach links und wenn es sein mußte, auch nach hinten.
„So müßten wir mal werden", schwärmten die drei Ballholer, die nach dem Seitenwechsel die schönste Gelegenheit hatten, den Schalker Angriffswirbel aus der Nähe zu beobachten.
Es tat ihnen noch nicht einmal weh, daß der Torwart ihrer „Störche" zweimal den Ball aus seinem Tor herausholen mußte.
Nach der 2:1-Führung ließen die Schalker die Zügel etwas lockerer. So mußten sie es sich gefallen lassen, daß der Mittelstürmer der „Störche", Morokutti, den Ausgleich von 2:2 herbeiführte, mit dem keiner mehr gerechnet hatte.
Danach aber drehten die Schalker vollends auf. Ihr Spiel sah noch schöner aus als zuvor. Die Tore hätten fallen müssen wie reife Früchte. Daß sie nicht fielen, lag an Schalkes altem Übel. Sie waren so ballverliebt, daß sie am liebsten mit dem Leder bis in das gegnerische Tor gekreiselt wären, statt einige herzhafte Schüsse loszulassen.
Wenige Minuten vor Schluß gab es einen Freistoß für Schalke. Aus 40 Metern Entfernung segelte ein harmloser Schuß von Urban auf das Tor der „Störche". Zuschauer und Spieler sahen deutlich, daß dieser Ball eine sichere Beute des Torwarts werden mußte. Valinski rief zu seinen Verteidigern: „Weg, ich habe ihn", statt aber hochzuspringen, um den Ball zu fangen, blieb er wie angewurzelt stehen. Er schrie laut:
„Gemeinheit, sowas!"
Der Freistoßball flog von Freund und Feind unberührt ins

Netz. Die Schalker bejubelten ihren Torschützen. Die Berliner pfiffen ihren Torwart aus.
Daß sie Valinski damit bitter unrecht taten, wußten nur die drei Ballholer, Heini, Matze und Hoffmann. Sie hatten gemerkt, warum Valinski „Gemeinheit“ gerufen hatte.
In dem Augenblick, in dem Valinski nach dem Ball springen wollte, trat ihm ein Schalker Stürmer auf den Fuß. Nicht schmerzhaft, aber es reichte aus, um den Torwart am Sprung zu hindern.
„Sowas haben die Schalker doch nicht nötig. Die sind doch eine Klasse für sich“, stellte Heini bedauernd fest.
„Das war doch nur aus Versehen!“ Matze wollte nichts auf die Mannschaft seines Szepan kommen lassen.
„Kein schlechter Trick! Den muß man sich merken, den sieht kein Schiedsrichter“, meinte Hoffmann.
Damit hatte Hoffmann recht. Das Schalker Tor wurde anerkannt. Die Gelsenkirchener Mannschaft zog als 3:2-Sieger in die Vorschlußrunde ein.
Aber auch die „Störche“ konnten mit sich zufrieden sein. Sie hatten sich äußerst tapfer gehalten und das Ansehen des Berliner Fußballs auf's neue gefestigt.
Als die drei Jungen nach dem Spiel mit dem Mannschaftskoffer endlich am Ausgang erschienen, wurden sie schon von Herrn Krause und Papa Kamke sehnsüchtig erwartet.
„Ihr drei habt ja in eurem Spiel gezaubert wie die Schalker!“ sagte Papa Kamke stolz zu seinem Sohn.
„Die Leute haben alle gefragt, wie die kleinen Innenstürmer von Süd-West hießen und von welchem Verein sie kämen. Dann haben sie im Programm nachgesehen und ganz laut eure Namen genannt“, ergänzte Herr Krause.

„Was? Wir stehen gedruckt im Programm?" Matze konnte es nicht fassen.
„Hier lies doch." Papa Kamke faltete das zweiseitige Programm auseinander.
„Die haben mich ja nur mit einem ‚f' geschrieben", protestierte Hoffmann.
„Ist ja furchtbar, daß die Drucker noch nicht einmal wissen, wie du dich richtig schreibst. Ich würde die sofort verklagen", sagte Heini mit einem Seitenblick. Alles lachte.
Es war das erste Mal, daß die Jungen ihre Namen gedruckt lesen konnten und noch bei der Heimfahrt im Zug schielten sie immer wieder verstohlen auf das Programm.
Den größten Triumph erlebten sie aber am nächsten Tage. Turnlehrer Bernburg betrat aufgeregt das Klassenzimmer. Er schwenkte eine Zeitschrift in der Hand.
„Hört mal gut zu!"
Er suchte nach einer rot angekreuzten Stelle und las:
„... es war schönes Sommerwetter und so beschloß ich, etwas früher als üblich zum Poststadion zu fahren und mir das Vorspiel der Schülermannschaften Nord-Ost gegen Süd-West anzusehen. Mich interessierte, was die jüngsten Berliner Fußballer zu bieten hatten. Nachdem ich zwei Drittel des Vorspiels über mich hatte ergehen lassen, war ich sehr enttäuscht. Ich trauerte meinem Mittagsschlaf nach. Aber in der letzten Viertelstunde wurde ich tausendfach entschädigt. Die drei kleinen Innenstürmer der Süd-West-Auswahl spielten, ganz im Stile ihrer erwachsenen Vorbilder, einen technisch so zauberhaften Fußball, daß mir – wie den 50 000 Berliner Zuschauern – das Herz im Leibe lachte. Die Art, in der die drei höchstens 14 Jahre alten Nachwuchsspieler ihre Mannschaft

von 0:2 auf 2:2 heranbrachten, war einfach meisterhaft. Das erst wenige Sekunden vor dem Schlußpfiff erzielte 3:2-Siegestor kann man aber schlechthin nur noch als klassisch bezeichnen. Die drei Knirpse überspielten die gesamte gegnerische Hintermannschaft, dann auch noch den Torwart und liefen nebeneinander mit dem Ball ins leere Tor. Ich glaube, es ist angebracht, sich die Namen dieser drei Innenstürmer für spätere Zeiten zu merken: Halblinks Krause (BSV 92), Mittelstürmer Kamke (BSV 92) und Halbrechts Hoffmann (Olympia 07)."

Bernburg faltete die Zeitschrift zusammen.

„Wißt ihr, wer das geschrieben hat?"

Keine Antwort.

„Na, dann will ich es euch sagen: einer der größten deutschen Fußballfachleute. Kein Geringerer als Ernst Werner, der euch sicherlich unter E. W. bekannt sein wird, hat euch näher unter die Lupe genommen."

„Was? Der E. W. von der ‚Fußballwoche'? Dann sind wir ja schon entdeckt! Na bitte, meine Herren, wollt ihr ein Autogramm von mir?" Matze Krause sprang auf seine Bank und zückte seinen neuen Füllfederhalter.

Hinter der nicht ernst gemeinten Frage: „Hat der E. W. mich auch nur mit einem ‚f' geschrieben?" verbarg Hoffmann seine Verlegenheit.

„Das ist nicht so wichtig, Herr Knirps", sagte Turnlehrer Bernburg. „Ich hoffe, daß diese Kritik euch Ansporn für die kommenden Spiele ist."

„Darauf können Sie sich verlassen, Herr Bernburg", versprachen die Jungen zuversichtlich. Die Anerkennung aus berufenem Munde hatte ihren Unternehmungsgeist gestärkt.

VII

„Ich habe selten eine Klasse geführt, die ein so ausgeprägtes Gefühl für die Werte ihrer Heimatstadt aufwies wie ihr", sagte Rektor Schulz und legte den Stapel der zensierten Aufsatzhefte auf das Pult.

Den Jungen der 1. Klasse war bei diesem Lob nicht ganz wohl, denn es war nicht mit rechten Dingen zugegangen, daß ihre Aufsätze den Rektor von ihrem Heimatsinn überzeugt hatten.

Als der Lehrer ihnen vor einer Woche das Thema „Was liebe ich an Berlin?" gestellt hatte, hatte Heini Kamke nach Schluß der Stunde gemeint:

„Wir müßten versuchen, diesen Aufsatz alle sehr gut zu schreiben. Dann könnten wir vielleicht den Vorstoß wagen und Rektor Schulz um den Fußballdreß bitten."

Seit dem Süd-West-Spiel hatte ihn nämlich die Erinnerung an die azurblauen Hemden nicht mehr verlassen, und der Gedanke, daß sein Team vielleicht mit freiem Oberkörper zur Schulmeisterschaft antreten müsse, ging ihm nicht aus dem Kopf. So war er eines Tages auf den Einfall gekommen, Rektor Schulz die Anschaffung eines Fußballdreß auf Schulkosten vorzuschlagen. Er hatte mit seinen Fußballern und auch mit Lehrer Bernburg darüber gesprochen. Letzterer war der Ansicht, daß für den Rektor das gleiche wie für ihn Geltung habe. Sie sollten erst einmal im Deutsch-Unterricht bessere Noten als bisher anstreben, und dann ihre Bitte vortragen.

Nun schien Heini mit dem Hausaufsatz die Gelegenheit gekommen zu sein, vor Rektor Schulz mit den Klassen-Leistungen zu glänzen.

Als Gerd Hoffmann, der den Rektor ja schon vom vergangenen Jahre her kannte, merkte, worauf Heini hinauswollte, sagte er:

„Nichts leichter als das! Ich weiß genau, wie wir den Alten fangen können!“

Gerd Hoffmanns Plan fußte darauf, daß Rektor Schulz ein anerkannter Heimatforscher war. Wenn man also das kleine Stückchen Alt-Berlin, das noch von vergangenen Jahrhunderten erzählte, den Molkenmarkt, die Museumsinsel, die Nikolai-Kirche in den Mittelpunkt der Arbeit stellte, statt, wie die Jungen es sonst getan hätten, den Funkturm, die Hochhäuser oder die Untergrundbahn zu schildern, würde er dem guten Eindruck nicht widerstehen können.

Die Jungen hatten Gerd Hoffmanns Gedankengang sofort kapiert. Um es nicht zu auffällig zu machen, wählten sie unter den 32 Mitschülern ihrer Klasse 20 aus, die die alten traditionellen Stätten Berlins zu lieben hatten. Die übrigen durften sich mit Vorsicht auf dem modernen Parkett bewegen. Nur Werner Plötz und Hänschen Ritter hielt man in Anbetracht ihrer hervorragenden Deutsch-Leistungen für so ungefährdet, daß man ihnen gestatten konnte, durch das ehrliche Eingeständnis ihrer Vorliebe für das Olympia-Stadion und das Reichssportfeld den guten Eindruck auf Rektor Schulz zu schmälern.

Wie man jetzt sah, war Hoffmanns Einfall von Erfolg gekrönt. Das mit dem „ausgeprägten Gefühl für die Werte ihrer Heimatstadt“ war um so komischer, als die meisten Jungen das Viertel, in dem diese Werte noch erhalten waren, kaum kannten und es höchstens einmal im Jahr anläßlich eines Schulausflugs zu Gesicht bekamen.

Aber von solchen Überlegungen durfte sich Heini jetzt nicht beeinflussen lassen. So faßte er Mut und meldete sich:
„Herr Rektor, darf ich im Namen der Klasse eine Bitte vortragen?"
Im Schulzimmer war es still geworden. Rektor Schulz rückte seine Brille zurecht und wischte mit dem Taschentuch umständlich an den dicken Gläsern. Er runzelte die Stirn. Zwei Dinge verwunderten ihn.
Erstens hatte Werner Plötz im allgemeinen das Amt, die Klassen-Angelegenheiten vorzutragen und zweitens kam es selten vor, daß Heini Kamke so höflich und gewählt sprach.
So klang es etwas mißtrauisch, als Rektor Schulz fragte:
„Was wollt ihr denn?"
Heini atmete tief und gab sich alle Mühe, seine Aufregung zu verbergen.
„Wir wollten fragen, Herr Rektor, ob es möglich wäre, auf Kosten der Schulkasse für die Schulmannschaft eine einheitliche Kleidung zu kaufen, die selbstverständlich Eigentum der 5. Volksschule bliebe. Im Sporthaus Benscher gibt es schon eine Garnitur Hemden, Hosen und Stutzen für 15 Spieler zu 150.— Mark. Wir dachten ..."
„Augenblick mal", unterbrach ihn Rektor Schulz. „Du brauchst gar nicht weiterzureden. Wenn ich es recht verstanden habe, handelt es sich um diese alberne Fußballmannschaft, deren Mitglieder sich einbilden, von uns Lehrern ernst genommen zu werden?
Dazu will ich euch einmal etwas Grundsätzliches sagen: es ist dumm genug, daß vernünftige Schüler wie eine irre Bande hinter einem Ball herlaufen. Daß aber — wie ich mir habe sagen lassen — ausgerechnet diejenigen Schüler auf dem Fußballplatz

die erste Geige spielen, die in meinem Deutsch-Unterricht die schlechtesten sind, stimmt mich bedenklich. Ist es nicht großzügig genug von mir, daß ich stillschweigend zusehe, wie ihr den ehrbaren Namen eurer Schule mißbraucht, um irgendwelche unnützen Wettspiele auszutragen?
Woher nehmt ihr nur die Dreistigkeit, obendrein noch eine derartige Bitte an mich zu stellen?"
Rektor Schulz machte ein Gesicht, als hätte man ihn persönlich schwer beleidigt. Er trat ans Fenster und fuhr mit seinen Fingern über die pelzigen Blätter der Zimmerlinde.
„So eine Zumutung!" sagte er kopfschüttelnd mehr zu sich selbst als zu den Schülern.
Unbemerkt vom Rektor stand Heini, der bei der langen Rede auf seinen Platz zurückgesunken war, auf. Plötz und Matze, die sich von der Fortführung des Gespräches nichts mehr versprachen, winkten ab. Aber Heini ließ sich nicht beirren.
„Wir dachten dabei nicht nur an uns, Herr Rektor, sondern auch an unsere Schule. Es macht doch einen viel besseren Eindruck, wenn der Berliner Schulmeister einheitlich gekleidet und nicht mit freiem Oberkörper zum Endspiel antritt."
Rektor Schulz drehte sich um:
„Wenn ich das schon höre! Berliner Schulmeister! Ist denn das auch schon etwas? Und außerdem: bildet ihr euch wirklich ein, von 150 Berliner Schulen die beste zu sein? Bescheidenheit ist wohl auch nicht eure Stärke!"
Heini zuckte zusammen, aber er gab nicht nach:
„Ich habe nicht übertrieben, Herr Rektor. Wir haben gute Aussichten, zumindest auf die Wilmersdorfer Meisterschaft. Das sagte auch Lehrer Bernburg neulich in der Turnstunde, als er unser Können mit dem der anderen Schulmannschaften ver-

glich. Und wenn wir Wilmersdorfer Meister sind, dann gehören wir schon zu den letzten 16 Berliner Schulen, die an der Endrunde teilnehmen dürfen."

„So! So! Meine Schule ist also die beste von ganz Wilmersdorf!" Rektor Schulz verzog spöttisch den Mund. „Aber nicht etwa auf Grund der Schulleistungen, sondern des Fußballspielens. Welche Ehre für mich!"

Heini wußte nichts darauf zu erwidern.

„Laßt euch sagen", schloß der Rektor das Thema ab, „daß ich jeden Sport toleriere. Von mir aus dürft ihr also ruhig Fußball spielen, wenn ich mir auch eine echtere und schönere Art von Leibesertüchtigung vorstellen kann. Aber die Idee mit dem Zeugs da, das wir von Schulgeldern bezahlen sollen, schlagt euch ein für allemal aus euren verwirrten Köpfen."

Das war für die Jungen eine große Enttäuschung. Aber sie hielt sie nicht davon ab, sich mit vollem Elan auf die Rundenspiele zur Wilmersdorfer Schulmeisterschaft zu stürzen.

Turnlehrer Bernburg legte die Mannschaftsaufstellung für die nächsten Spiele fest. Von der Überlegung ausgehend, daß seine Mannschaft ihre Spiele mit möglichst hohen Torergebnissen gewinnen mußte, verteilte er das Hauptgewicht auf die Bildung einer starken Stürmerreihe. Nachdem sich Heini, Matze und Hoffmann bei der Süd-West-Auswahl so hervorragend bewährt hatten, lag es nahe, auch den Innensturm der Schulmannschaft durch diese drei zu besetzen.

Das erste erreichte Bernburg, indem er den bisherigen Halbrechten Klaus Mond auf Rechtsaußen schickte und Hoffmann auf Monds freigewordenen Platz stellte. Wolfgang Schöne, der seine Rechtsaußenposition Klaus Mond überlassen hatte,

übernahm den Mittelläuferposten, der ursprünglich Hoffmann nach Hänschen Ritters Ausscheiden zugedacht war.
Die Mannschaftsaufstellung hatte nun folgendes Bild:

Hermann Hinze
(Torwart)

Georg Frentzel (rechter Verteidiger) · Heinz Augustin (linker Verteidiger)

Erwin Pilz (rechter Läufer) · Wolfgang Schöne (Mittelläufer) · Helmut Kaiser (linker Läufer)

Klaus Mond	Gerd Hoffmann	Heini Kamke	Matze Krause	Heinrich Erhard
(Rechtsaußen)	(Halbrechts)	(Mittelstürmer)	(Halblinks)	(Linksaußen)

Bernburgs neue Aufstellung bewährte sich prächtig.
Ihren ersten Gegner, die als äußerst spielstark bekannte Pfalzburger Schule, überfuhr die Mannschaft der Koblenzer Schule glatt mit 6:0. Die nächsten beiden Spiele gegen die Offenbacher und die Gisela-Schule endeten mit 7:0 und 5:0.

So vergingen die Wochen, ein Kampf folgte dem anderen und als das letzte Spiel des ersten Durchgangs mit ihrem bisher schwersten Gegner — der Babelsberger Schule — hinter dem „Team" lag, konnte es befriedigt feststellen, daß es aus allen Begegnungen ungeschlagen hervorgegangen war. Besonders stolz waren die Jungen darauf, daß Torwart Hinze nicht ein einziges Gegentor hatte hinnehmen müssen.
Auch Bernburg sprach ihnen seine Anerkennung aus.
„Ich bin kein Freund von langen Reden, darum sage ich nur: ich danke euch. Ihr habt mir wirklich Ehre eingelegt. Das soll euch mal erst einer nachmachen."
Er stand bei seinen Jungen, die im Begriff waren, sich umzuziehen.
Hoffmann bemerkte, während er sich die Schuhe auszog:

„Die Babelsberger Schule ist aber nicht von Pappe. Ich war froh, als der Schlußpfiff ertönte. Beinahe wäre es noch schiefgegangen."

„Aber nun ist es gut gegangen. Seid doch zufrieden. Das 2:0 habt ihr ja in der Tasche", meinte Ritter und verteilte die Uhren und Schlüssel, die er für die Spieler aufbewahrt hatte.

Bernburg ging zu Heini:

„Was war denn mit dir heute los? Du bist ja wie eine Schnecke übers Spielfeld gekrochen."

Matze mischte sich ein:

„Das ist bei dem reine Altersschwäche. Wird von Tag zu Tag schlimmer."

„Spiel doch du besser, wenn in deinen Schuhen alle Nägel einzeln durchkommen. Hier sieh' mal!"

Heini zeigte auf seine nackte Fußsohle, die an einigen Stellen leicht blutete.

„Ich werd' verrückt!" sagte Matze.

Er nahm den linken Schuh vom Boden und griff mit der Hand hinein.

„Aua, das ist ja das reinste Nagelbrett, du wolltest wohl auf Fakir trainieren?"

Er sah Heini mitleidig an:

„Weißt du, daß deine Fußballschuhe reif für den Friedhof sind? Die Sohle ist an drei Stellen gebrochen."

„Der ist leider nicht mehr zu reparieren", stellte Lehrer Bernburg fest.

„Der andere ist auch nicht besser", sagte Heini traurig und hielt den rechten Schuh vor seine Augen.

Wie durch einen Sehschlitz konnte er die Gesichter seiner Freunde durch die Löcher der Sohle erkennen.

Bernburg klopfte Heini auf die Schulter:
„Sei nicht so verzagt! Dein Vater wird dir sicher ein paar neue Fußballstiefel kaufen, wenn du recht brav bist!"
Er gab jedem der Jungen zum Abschied die Hand, denn am nächsten Tag begannen die Großen Ferien.
Als Heini, seine ausgedienten Fußballschuhe unter dem Arm, mit Matze den Heimweg antrat, meinte er:
„Der Bernburg hat gut reden. Ich muß in den nächsten Spielen barfuß laufen. Mein Vater kann mir vor Weihnachten keine neuen Schuhe kaufen. Und bis dahin haben wir noch sehr viele Spiele auszutragen."
„Mach doch bloß nicht alles so furchtbar spannend. Warte doch erst einmal die Großen Ferien ab. Kommt Zeit — kommt Rat."
Diesen Ausspruch hatte Matze von seinem Vater, der ihn bei jeder Gelegenheit anbrachte, aufgeschnappt.
Müde und bedrückt schlich Heini die Treppen zu seiner Wohnung hinauf. Er streichelte seine Schuhe. Ihm war zumute, als ob er von langjährigen Freunden Abschied nehmen müsse.
In der Küche hielt er seinem Vater die beiden Veteranen hin.
„Herr Schuhmachermeister, können Sie die Dinger wieder auf Hochglanz bringen?"
Papa Kamke sah sie sich genau an.
„Da ist nichts mehr zu retten. Die haben ausgedient." Er seufzte tief. „Das ist traurig."
Mutti Kamke, die den Tisch deckte, wurde aufmerksam:
„Ist jemand gestorben oder wen beerdigt ihr dort?"
Sie bekam keine Antwort. Auch beim Abendessen sprachen die beiden nur das Nötigste. Und als Mutti Kamke nach dem Abwasch sagte: „Ich gehe jetzt ins Wohnzimmer und höre

Radio, der Willi Steiner spielt heute abend", da waren die „Männer" froh, allein zu sein. Denn nun konnten sie in Ruhe beratschlagen.

„Ich kann beim besten Willen kein Geld für neue Fußballschuhe auftreiben", sagte Papa Kamke. „Und Schulden mache ich nicht. Das habe ich noch nie in meinem Leben getan."

Heini nickte nur, das hatte er ja gewußt.

Papa Kamke überlegte.

„Könnten dir die ‚Störche' nicht helfen? Wenn du mal mit dem Engler sprechen würdest? Vielleicht hätte es Erfolg."

„Nein, Papa, das kann ich nicht. Die haben mir schon den Beitrag erlassen. Dann habe ich Weihnachten das Hemd und die Stutzen bekommen. Das geht wirklich nicht, Papa."

Die beiden wußten nicht weiter. Schließlich holte Heini seine Fußballschuhe aus der Ecke hervor, in die Papa Kamke sie hoffnungslos verbannt hatte, und trug sie ins Schlafzimmer an sein Bett. Papa Kamke folgte ihm neugierig.

Heini knüpfte die Schnürsenkel aneinander.

„Wenn du mir einen Gefallen tun willst, Papa, dann hau mir einen großen Nagel in die Wand."

Er bezeichnete eine Stelle, ungefähr eineinhalb Meter über dem Bett, und hängte, nachdem Papa Kamke seine Bitte erfüllt hatte, die Fußballstiefel feierlich so an den Nagel, daß ihre Spitzen unten aneinanderstießen.

„Den Platz habt ihr euch verdient." Er spuckte zuerst den linken und dann den rechten Schuh an. „Ich taufe euch auf den Namen Max und Moritz."

Dann sprang er von seinem Bett und rief den Schuhen zu:

„Seid schön artig und streitet euch nicht, wer mehr Tore geschossen hat. Dann fallt ihr auch nicht herunter."

Papa Kamke sah sich das alles belustigt an:
„Was meinst du, Heini? Ob sich die beiden nicht riesig freuen würden, wenn du sie schön sauber putztest? Die starren ja vor Dreck. Ich könnte mir auch vorstellen, daß Mutti dann weniger einzuwenden hätte."
„Mal sehen", sagte Heini. Als Papa Kamke merkte, daß mit seinem Sohn nicht mehr zu reden war, verließ er stillschweigend das Zimmer.
Heini vertiefte sich in die Betrachtung der Wand über seinem Bett. Zuoberst hingen nun die Fußballschuhe. Links in der Ecke zwei Fotografien von der vorjährigen Klassenmannschaft und von der 1. Schüler-Mannschaft der „Störche". Daneben ein Buntdruck des Deutschen Meisters „Schalke 04", mit einem Autogramm jedes Spielers. Rechts davon ein Bild von der Ligamannschaft der „Störche". Auch darauf hatten sämtliche Spieler ihren Namen verewigt. Dann folgten Ernst Werners Kritik in der „Fußballwoche" über das Süd-West-Auswahlspiel und das gedruckte Programm der gleichen Veranstaltung. Einige Ansichtskarten, die aber dem Beschauer nicht ihr Bild, sondern die Rückseite zeigten, waren so angebracht, daß sie einen Kreis um eine Karte mit dem Poststempel „Stuttgart" bildeten, auf der in Druckbuchstaben geschrieben stand:
„Meinem lieben jungen Sportsfreund Heini Kamke nach dem 4:0-Sieg unserer Nationalmannschaft gegen die Schweiz zur freundlichen Erinnerung. Dein Henne Appel." Darunter die Namen: Buchloh, Stührk, Busch, Gramlich, Goldbrunner, Lehner, Siffling, Conen, Rowedder, Kobierski und Dr. Otto Nerz.
Henne Appel, der Kapitän der „Störche", hatte die Unterschriften der Nationalspieler und ihres damaligen Trainers

für Heini gesammelt, als er in der Ländermannschaft als linker Läufer spielte.
Die Karten des Kreises stammten von Städtespielen der Berliner Stadtmannschaft und von Kämpfen, die die „Störche" auswärts bestritten hatten.
Ganz unten an der Wand erinnerten die drei plattgedrückten Aluminium-Autos „Louis Chiron", „Manfred von Brauchitsch" und „Tazio Nuvolari" an Heinis vergangene Rennfahrerzeiten.
Über dem Nachttisch zeigte eine vergilbte Titelseite der „Fußballwoche" das Bild eines schwarzhaarigen kleinen Fußballers beim Schuß auf das Tor. Heini hatte darunter auf einem weißen Streifen Papier mit ungelenken Buchstaben den Namen „Raimondo Orsi (Juventus Turin)" geschrieben. Ein echtes Foto von seinem Ideal besaß er leider trotz aller Bemühungen nicht.
Neben der kleinen Nachttischlampe lag ein schönes in Leder gebundenes Autogramm-Buch. Onkel Werner, der in einer Buchbinderei arbeitete, hatte es Heini vor drei Jahren zum Geburtstag geschenkt. Darin befanden sich nun unter den in bunter Folge eingeklebten Fotografien und ausgeschnittenen Zeitungsbildern die Namenszüge aller Fußballspieler, deren Heini hatte habhaft werden können.
Leider stammten die Unterschriften in erster Linie nur von Berliner Mannschaften, denn die Spieler der übrigen deutschen Städte und die Ausländer kamen selten, meist nur zu Pokalspielen oder großen Pfingst-, Oster- oder Weihnachtsturnieren nach Berlin, und im allgemeinen war Heini an solchen Tagen mit der Schülermannschaft der „Störche" unterwegs. Dennoch war er unter allen jugendlichen Autogrammjägern Berlins

wohl derjenige, der die meisten Unterschriften besaß. Im Gegensatz zu seiner sonstigen Gewohnheit behandelte er sein Autogrammbuch mit ausgesprochener Sorgfalt. Das prächtigste Zeugnis seiner Sammelleidenschaft wurde oft von seinen Freunden bewundert.
Im Augenblick war Heinis Besitzerstolz allerdings recht getrübt. Er hatte das Gefühl, als ob seine gesamte Fußball-Karriere gefährdet sei und beschloß vorm Einschlafen, seinen Freunden in den nächsten Tagen aus dem Wege zu gehen. Der Schmerz würde nur wieder neu aufbrechen, wenn sie vom Fußball redeten.

VIII

Fünf von den Spielern der Schulmannschaft — es waren Matze Krause, Gerd Hoffmann, Hermann Hinze, Klaus Mond und Heinrich Erhardt — trafen sich zwei- bis dreimal in der Woche auf dem Seepark, um Fußball zu spielen. Ganz systemlos, nur weil es ihnen Spaß machte, ein wenig zu üben. Matze Krause, der die Ferientage mit seiner Mutter in ihrer Grunewalder Laube verbrachte, scheute sich nicht, einen einstündigen Fußmarsch zurückzulegen, um mit seinen Freunden zusammen zu sein.
Um so seltsamer berührte sie alle fünf die Tatsache, daß Heini sich überhaupt nicht blicken ließ.
Sie hatten gerade eine kleine Verschnaufpause eingelegt und Hoffmann, auf seinem Ball sitzend, fragte:
„Sag mal, Matze, du wohnst doch im gleichen Block wie der Heini. Was ist denn mit dem los?“

„Ich war schon dreimal bei ihm", gab Matze Auskunft. „Der ist nie da."

„Dann frag doch seine Mutter mal, wo er ist."

„Hab ich. Die sagt nur: ‚Heini ist heute schon ganz früh fortgegangen.' Mehr kriegst du aus der nicht raus."

„Vielleicht hat er Stubenarrest", warf Hinze ein, „weil er ein dickes Ding gedreht hat."

„Quatsch", entschied Hoffmann, „dann hätte er uns Bescheid gesagt. Es muß etwas anderes sein. Wenn ich es nur wüßte!"

Aber es zogen noch fast zwei Wochen ins Land, bevor sie der Sache etwas näher kamen.

Eines Tages sprudelte der sonst sehr schweigsame Heinrich Erhardt, kaum daß er den Fußballplatz betreten hatte, aufgeregt hervor:

„Ich hab' was Tolles rausgekriegt. Der Heini ist abtrünnig geworden. Ich hab' es gestern und heute mit meinen eigenen Augen gesehen. So gegen halb acht kommt er bei uns am Rüdesheimer Platz vorbei. In Turnschuhen, Turnhosen und einem weißen Polohemd, einen Tennisschläger unter dem Arm. Mit einer Hülle drum. Heute morgen habe ich ihm vom Fenster aus zugerufen. Er lief einfach weiter. Aber er hat bestimmt nur so getan, als ob er es nicht gehört hätte. Ich habe ganz laut geschrien!"

Hoffmann pfiff durch die Zähne.

„Daher weht der Wind. Unserem Star ist der Fußball nicht mehr fein genug. Ihn zieht's zum weißen Sport der vornehmen Leute. Der spinnt wohl vollkommen. Dem werde ich vielleicht was erzählen!"

Matze konnte es nicht fassen.

„Der Heini und Tennisspielen!" sagte er kopfschüttelnd.

„Das ist doch viel zu teuer. Soviel Geld verdient Papa Kamke gar nicht. Ich weiß doch, daß Heinis Mutter nebenher bei Professor Gerlach sauber macht, um etwas dazu zu verdienen. Da stimmt was nicht."
Heinrich Erhardt war gekränkt:
„Du brauchst es ja nicht zu glauben. Ich hab's aber doch mit eigenen Augen gesehen!"
„Dir glaube ich ja alles, Heinrich", sagte Matze, um ihn zu beruhigen, „nur die Zusammenhänge sind so komisch. Ich bin dafür, wir prüfen den Fall einmal nach."
Hinze gab Matze recht:
„Klar. Schließlich haben wir ja ein Recht darauf, zu erfahren, ob unser Mittelstürmer noch weiter zu uns gehört oder nicht. Sein neuester Fimmel kann uns die Berliner Meisterschaft kosten."
„Soweit kommt es noch", ereiferte sich Hoffmann. „Wenn der uns einen Strich durch die Rechnung macht, sind wir auch noch da. Dem werden wir seinen Koller ganz schnell austreiben. Habt ihr schon mal was von Klassenkeile gehört?"
Matze wandte sich an Erhardt:
„Denk mal scharf nach, Heinrich. Welcher Tennisplatz liegt so, daß Heini, wenn er von der Koblenzer Straße kommt, bei dir am Rüdesheimer Platz vorbei muß?"
Klaus Mond bekam große Augen!
„Ach, du willst zu dem Tennisplatz gehen und selbst nachsehen?"
„Mensch, Klaus, du merkst aber auch alles und so schnell!"
„Wir werden uns alle fünf das Bürschlein an Ort und Stelle kaufen." Hoffmann war entschlossen. „Der soll mich mal kennenlernen. Unsereiner bleibt sitzen, um die Schulmann-

schaft zu verstärken und andere satteln mitten in der Spielzeit auf Tennis um!"
„Na, tu man nicht so, als seiest du nur sitzengeblieben, um unsere Mannschaft zu verstärken, Gerd", lenkte Matze, der seinem Freund Heini beistehen wollte, ein.
Heinrich Erhardt, der inzwischen gründlich nachgedacht hatte, hielt alle fünf Finger seiner linken Hand hoch.
„Ich finde im Augenblick nur fünf Tennisplätze. Bei mir um die Ecke in der Johannisberger Straße ist ein Privatplatz. Dann sind am Roseneck die Blau-Weiß-Plätze. In der Mecklenburgischen Straße liegen die großen Plätze, auf denen der Bolle Mehlitz immer Unterricht gibt. Am Bahnhof Podbielski-Allee ist der vierte. Und dann gibt's noch einen in der Dillenburger Straße."
Matze klopfte Erhardt auf die Schulter.
„Gut, Heinrich, das reicht vorerst. Nun wollen wir mal überlegen. Die Plätze am Roseneck und in der Mecklenburgischen Straße kommen nicht in Frage, weil Heini dahin nicht über den Rüdesheimer Platz, sondern über Bahnhof Schmargendorf gehen würde. Der Weg ist näher. Wir haben es beide oft genug ausprobiert, wenn wir zum Baden nach Hundekehle gingen. Bleiben also drei Plätze übrig, der in der Johannisberger Straße, der in der Dillenburger Straße, und der in der Podbielski-Allee. Und die nehmen wir morgen früh unter die Lupe."
Die Jungen waren damit einverstanden. Nur Hinze sagte mit Bedauern ab. Sein Vater, der am Flughafen beschäftigt war, wollte ihm morgen eine besondere Ferienfreude machen und ihm den Betrieb zeigen. Aber Hinze versprach, sich sobald wie möglich bei Hoffmann zu erkundigen, was die übrigen vier herausbekommen hatten.

Matze Krause, Gerd Hoffmann, Klaus Mond und Heinrich Erhardt verabredeten, sich am nächsten Morgen um 1/2 9 Uhr am U-Bahn-Ausgang Breitenbachplatz, Richtung Südwestkorso, zu treffen. Von dort aus konnten sie die drei Plätze bequem erreichen.

Alle vier waren pünktlich zur Stelle.

„Ich bin dafür, daß wir uns erst einmal trennen", ordnete Matze an. „Mond und Erhardt gehen in die Dillenburger Straße und Hoffmann und ich in die Johannisberger Straße. Jede Gruppe peilt auf einem Platz die Lage. In einer halben Stunde treffen wir uns wieder hier. Wenn dann beide Gruppen erfolglos gewesen sind, gehen wir gemeinsam zur Podbielski-Allee. Zurück können wir fahren. Ich hab' zwei Mark bei mir. Also los!"

Aber kaum waren Klaus Mond und Heinrich Erhardt ein paar Schritte gegangen, rief Matze sie nochmals zurück.

„Ich wollte euch nur sagen, wir treffen uns nicht hier, sondern drüben am anderen U-Bahn-Ausgang."

Als die beiden etwas verwundert über diese unbegründete Abänderung des Treffpunktes zu der bezeichneten Stelle hinübersahen, entdeckten sie ein Geschäft mit der Aufschrift „Zoologische Handlung".

„Aha", sagte Klaus Mond. „Da wird das Warten nicht so langweilig!"

Dann trotteten sie — je zwei zu zwei — in verschiedenen Richtungen davon.

Matze und Gerd Hoffmann waren die ersten, die zurückkehrten. Sie hatten keine Spur von Heini entdeckt und widmeten sich nun voll Hingebung der Betrachtung der verschiedenen Tiere in den Käfigen hinter der Schaufensterscheibe.

Zwei kleine Äffchen gaben sofort eine Sondervorstellung. Matze und Gerd Hoffmann benahmen sich vor der Schaufensterscheibe auch nicht viel vernünftiger und waren glücklich, daß ihre Faxen von den richtigen Affen nachgeahmt wurden.

„Wenn ich später mal reich bin, kaufe ich mir so ein Würmchen", meinte Hoffmann. „Dann habe ich immer gute Laune."

„Dazu brauchst du doch nicht reich zu werden. Das kannst du einfacher haben. Bitte deine Mutter, daß sie dir einen großen Spiegel schenkt."

Matze ging vorsichtshalber einen Schritt zur Seite. Aber seine Sorge war unbegründet. Bei Hoffmann fiel der Groschen in Zeitlupe, und als er Matzes Witz endlich begriffen hatte, war es für eine Entgegnung zu spät. Klaus Mond und Heinrich Erhardt waren auch gekommen. Ihre Gesichter verrieten, daß sie ohne Erfolg zurückkehrten.

„In der Dillenburger Straße haben wir nur Zahnärzte gesehen. Der Platz gehört der Ärztekammer, da dürfen überhaupt keine Kinder spielen", berichtete Heinrich Erhardt.

„Bei uns war es auch nicht anders. Der Platz in der Johannisberger Straße gehört einem Direktor von so einer Filmfirma. Da kann Heini nicht sein. So berühmt ist er wohl noch nicht."

Hoffmann winkte zum letzten Mal den kleinen Äffchen zu. Dann zeigte er mit ausgestreckter Hand nach links und sagte wie ein Feldherr:

„Wir werden den Feind auch so zu finden wissen. Auf zur Podbielski-Allee."

Kurz vor dem Untergrundbahnhof Podbielski-Allee blieben

die vier stehen. Ein hoher dichter Zaun zog sich an der rechten Seite des Bürgersteigs entlang. Innen befestigte grüne Segeltücher versperrten die Sicht, aber die Jungen wußten, daß der Tennisclub „Blau-Silber" hinter dem Zaun beheimatet war.
„Hört ihr, da wird gespielt."
Hoffmann spitzte die Ohren, um zu prüfen, ob sich Matze nicht getäuscht hatte. Das war nicht einfach, weil ein Auto nach dem andern vorüberfuhr.
„Jetzt hör ich's auch", bestätigte er nach einer Weile angespannten Lauschens.
Klaus Mond lag platt auf dem Bauch und preßte den Kopf an den schmalen Spalt, der zwischen Segeltuchbespannung und Erdboden freigeblieben war.
„Da wird auf drei Plätzen gespielt. Aber Genaues ist nicht zu erkennen", stöhnte er in seiner unbequemen Lage.
Heinrich Erhardt, der ein Stückchen weiter um die nächste Ecke des Zaunes spaziert war, kam aufgeregt zurück.
„Auf der anderen Seite, in der Schorlemer Allee, kann man durchsehen. Kommt mal rasch mit. Ich glaube, Heini ist da."
Wie von der Tarantel gestochen rannten alle vier in die Schorlemer Allee. Hier war zwischen zwei Planen eine Lücke von ungefähr einem halben Meter frei.
Gerd Hoffmann sah als erster hindurch.
„Da ist ja der Verräter", rief er.
Er hatte Heini, der mit zwei andern Tennisspielern am Netz stand, sofort entdeckt.
„Wo denn?" rief Klaus Mond. Er war als letzter angekommen und konnte kaum etwas sehen.
Hoffmann ließ ihn an seinen Platz.
„Der stellt sich so blöd an, daß ihm gleich zwei Mann bei-

bringen müssen, wie man einen Tennisschläger hält!" spottete Klaus Mond.
Plötzlich blieb ihm jedoch das Wort im Munde stecken. Die beiden Tennisspieler, die mit Heini am Netz zusammengestanden hatten, begaben sich – der eine nach rechts, der andere nach links – auf das Spielfeld. Sie schlugen ein paar Bälle hin und her. Sobald sie einen Ball verfehlten, warf ihnen Heini einen neuen zu und lief dem ausgeschlagenen nach, um ihn aufzuheben.
„Merkt ihr endlich, was wir für Vollidioten sind?"
Matze tippte Hoffmann an die Stirn.
„Der sammelt ja Bälle, statt selbst zu spielen!" Nun hatte es auch Klaus Mond kapiert.
Heinrich Erhardt sagte gar nichts. Er wunderte sich nur, daß seine sensationelle Entdeckung sich so harmlos auflöste.
Matze war glücklich, daß er seinen Freund von Anfang an verteidigt hatte:
„Der Heini muß eben zu Hause etwas dazuverdienen. Der hat's nicht so gut wie wir. Der kriegt nicht einmal Taschengeld."
„Ich kriege auch kein Taschengeld und muß jeden Morgen mit meiner Mutter Zeitungen austragen. Ich kann den Heini verstehen."
Das sagte Klaus Mond, dessen Mutter drei Jungen ernähren mußte. Klaus war der älteste. Sein Vater war vor zwei Jahren bei einem Verkehrsunfall ums Leben gekommen.
„Ich bin dafür, wir gehen jetzt", ergriff Matze wieder das Wort. „Unsere Befürchtungen waren ja nun Gott sei Dank unberechtigt. Was wollen wir mehr?"
„Ich meine, wenn wir schon mal hier sind, könnten wir ruhig

guten Tag sagen." Gerd Hoffmann war ein wenig schuldbewußt, wenn er an seine heftigen Angriffe gegen Heini dachte.

Sie beschlossen, im Umkleidelokal der Tennisspieler auf Heini zu warten. Zu viert bestellten sie eine Zitronenlimonade und harrten in einer dunklen Ecke der Dinge, die da kommen sollten. Zuerst betrat der Tennislehrer das Lokal. Etwas später tauchte Heini auf und legte die Tennisbälle in ein Regal. Dann kam ein dicker Herr.

„Was bekommst du denn von mir?" fragte er Heini und wischte sich mit einem Handtuch den Schweiß vom Gesicht.

Heini lief hinaus und sah auf die Platzuhr.

„Von 9—11 Uhr, sind zwei Stunden, macht zweimal sechzig, also eine Mark zwanzig", rechnete er im Zurückkommen.

„Hier hast du zwei Mark, weil du alle meine unmöglichen Bälle wieder gefunden hast."

Heini wollte das Trinkgeld nicht annehmen.

„Behalt es ruhig. Mit mir hast du mehr Arbeit als mit einem richtigen Tennisspieler", meinte der dicke Herr und ging in den Duschraum.

Heini sah verklärt auf die zwei Mark. Dann ging er zu einem der Regale, griff nach seiner Geldbörse und legte das frischverdiente Geld hinein.

Beinahe wäre er dabei zu Fall gekommen, weil ihm jemand einen Stoß in den Rücken versetzte. Er drehte sich wütend um.

„Was soll denn das?"

Da erkannte er Klaus Mond, der sich auf diese ungewöhnliche Art bemerkbar gemacht hatte.

„Was machst du denn hier?"

Statt einer Antwort zeigte Klaus auf den Tisch in der Ecke, an dem die andern drei gespannt die Vorgänge verfolgten. Heini wußte nicht, was er von ihrem unverhofften Besuch halten sollte. Er brachte kein Wort heraus.

„Du freust dich wohl gar nicht, ein paar Teamkameraden zu treffen?" fragte Gerd Hoffmann halb verlegen, halb scheinheilig.

„Doch schon ... aber ich weiß nicht recht ... woher wißt ihr überhaupt ... ?"

Dann erkannte er Heinrich Erhardt.

„Aha, hat der Herr seine Entdeckungen wieder einmal nicht für sich behalten können!"

Matze verteidigte den Kameraden:

„Heini, so darfst du nicht reden. Heinrich hat es gut gemeint. Wir wußten doch drei Wochen lang überhaupt nicht, was mit dir los war. Du hast dich nirgendwo gemeldet, bist nicht zum Fußball gekommen und deine Mutter verriet es uns auch nicht. Da mußt du schon verstehen, daß wir uns um dich kümmern. Schließlich gehören wir alle zusammen."

„Das meine ich auch", ließ Hoffmann sich hören.

„Ihr habt natürlich recht", antwortete Heini. „Aber ihr hättet euch doch denken können, daß ich meine Gründe habe, wenn ich mal für eine Weile untertauche."

„Warum machst du denn ein Geheimnis daraus, daß du Bälle sammelst? Meinst du, wir verstehen nicht, daß du zu Hause ein paar Mark beisteuern mußt? Das ist noch nichts Besonderes! Klaus muß es ja auch", meinte Matze.

Heini besann sich eine Weile, dann sagte er trotzig:

„Wenn ihr es schon so genau wissen wollt, ich muß von diesem Geld zu Hause keinen Pfennig abliefern. Ich darf alles behalten, und wenn ich heute noch zwei so gute Kunden habe, wie eben den Herrn Direktor Marquardt, kann ich mir morgen ein paar neue Fußballstiefel kaufen. So, ihr neugierigen Affen."

„Gratuliere, Heini, das gefällt mir."

Hoffmann war plötzlich wie umgewandelt und auch die andern zeigten sich hell begeistert. Es war einfach fabelhaft, daß Heini einen solchen Ausweg gefunden hatte! Eifrig berieten sie, welcher Art und Qualität die Schuhe sein sollten, die Heini kaufen würde.

Matze löste sich von der Gruppe. Er stellte sich an das Fenster und sah auf die Plätze hinaus. „Neun" stellte er befriedigt fest. Dann drehte er sich langsam um:

„Sag mal, Heini, ich habe gerade gezählt. Es sind neun Plätze. Wieviel Balljungen habt ihr dafür?"

Heini überlegte.

„Das weiß ich nicht so genau. Ich kenne nur vier. Im allgemeinen sind aber mehr hier. Ich glaube, ein paar sind in Ferien."

Matze sagte eifrig:

„Kinder, überlegt doch mal! So wie Heini seine Schuhe, könnten wir uns doch unseren Fußballdreß beschaffen. Das ‚Team' müßte Bälle sammeln und das verdiente Geld in einen gemeinsamen Topf tun." Er wandte sich an Heini: „Würdest du auch mitmachen, wenn du deine Schuhe erst mal verdient hast?"

„Und ob!" rief Heini. „Weißt du, Matze, daß das eben deine beste Idee des Jahres war? Stell dir vor, wenn wir die tollen blauen Hemden und die geringelten Stutzen haben, die bei Benscher im Schaufenster liegen, spielen wir doppelt so gut!"

Hoffmann rieb sich die Hände:
„Das wird die Sensation des Jahres! Und vor allem, wir brauchen niemandem Dankeschön sagen.“
Klaus Mond dachte noch einen Schritt weiter:
„Und die Dinger sind dann unser Eigentum. Die können wir als Erinnerung behalten.“
„Heini, was meinst du? Wieviel von uns können hier einsteigen?“
„Da müssen wir den Bachmann fragen. Der ist hier Platzmeister.“ Heini zeigte zum Fenster hinaus. „Der Kleine da draußen mit den ausgefransten Hosen.“
Der „kleine“ Bachmann war ungefähr 40 Jahre alt und hatte vor 20 Jahren als großer Tennisstar gegolten. Schon mit 17 Jahren war er Berliner Junioren-Meister. Aber leider hatte er sich selbst um seine aussichtsreiche Tennis-Karriere gebracht, weil er – wie seine Freunde behaupten – zu oft und zu tief ins Glas gesehen hatte. Seine rote Nase legte davon ein beredtes Zeugnis ab.
Als die Jungen jetzt auf ihn zukamen, sah er sie mit seinen immer ein wenig zugekniffenen Augen an. Er drehte den Besen, mit dem er die Spielfeldlinien abfegte, bedächtig in der Hand.
„Fünf Jungen könnte ich schon gebrauchen. Aber nicht mehr. Sonst nehmt ihr euch ja gegenseitig alle Verdienstmöglichkeiten. Ihr müßt euch vor- und nachmittags zur Verfügung stellen. Auch das Pflegen der Plätze gehört zu euren Aufgaben. Dafür gibt es aber kein Extra-Geld. Morgen um acht Uhr könnt ihr anfangen.“
Von nun an trafen sich die Jungen täglich in der Frühe, um geschlossen zu ihrer „Arbeitsstätte“ zu gehen. Hermann Hinze

hatte sich, nachdem er von den sensationellen Begebenheiten und von Matzes großartiger Idee unterrichtet worden war, selbstverständlich angeschlossen.
Nach anderthalb Wochen hatten sie genau 50 Mark in der Kasse. Sie waren der Meinung, daß das gefeiert werden müsse, und da sie infolge eines fürchterlichen Platzregens gerade arbeitslos waren, versammelten sie sich im Tennislokal zu einem kleinen Umtrunk um den Tisch in der Ecke, den sie seit Matzes denkwürdigem Einfall zum Stammplatz erhoben hatten.
„Prost, ihr Millionäre!" rief Heini. Sie hoben ihr mit Limonade gefülltes Glas. „Diesen Schluck haben wir uns redlich verdient!"
Platzmeister Bachmann, den sie auch eingeladen hatten, stimmte ein. Nur hatte er sich statt der Limonade einen Schnaps bestellt.
„Was meint ihr?" überlegte Heini, „hat es Sinn, für die 50 Mark schon mal die Hemden zu kaufen?"
Matze, der die Aufgabe hatte, das Kontobuch zu führen und die Kasse zu verwalten, sagte:
„Ich glaube, wir schaffen lieber alles zusammen an. Das macht einen besseren Eindruck bei Benscher. Und es ist auch ein größerer Ansporn für uns!"
„Wieviel Zeit brauchen wir dazu noch?" sann Heini.
Matze schlug sein Kontobuch auf und rechnete:
„Plötz, Ritter, Pilz und Augustin sind von der Reise zurück", berichtete er. „Ich habe mit dem Platzwart in der Kaiserallee gesprochen. Sie können morgen anfangen. Es ist alles geregelt. Schöne, Frentzel und Kaiser kommen erst am letzten Ferientag. Mit denen können wir nicht mehr rechnen."
Heini nahm seine Finger zu Hilfe.

„Hinze, Hoffmann, Krause, Erhardt, Mond, Kamke in der Podbielski-Allee. Plötz, Ritter, Pilz, Augustin in der Kaiserallee. Wir arbeiten also zu zehnt."

„Eben", bestätigte Matze und klappte zuversichtlich sein Kontobuch zu. „Es wäre doch gelacht, wenn wir es nicht schaffen würden!"

Heini nahm zur Bekräftigung einen tiefen Schluck aus seinem Glas.

„Übrigens", ergriff Matze die Gelegenheit, „ich bin dafür, daß wir etwas solider werden. Ich habe nichts gegen die sechs Limonaden, die wir uns eben genehmigen. Aber ich finde es nicht richtig, daß wir uns jeden Tag Süßigkeiten kaufen. Das konnten wir früher auch nicht."

Klaus Mond fühlte sich getroffen: „Sei bloß nicht so geizig, alter Buchhalter. Ich meine, wer arbeitet, soll auch essen."

Matze schüttelte den Kopf:

„Aber doch nicht nur Schokolade, du Trottel!"

Platzmeister Bachmann mischte sich ein:

„Es hört nicht auf, zu regnen. Ihr könnt nach Hause gehen. Selbst wenn sich das Wetter heute noch bessert, hat es keinen Sinn mehr, zu warten. Der Regen ist zu stark. Bis zur Dunkelheit werden die Plätze nicht mehr trocken."

„Hoffentlich bleibt das nicht tagelang so!" meinte Matze besorgt, als er mit Heini den Heimweg antrat.

„Dann sind unsere ganzen Berechnungen im Eimer!" Heini stapfte mit so viel Nachdruck durch eine Pfütze, daß die Spritzer stoben.

„Ich wollte dich schon lange etwas fragen, Heini", gestand Matze. „Warum bist du eigentlich damals, als Erhardt dich entdeckte, immer mit einem Tennisschläger losgegangen?"

Heini antwortete nicht sofort. „Weißt du", begann er ein wenig stockend, „ich verstehe es eigentlich selbst nicht so ganz. Es war so komisch. Ihr solltet nicht erfahren, daß ich Bälle sammelte. Ich mußte aber damit rechnen, daß mir irgendwelche Bekannte auf meinem Weg zum Tennisplatz begegnen würden. Sie sollten denken, ich spielte selbst Tennis.
Aus diesem Grunde habe ich mir immer einen alten Schläger unter den Arm geklemmt, den mir Bachmann geschenkt hat. Er hat gar keine Saiten mehr. Darum steckte ich ihn auch immer in die Hülle.
Aber seitdem ihr jetzt auch sammelt, finde ich mich selbst blöd'. Verstehst du?"
Matze verstand. Ihm wäre es sicherlich auch so ergangen. Er nickte zustimmend. Das genügte vollkommen.

IX

Endspiel zwischen der Koblenzer und der Pfalzburger Schule um die Wilmersdorfer Meisterschaft auf dem Seepark! Wie bei dem denkwürdigen Spiel des „Teams" gegen die damalige 1. Klasse waren auch diesmal die Zuschauerreihen überfüllt. Nur hatte sich die Zusammensetzung des Publikums gemäß dem Rang, den das „Team" inzwischen eingenommen hatte, erweitert. Neben den Angehörigen der beiden Schulen, die die heutigen Gegner stellten, waren fast ebensoviel Mitschüler der aus den Wilmersdorfer Rundenspielen inzwischen ausgeschiedenen Mannschaften erschienen.
Das „Team" hatte das Ziel, das es sich nach der entscheidenden Aussprache mit Lehrer Bernburg in der Turnhalle gesetzt

hatte, bis jetzt erreicht. Aus allen Spielen, die es von da an bestritten hatte, auch aus dem Hinspiel mit ihrem gefürchtetsten Gegner, der Pfalzburger Schule, war es als Sieger hervorgegangen.
Die Pfalzburger Schule dagegen hatte sich wider Erwarten außer den zwei Verlustpunkten beim Spiel gegen das „Team" noch zwei weitere beim Hinspiel gegen die Babelsberger Schule geholt.
Das „Team", das durch sein Nichtantreten bei den ersten beiden Spielen ja vier Verlustpunkte hatte auf sich nehmen müssen, ging also punktgleich mit seinem Gegner in den heutigen Kampf.
Die Situation war infolgedessen günstiger als der Grenzfall, den Bernburg seinen Berechnungen zugrunde gelegt hatte.
Das „Team" hoffte natürlich, einen glatten Sieg zu erringen. Aber selbst wenn der Kampf mit einem Unentschieden enden sollte, also beide Parteien mit einer Zahl von fünf Verlustpunkten abschließen würden und infolge dieser Punktgleichheit das Torverhältnis entscheiden müßte, hatte das „Team" nichts zu befürchten. Es hatte bei den vorhergehenden Spielen soviel Tore auf seine Seite gebracht, daß sein Torverhältnis weit besser war, als das der Pfalzburger Schule.
Auch Bernburg war sehr zuversichtlich:
„Macht es wie bisher, dann geht alles klar."
Heini war anderer Meinung:
„Ich möchte gern einige Veränderungen in unserer Mannschaftsaufstellung vornehmen, Herr Bernburg", sagte er. „Der Sturm der Pfalzburger hat sich verstärkt. Sie haben dort zwei neue Schüler aus Lichtenberg bekommen, die ich kenne. Die sind auf jeden Fall eine Klasse besser als ihre Vorgänger aus

dem Hinspiel. Darum müssen wir uns von vorneherein eine Defensiv-Taktik zulegen, also unsere Hintermannschaft stark machen. Ich schlage folgenden Wechsel vor: Hoffmann wird Mittelläufer, Mond Halbrechts und Schöne Rechtsaußen!"

„Wenn du meinst", sagte Bernburg. Er schien Heinis Auffassung nicht ganz zu teilen.

„Mir fällt ein Stein vom Herzen!" freute sich Wolfgang Schöne. „Die lange Latte, die da drüben als Mittelstürmer aufgestellt ist, ist bei Hoffmann bestimmt besser aufgehoben als bei mir!"

„Also", mahnte Heini noch einmal, „laßt mir hinten nur keinen Ball rein. Dann ist es ganz egal, ob wir vorn ein Tor schießen oder nicht. Denn uns reicht ja schon ein 0:0 für die Wilmersdorfer Meisterschaft. Wenn wir kein Risiko eingehen, kann uns auch nichts passieren. Stellt euch andernfalls den Triumph von Rektor Schulz vor!"

Heinis Rechnung ging auf. Bei fast gleichwertigen Leistungen wurden die Seiten beim Stande von 0:0 gewechselt. Um noch sicherer zu gehen, zog Heini in der zweiten Halbzeit auch noch Wolfgang Schöne in die Hintermannschaft zurück. Dadurch verlegte sich das Spielgeschehen immer mehr in die Hälfte der Koblenzer Schule. Trotzdem gelang es dem auf vier Mann reduzierten Sturm des „Teams", einige gefährliche Entlastungs-Angriffe auf das Pfalzburger Tor zu starten. Klaus Mond war es, der von der rechten Eckfahne aus einen Ball so hoch vor das Tor flankte, daß dieser über den Torwart hinwegflog. Kurz vor dem hinteren Torpfosten, wo der Ball sich senkte, sprangen Heini und der rechte gegnerische Verteidiger nebeneinander hoch. Heini war um den Bruchteil einer Sekunde eher am Leder. Der Ball flog ins Tor. Ein dreimaliger Pfiff des

Schiedsrichters bekundete, daß es nun 1:0 für die Koblenzer Schule stand.
Das „Team“ jubelte, die Pfalzburger ließen die Köpfe hängen. Der Schiedsrichter setzte die Pfeife an den Mund, um das Signal zum Wieder-Anspiel zu geben. Da bemerkte er, daß der Torwart der Pfalzburger Schule aufgeregt auf ihn zugelaufen kam. Hinter seinem leeren Tor winkten die Zuschauer eifrig mit den Händen.
„Was gibt's denn? Bleib in deinem Tor, es geht weiter“, rief der Schiedsrichter.
„Herr Schiedsrichter, die Zuschauer sagen, der Kamke hätte den Ball mit der Faust ins Tor geschlagen.“
„So, so!“ Der Schiedsrichter lächelte ironisch. „Die Zuschauer sind wohl Schüler deiner Klasse? Ich habe nichts von einer Hand am Ball gesehen.“
„Glauben Sie doch den Zuschauern. Die sind ganz unparteiisch. Erkundigen Sie sich bitte bei ihnen. Oder fragen Sie den Kamke selbst!“
Der Schiedsrichter wurde ungeduldig.
„Wer hat das Tor geschossen?“
Heini hob zögernd die Hand.
„Womit hast du das Tor erzielt? Mit dem Kopf oder . . .?“
21 Spieler warteten gespannt auf die Antwort des Torschützen. Heini nestelte an dem Gummiband seiner Turnhose. Sein Blick blieb einen Augenblick auf dem Ball hängen. Dann gab er sich einen Ruck. Er klemmte den Ball unter den Arm, lief damit zum gegnerischen Tor und legte ihn an der Stelle, an der er ihm entgegengesprungen war, auf den Boden. Dann kehrte er zum Schiedsrichter zurück und sagte mit tränenerstickter Stimme:

„Freistoß für die andern!"
Der Spielführer der Pfalzburger Schule fiel Heini um den Hals.
„Hut ab! Ihr seid echte Sportler!"
Und auch der Schiedsrichter nickte, bevor er zum Freistoß für die Pfalzburger Schule pfiff, Heini voll Anerkennung zu.
Dann stand es wieder 0:0.
Hoffmann stieß Heini in die Rippen.
„Hoffentlich kostet uns deine Ehrlichkeit nicht die Meisterschaft!"
„Sei mir nicht böse, Gerd, ich konnte nicht anders."
Hoffmann zuckte die Achseln und zog sich auf seinen Posten zurück. „Wie gewonnen, so zerronnen", ging es ihm durch den Kopf. Er konnte den schnellen Wechsel vom 1:0 zum 0:0 nicht gar so schnell überwinden.
Aber schon nach ein paar Minuten erwachten seine Lebensgeister aufs neue. Auf dem linken Flügel kam ein von Matze vorgetragener Ball zu Heinrich Erhardt. Der flankte ihn hoch vor das Pfalzburger Tor. Heini und der gegnerische Torwart starteten fast gleichzeitig dem Leder entgegen. Aber Heini hatte den kürzeren Weg. Bevor ihm der Torwart den Ball wegfausten konnte, köpfte er den Ball ins Netz. Tor! 1:0 für das „Team"!
Als Heini zur Mittellinie zurücklief, rief er dem Schiedsrichter strahlend zu:
„Diesmal war es aber ein echtes!"
Kurz darauf pfiff der Schiedsrichter dreimal hintereinander. 11 überglückliche Spieler rissen vor Freude die Arme hoch. Das „Team" hatte sein erstes Ziel erreicht. Die 5. Volksschule in der Koblenzer Straße war Wilmersdorfer Meister!

Das große Ereignis versetzte die Schule in Aufregung. Am nächsten Morgen drängten sich Groß und Klein vor dem Zimmer der 1. Klasse. Jeder wollte den glorreichen Spielern des „Teams“ die Hand drücken. Rechenlehrer Peters, der zur ersten Stunde kam, konnte sich kaum einen Weg bahnen, um ins Klassenzimmer zu gelangen. Er machte kurzen Prozeß, schickte die Gratulanten in ihre beginnenden Unterrichtsstunden und trieb die Sieger auf ihre Plätze. Aber die Jungen merkten sofort, daß das alles nur im Scherz geschah. Lehrer Peters war strahlender Laune.

„Ich gratuliere“, sagte er, nachdem er die Tür hinter sich geschlossen hatte. „Ich habe gestern euer Spiel gesehen. Zwei Dinge möchte ich festhalten. Erstens, daß das Wort ‚Der Angriff ist die beste Verteidigung‘ auch diesmal anzuwenden ist. Euer vorsichtiger Rückzug in die eigene Hälfte hat eure Siegeschancen fragwürdiger gemacht als es die Anwendung eurer üblichen Angriffstaktik je hätte tun können. Zum zweiten darf man wohl sagen, daß das Sprichwort ‚Ehrlich währt am längsten‘ auch im Sport nicht ganz von der Hand zu weisen ist. Wenn man so bedenkt, daß euer Spielführer kurz nach seinem ehrlichen Geständnis ein zweites Tor schießen konnte ...“

Lehrer Peters machte eine Pause und sah Heini an. In seinem Blick lag fast ein bißchen Hochachtung. Aber nur einen Augenblick. Dann zwinkerte er verschmitzt mit den Augen.

„Man hört so allerlei“, meinte er, „ihr sollt ja unter die Großverdiener gegangen sein!“

Bei dem Wort „Großverdiener“ entrang sich Matzes Brust ein vernehmlicher Seufzer.

„Stimmt es etwa nicht?“ fragte Peters. „Ich dachte, ihr würdet

bald in einem eigenen Fußballdreß antreten. Wann ist es denn soweit?"
Matze erhob sich und klappte das Kontobuch, das er immer bei sich trug, umständlich auf.
„Das ganze Geld haben wir noch nicht zusammen. Wir haben 108 Mark erarbeitet. Leider hat es in den Ferien sehr viel geregnet. Daher stimmte unsere Vor-Bilanz nicht mehr."
Heini setzte hinzu:
„Wir sammeln nämlich Tennisbälle!"
Matze fuhr fort:
„Plötz und Ritter haben je 5.– Mark, also zusammen 10.– Mark von ihrem Taschengeld dazugegeben, Schöne, Frentzel und Kaiser zusammen ebenfalls 10.– Mark. Wir besitzen also alles in allem 128.– Mark."
Matze klappte das Buch wieder zu und schloß im Tone eines großen Geschäftsmannes:
„Uns fehlen also zur Verwirklichung unserer Pläne noch rund 20.– Mark."
„Im Schaufenster des Sporthauses Benscher liegt genau das, was wir uns vorgestellt haben", fiel Heini wieder ein, „blaue Hemden, weiße Hosen und blauweiß geringelte Stutzen. Aber die geben sie nicht einzeln, sondern nur im Satz ab. Das sind 14 Garnituren. Dazu kommt noch die Torwart-Ausrüstung. Alles zusammen macht 152.– Mark."
Peters dachte nach. Das tat er immer auf eine besondere Art und Weise. Er nahm seine Uhr in die linke Hand und hielt sie in einem Abstand von ungefähr 30 Zentimetern vor seine Augen. Dann legte er die gekrümmten Finger seiner rechten Hand so vor sein rechtes Auge, daß er, das linke Auge gleichzeitig zukneifend, wie durch ein Fernrohr die Uhr betrachten konnte.

Sonst konnten sich die Jungen des Lachens nicht erwehren, wenn sie diese Gebärde sahen. Heute blieben sie ernst.
Peters legte die Uhr wieder auf das Pult. Ein Zeichen, daß er zu Ende gedacht hatte.
„Paßt mal auf", begann er, „ich glaube, daß ich euch helfen kann. Ich kenne den Benscher recht gut. Er liefert auch für unseren Turnverein. Ich will ihn fragen, ob er mir die Garnituren nicht etwas billiger überlassen kann. Wenn er zusagt, kann ich die Sachen noch heute für euch kaufen. Habt ihr das Geld bei euch?"
Matze war entsetzt.
„Herr Peters, solche Beträge schleppt man doch nicht mit sich herum. Ich könnte die 128.— Mark aber in der großen Pause holen. Meine Mutter ist zu Hause."
„Hole sie lieber jetzt, nimm dir ruhig einen Freund mit zum Schutz. Wegen der hohen Beträge."
Peters schmunzelte.

Am nächsten Tage warteten die Jungen nach der letzten Unterrichtsstunde aufgeregt auf ihren Rechenlehrer. Er hatte sie in der großen Pause davon unterrichtet, daß er mit den gekauften Garnituren zu ihnen kommen würde.
Klaus Mond stand an der um einen Spalt breit geöffneten Tür und sah hinaus. Endlich gab er das Signal: „Er ist im Anmarsch!"
Peters schleppte ein großes Paket herein und legte es auf das Pult. „So, das hätten wir erledigt!"
Die Jungen drängten sich gespannt um das Pult.
„Einen Augenblick", sagte Peters, „setzt euch erst mal schön auf eure Plätze. Vor allem seid leise. Im Lehrerzimmer ist noch

Betrieb. Man braucht drüben nicht zu wissen, was hier los ist!"

Als Ruhe in der Klasse eingezogen war, öffnete Peters das Wunderpaket.

„Hinze, komm du zuerst mal her."

Hermann trat stolz an das Pult. Peters griff nach den obenaufliegenden Stücken.

„Ich habe eine gepolsterte Hose besorgt, dazu Knieschützer und Schirmmütze. Einen Pullover besitzt du sicherlich selbst."

Hinze probierte sogleich die Mütze auf. Es gab ein großes Gelächter. Die Mütze war viel zu groß und rutschte bis über beide Ohren.

„Ist nicht schlimm", sagte Peters. „Du kannst sie umtauschen. Ich hab mir schon so etwas gedacht und Herrn Benscher darauf vorbereitet. Frage nach ihm selbst und laß dir eine kleinere verpassen."

Hinze entfernte sich mit strahlendem Gesicht.

„Und nun bitte ich die beiden Kleinen zu mir!" fuhr Peters fort.

Matze und Heini wußten gleich, daß sie damit gemeint waren.

„Hoffentlich sind die Hosen so, daß unsere Knie wenigstens noch frische Luft kriegen!" sagte Matze, der sich an ihren komischen Aufzug bei der Süd-West-Auswahl erinnerte.

„Ich hab an alles gedacht", beruhigte sie Peters, „auch an euch halbe Portionen. Hier. Das wird passen!"

Er überreichte ihnen die schönen azurblauen Hemden, die weißen Hosen und die Ringelstutzen, blauweiß, wie sie auch „Schalke 04" trug.

„Die Dinger sind ja eine Wolke!" Heini konnte es nicht fassen, daß der lang gehegte Traum nun Wirklichkeit war.

„Die müssen wir gleich anziehen", schlug Matze vor.
Während Peters die übrigen Garnituren verteilte, probierten die beiden aus, wie ihnen die Hemden standen.
„Kinder, macht keine Dummheiten!" mahnte Peters. „Wir sind hier nicht auf einem Maskenball. Wenn euch jemand so sieht, gibt es unnötigen Ärger. Sagt mir lieber, was mit den vier übriggebliebenen Garnituren geschehen soll."
„Die sind für die Ersatzspieler", erklärte Heini.
„Ich werde sie mit nach Hause nehmen", schlug Werner Plötz vor. „Mein Vater kann sie in seiner Schneiderwerkstatt immer schnell plätten lassen, wenn sie gebraucht werden."
„Dann wäre wohl alles klar!" sagte Peters und sah sich im Kreise um. Er strahlte genau wie die Jungen.
„Wir sind Ihnen zu großem Dank verpflichtet, Herr Peters." Heini schwang sich sogar zu einer kleinen Verbeugung auf. „Ohne Ihre Beziehungen wären wir noch lange Zeit mit nacktem Oberkörper herumgelaufen."
Peters wehrte den Dank ab.
„Nicht der Rede wert, Jungens. Verschwindet jetzt auf schnellstem Wege mit den Dingern nach Hause. Ich hoffe, daß ihr den neuen Garnituren Ehre machen und immer so spielen werdet, daß ihr zumindest ein Tor mehr schießt, als eure Gegner."
Mit diesen Worten verließ er die Klasse.
Matze und Heini beschlossen, Hermann Hinze sogleich ins Sporthaus Benscher zu begleiten. Der Chef stand selbst im Laden und fragte nach ihrem Begehr. Hermann überreichte ihm mit der Bitte um Umtausch die Mütze.
„Ich habe sie nur einmal aufprobiert", beeilte er sich mitzuteilen, da Benscher einen Augenblick lang überlegte.

„Darum geht es nicht. Ich glaube nur, von der Sorte haben wir gar keine kleineren."
„Es kann auch eine andere Sorte sein", erklärte Heini.
„Na, dann kommt mal mit."
Herr Benscher führte die drei Jungen nach hinten in den Laden vor ein großes Regal.
„Sucht euch hier das Passende aus."
Die drei brauchten für die Auswahl ihrer Schirmmütze mehr Zeit als eine Dame für den Kauf ihres neuen Frühjahrshutes. Endlich hatten sie sich geeinigt.
„Die hier ist goldrichtig", Hermann deutete auf seinen Kopf. „Ich behalte sie gleich auf."
„Moment mal", mischte sich Herr Benscher ein. „Ich muß vorher nachsehen, was sie kostet."
Er griff nach Hermanns Mütze, holte einen kleinen Preiszettel unter dem Schirm hervor, entnahm der Schublade seiner Kasse einen Quittungsblock und verglich die Zahlen.
„Seht ihr", sagte er, „diese Mütze ist billiger als die andere. Die Gesamtrechnung macht jetzt nur noch 149.50 Mark. Ihr bekommt noch 2.50 Mark zurück. Wollt ihr das Geld gleich mitnehmen oder holt es Herr Peters selbst ab?"
Die Jungen waren so verdutzt, daß sie gar nichts sagten. Heini raffte sich als erster auf:
„Hat denn Herr Peters gestern die 152.– Mark bezahlt?"
Herr Benscher lachte:
„Na, meinst du vielleicht, der macht bei mir Schulden?"
„Nein, das nicht", stotterte Heini, „aber er hatte doch nur 128.– Mark. Ich verstehe das nicht. Bekommt Herr Peters bei Ihnen die Sachen nicht billiger?"
„Wie kommst du denn darauf? Wir haben doch feste Preise.

Da kann ich nichts nachlassen", meinte Benscher, und fügte, über den Geschäftssinn der drei belustigt hinzu: „Ich muß ja schließlich auch leben, wenn ihr gestattet!"
Heini folgte einer plötzlichen Eingebung:
„Wir sagen Herrn Peters, daß er das Geld morgen selbst abholen soll."
Nachdem die drei auf schnellstem Wege den Laden verlassen hatten, sagte Heini:
„Habt ihr das mitgekriegt? Der Peters hat aus seiner eigenen Tasche die fehlenden 24.– Mark zugelegt und uns kein Sterbenswort davon gesagt!"
Er konnte es kaum fassen, so ungeheuerlich erschien ihm diese Tatsache.
„Der Peters ist ein ganz dufter Kumpel", stellte Matze fest. „Dufter Kumpel" war die höchste Auszeichnung, die er zu vergeben hatte.
„Ich glaube, er wollte auf jeden Fall verhindern, daß wir es erfahren", überlegte Hinze.
„So ist es, Hermann", bestätigte Heini. „Darum habe ich dem Benscher auch gesagt, Peters würde sich das Geld selbst abholen. Wir wollen uns überhaupt nicht anmerken lassen, daß wir dahintergekommen sind. Andernfalls verderben wir ihm nur die Freude."
Als die drei am nächsten Tage ihren Mitschülern von Peters' großmütiger Tat berichteten, nahmen sie ihnen allen ein Versprechen ab. Niemand durfte außerhalb der Klasse ein Wort über die Sache verlauten lassen.
Es fiel den Jungen nicht schwer, ihr Versprechen zu halten. Die nächsten Wochen waren mit so viel anderen Dingen ausgefüllt, daß sie an das Ereignis nur selten zurückdachten.

Die Endrunde zur Berliner Schulmeisterschaft begann. Die 16 Bezirksmeister ermittelten in zwei Gruppen zu je acht Mannschaften die vier Vorschlußrundenteilnehmer, die sich aus den an erster und zweiter Stelle stehenden Mannschaften jeder Gruppe bilden würden.

Für die Jungen des „Teams", die als Vertreter des Bezirks Wilmersdorf in der Gruppe West spielten, bestand nicht viel Hoffnung, auf einen der ersten zwei Plätze zu rücken. In ihrer Gruppe galten Charlottenburg, Spandau und Mariendorf als die klaren Favoriten. Die Schöneberger, Zehlendorfer, Neuköllner und Moabiter standen mit den Wilmersdorfern ungefähr auf der gleichen Stufe. Am Rande des ersten Spiels der Wilmersdorfer gegen die Schöneberger gab es für die Jungen eine Extra-Sensation. Sie konnten endlich ihre neuen Garnituren einweihen. Allerdings ging das nicht ohne eine kleine Panne ab.

Als sie in ihre schönen blauen Hemden schlüpften, mußte Gerd Hoffmann feststellen, daß er in seines nicht hineinpaßte. Erst Heini merkte, daß er auf der Fahrt Hoffmanns Hemd mit dem seinen vertauscht hatte. Der Mittelläufer atmete auf:

„Ich dachte schon, ich hätte in der letzten Zeit 20 Pfund zugenommen."

In guter Stimmung spielten die Wilmersdorfer in der ersten Hälfte befriedigend und lagen zur Halbzeit durch ein Tor von Heinrich Erhardt mit 1:0 in Führung.

In der Umkleidekabine angekommen, wandte sich Matze an seinen Spielführer, der heute zum ersten Male mit seinen selbstverdienten Schuhen angetreten war.

„Sag mal, Käpt'n, deine neuen Stiefel bekommen wohl noch

Schießunterricht? Das Zielen klappt ja schon ganz gut, aber das Treffen scheint schwer zu sein!"
„Laß mir nur Zeit, Matze. Ich hab da meine eigene Erziehungsmethode. Wenn ich den Schuhen von vornherein die Erlaubnis gebe, viele Tore zu schießen, dann werden sie mir zu eingebildet. Ich habe ihnen Zurückhaltung auferlegt, um sie für die zweite Halbzeit zu schonen."
Als das Spiel vorüber war, konnte Matze kaum noch an Heinis Worten zweifeln, denn der Mittelstürmer hatte durch drei Tore das Endergebnis von 4:0 hergestellt.
„Gratuliere, Heini", sagte Matze, als sie in der Umkleidekabine ankamen, „mit diesen drei Toren haben deine Stiefel ihre Feuertaufe bestanden. Hoffentlich sind sie jetzt nicht doch zu eingebildet?"
„Eingebildet sind sie überhaupt nicht, mit denen ist ganz was anderes los" — Heini tat sehr geheimnisvoll —, „ich habe doch alle drei Tore mit dem linken Schuh erzielt. Darauf ist der rechte neidisch, und weil er außerdem meint, ich hätte ihn absichtlich benachteiligt, drückt er mich schon seit einer ganzen Weile."
„Die Rache des kleinen Schuhes", wandelte Bernburg lächelnd das Sprichwort vom „kleinen Mann" ab. „Neue Schuhe haben immer die Angewohnheit so lange zu drücken, bis sie sich dem Fuß angepaßt haben."
Heinis Schuhprobleme waren nicht die einzigen, die Bernburg beschäftigten. Es bekümmerte ihn, daß die Hälfte seiner Mannschaft auch heute wieder in Turnschuhen angetreten war. Daß sie dadurch einige Nachteile in Kauf nehmen mußten, war nicht zu übersehen. Es hatte sogar ein paar Verletzungen an den Beinen gegeben und so hielt Bernburg den

richtigen Augenblick für gekommen, den Jungen einmal nachdrücklichst die Notwendigkeit vorzuhalten, sich Fußballstiefel zu verschaffen. Es stellte sich heraus, daß das gar nicht so schwierig sein würde, wie Bernburg es befürchtet hatte. Eine ganze Reihe von Mitschülern hatte sich schon vor Beginn der Rundenspiele erboten, dem „Team" ihre Fußballstiefel zu leihen. Nun war es eine Kleinigkeit, darauf zurückzukommen.

Schon beim nächsten Spiel gegen Neukölln trat das „Team" in Fußballstiefeln an. Die ungewohnte Bekleidung machte sich zwar ein wenig störend bemerkbar, Klaus Mond und Heinrich Erhardt versagten auf der ganzen Linie, weil sie zum erstenmal in ihrem Leben in Stiefeln spielten, aber trotzdem reichte es noch zu einem klaren 5:0-Sieg für den Wilmersdorfer Meister.

Die guten Ergebnisse ihrer ersten beiden Endrundenspiele blieben auf die Wilmersdorfer Mannschaft nicht ohne Wirkung. Nur war es eine Wirkung, bei der sie, wären sie nicht so übermütig gewesen, die versteckte Gefahr gewiß nicht übersehen hätten. Sie begannen sich selbst zu überschätzen und ihre Gegner zu unterschätzen.

Auf der Bahnfahrt zum schweren Spiel gegen die starken Mariendorfer kreisten ihre Gedanken nur um die Höhe ihres Sieges, selbstgefällig und sorglos unterhielten sie sich über ihre Fußballkunst, und taten ganz so, als hätten sie bereits alle Spiele der Endrunde gewonnen.

Aber auf der Rückfahrt waren sie wie umgewandelt. Um ein Haar hätten ihnen Überheblichkeit und Leichtsinn die ersten Verlustpunkte gebracht. Hinze hatte in diesem Spiel gleich zweimal den Ball aus seinem Netz holen müssen. Das „Team"

konnte sich nur bei der Glücksgöttin Fortuna bedanken, daß es ihm gerade noch gelungen war, den 0:2-Halbzeitrückstand in einen 3:2-Sieg umzuwandeln.
„Ich hätte zur Halbzeit keinen Pfennig mehr für euren Sieg gewettet, so übermütig habt ihr gespielt. Ihr seid wohl größenwahnsinnig geworden? Glaubt ihr denn, die anderen Mannschaften könnten gar nichts? Freut euch nur, daß die Mariendorfer keinen guten Torwart dabei hatten, sonst wären eure Gesichter jetzt noch länger! Es wird höchste Zeit, daß die Winterpause einsetzt, ihr schnappt mir sonst noch total über."
Zum erstenmal nach vielen Wochen schlug Bernburg einen scharfen Ton an.
Nun, trotzdem es bei diesem Spiel um Haaresbreite schief gegangen wäre, lagen die Wilmersdorfer zu Beginn der Winterpause ohne Verlustpunkte an der Tabellenspitze der Gruppe West, noch vor Charlottenburg, das durch ein Unentschieden gegen Neukölln mit einem Verlustpunkt Zweiter war.
Nun begann der „Winterschlaf", wie die Fußballer die Pause nannten, die mit Rücksicht auf ihre Gesundheit in der kalten Jahreszeit von November bis Februar eingelegt wurde.
Nur die Vereinsspieler der Mannschaft, also Heini, Matze und Hinze bei den „Störchen" und Hoffmann bei Olympia 07, blieben im regelmäßigen Training, denn die Vereine spielten auch im Winter weiter. Sie hatten dafür von Juni bis August ihre Sommerpause.
Damit aber sein „Team" nicht alles verlerne, nahm Heini es wenigstens alle vierzehn Tage mit zum Training der „Störche", bis im Februar endlich auch der Schulfußball wieder begann.

Bernburg und seine Jungen begannen sofort mit intensiven Vorbereitungen für die weiteren Spiele. Auch der Weihnachtsmann hatte sein Herz für das „Team“ entdeckt, und nun spielte die Mannschaft in eigenen Schuhen.

Der erste Gegner nach der Winterpause war Zehlendorf, eine Mannschaft, die in ihren bisherigen drei Spielen zweimal verloren und nur einmal gegen Moabit unentschieden gespielt hatte. Das „Team“, das den Kampf als leichten Spaziergang betrachtete, spielte in einem herrlichen Kombinationsspiel mit den Zehlendorfern Katze und Maus. Leider vergaß es aber über der Freude an der Schönheit seines Spiels das Toreschießen.

Nach einer ernsten Ermahnung Bernburgs spielten sie nach der Pause zwar zielstrebiger, aber Tore wollten trotzdem nicht fallen. Das lag in erster Linie an Heini, der mindestens zehnmal den Ball zum Torschuß bereit hatte, ihn aber einfach nicht im Netz unterbrachte. Obwohl von seinen Nebenspielern immer wieder in günstige Schußposition gebracht, versiebte er eine Torchance nach der andern und steckte schließlich auch noch seine vier Nebenstürmer mit seiner Schußunsicherheit an. So blieb es weiterhin bei dem Stande von 0:0.

„Mensch, Heini, du alte Flasche, geh doch bloß nach Hause. Ohne dich gewinnen wir viel eher. Du störst nur“, meckerte Matze.

Heini, der sein Schußpech selbst nicht fassen konnte, versuchte noch einmal, alles wieder gutzumachen. Er umspielte in elegantem Slalomlauf vier gegnerische Spieler und den Torwart. Alle erwarteten nun das unvermeidliche Führungstor. Aber Heini brachte das Kunststück fertig, den Ball noch am leeren Tor vorbeizuschießen. Die größte Chance des Spiels war dahin.

„Häng doch bloß deine Fußballschuhe an den Nagel, du Anfänger“, brüllte Hoffmann und machte Heini den Vorschlag, mit ihm den Platz zu tauschen. Heini war so niedergeschlagen, daß er sofort darauf einging und den ungewohnten Mittelläuferposten einnahm. Aber noch ehe er sich zurechtfinden konnte, entwischte ihm der Zehlendorfer Mittelstürmer, so daß dieser in der Lage war, Hinze aus kürzester Entfernung einen Scharfschuß ins Netz zu setzen und mit diesem Tor den 1:0-Sieg für den Zehlendorfer Außenseiter sicherzustellen.

Als sich das „Team“ in der Umkleidekabine zusammengefunden hatte, war die Hölle los.

„Man muß sich ja direkt schämen, in einer derart miesen Mannschaft zu spielen!“

„Da verliert man doch wahrhaftig gegen eine zweitklassige Mannschaft!“

„Und das nur, weil die Herren Stürmer zu dämlich sind, ein sieben Meter breites Tor zu treffen!“

So schwirrte es durcheinander.

Sogar Hinze, der sich selten an lauten Gesprächen beteiligte, meinte:

„Die Hälfte der Bälle, Heini, die du heute vorbeigeschossen hast, haut meine Großmutter mit verbundenen Augen ins Tor. Und auch der Zehlendorfer Treffer geht auf dein Konto. Das heutige Spiel hast du auf dem Gewissen!“

Heini wußte nichts zu seiner Verteidigung vorzubringen. Zu seinem Erstaunen aber sprang Lehrer Bernburg für ihn ein.

„Schiebt nur nicht alle Schuld dem Heini in die Schuhe! Die

anderen Stürmer waren nicht einen Deut besser als er. Ich will euch sagen, worin eure Schwäche liegt. Eure Verteidigung rackert sich zu Tode und der Sturm stirbt in Schönheit. Das trifft euch alle, und nicht einen!"
Selten hatte das „Team" eine Heimfahrt so traurig angetreten wie heute. Heini trennte sich sogar von seinen Kameraden und suchte ein nebenliegendes Abteil auf. Er konnte die vielen Vorwürfe einfach nicht mehr hören.
Auch an den folgenden Tagen wurde es nicht besser. Das „Team" grollte weiter: die Hintermannschaft dem Sturm, der Sturm seinem Spielführer, jeder war auf jeden böse. Von der gepriesenen Kameradschaft war nicht mehr viel zu spüren.

Ausgerechnet unter solchen Umständen mußten sie eine Woche später gegen die 31. Charlottenburger Schule antreten, die als Favorit der diesjährigen Schulmeisterschaft galt. Sie hatte das Meisterschaftsendspiel des Vorjahres nur ganz knapp verloren und sieben ihrer damaligen ausgezeichneten Spieler waren auch diesmal wieder dabei.
Das Kräfteverhältnis der beiden Mannschaften, die sich heute auf dem Seepark trafen, war an ihren bisherigen Ergebnissen nicht eindeutig zu messen. Die Differenz ihrer Verlustpunkte war unwesentlich. Den zwei Verlustpunkten, die sich die Wilmersdorfer bei dem Zehlendorfer Spiel geholt hatten, stand ein Verlustpunkt der Charlottenburger aus einem Unentschieden gegen die Neuköllner Mannschaft gegenüber. Aufschlußreicher war schon die Tatsache, daß die Charlottenburger dieses Unentschieden bei Neukölln nur mit letzter Kraft hatten herausholen können, während die Wilmersdorfer gegen dieselbe Mannschaft mit absoluter Überlegenheit ohne

jede Anstrengung ein 5:0 erzielt hatten. Dagegen mußte man allerdings in Betracht ziehen, daß die Charlottenburger die Zehlendorfer, bei denen das „Team“ seine erste katastrophale Niederlage bezogen hatte, mit — sage und schreibe — 10:0 besiegt hatten.
Recht bedacht, konnte das „Team“ aus einer solchen Situation nur e i n e n richtigen Schluß ziehen: daß die Vorkommnisse, die in Zehlendorf zu einer Niederlage geführt hatten, sich nicht wiederholen durften.
Ihr Start schien in dieser Beziehung verheißungsvoll. Schon in der dritten Spielminute brachte Heini durch einen Mordsschuß von der Strafraumgrenze aus seine Mannschaft mit 1:0 in Führung. Dann aber trat der gleiche Leerlauf ein, der sie in Zehlendorf um den Sieg gebracht hatte. Auch jetzt zwang die Wilmersdorfer Mannschaft durch die Überlegenheit ihrer Spielanlage die Charlottenburger in ihre eigene Hälfte, aber ihre Stürmer liefen sich fest, statt die Bälle auf das gegnerische Tor zu schießen.
Die Uneinigkeit im „Team“ machte sich von neuem bemerkbar. Sie spielten von Minute zu Minute lustloser. Die Verteidiger deckten nicht mehr genau. Ihr Torwart, Hermann Hinze, hatte infolgedessen alle Hände voll zu tun und mußte manchmal weit aus dem Tor herauslaufen, um die von den Gegnern mühelos durch die Abwehr durchgespielten Bälle abzuwehren.
So war das 1:1, das die Charlottenburger durch ihren Mittelstürmer erzielten, keine Überraschung.
Jetzt begann auch die Hintermannschaft des „Teams“ sich gegenseitig mit Vorwürfen zu überhäufen. Die Strafe blieb nicht aus. Bis zur Pause erhöhten die Charlottenburger auf

4 : 1. Auch nach der Pause war das Steuer nicht mehr herumzureißen. Im großen und ganzen nahmen sich die Jungen jetzt wohl etwas mehr zusammen, aber Hinze war inzwischen nervös geworden und sogar Hoffmann hatte die Übersicht verloren. Fast programmgemäß vollzog sich die Katastrophe. In gleichen Abständen fielen fünf weitere Tore. Nach dem Schlußpfiff gingen die Charlottenburger mit einem 9:1-Sieg vom Platz.

Bernburg empfing das „Team" mit einem vernichtenden Blick.

„Eine ganz blamable Schlappe! So hoch zu verlieren bei einem Gegner, der im Grunde genommen nicht mehr kann als ihr! Aber ihr habt es nicht besser verdient! Das ist nur passiert, weil ihr untereinander nicht einig seid. Wenn ihr so weiter macht, könnt ihr die Berliner Meisterschaft allmählich abschreiben."

Der Turnlehrer wartete gar nicht auf eine Antwort. Ohne sich zu verabschieden, verließ er das „Team".

Dort brach der Krach mit doppelter Stärke aus. Einer beschimpfte den andern in nicht gerade gewählten Worten. Daß sie sich nicht gegenseitig mit den Fäusten bearbeiteten, war ein Wunder. Der einzige, der sich zurückhielt, war Gerd Hoffmann. Aber nicht, weil er einsichtiger war als die anderen.

„Flenn doch nicht wie ein kleines Mädchen", sagte Matze gerade zu ihm. Tatsächlich, der sonst so harte Bursche schluchzte hilflos vor sich hin. Seine Kameraden sahen scheu zu ihm hinüber, als sie es merkten. Sie wagten nicht, ihn darauf anzusprechen. Aber selbst wenn sie ihn gefragt hätten, hätte Hoffmann den Grund für seine Tränen wohl kaum erklären können. Seine Nerven waren einfach am Ende.

Heini versuchte mit letzter Kraft sein „Team" zusammenzuhalten.
„Seid doch vernünftig, Jungens! Wir stecken tatsächlich in einer furchtbaren Formkrise. Doch deshalb dürfen wir uns nicht gegenseitig fertig machen."
Aber seine Worte halfen nicht viel. Lediglich die Lautstärke der Reden, mit denen sich die Jungen beschimpften, ließ ein wenig nach. Haßerfüllte Blicke folgten den Vorgängen am anderen Ende des Platzes, wo die begeisterten Zuschauer die Sieger des Tages feierten. Das „Team" – sonst mit Jubel umringt – war heute nur von ein paar Mitschülern seiner Klasse umgeben.
„Ruhm ist vergänglich", stellte Plötz ironisch fest.
Da kam ganz gelassen Lehrer Peters mit seinen langen Storchenbeinen über den Platz auf sie zugestelzt.
Die Jungen machten sich auf einiges gefaßt. Keiner wagte es, den Lehrer anzusehen. Aber Peters setzte sich, als sei gar nichts vorgefallen, in ihre Mitte auf den Rasen.
„Ich war gerade bei den Charlottenburgern. Sie sind schon ‚Berliner Meister'. Wenigstens benehmen sie sich so."
„Nicht zu Unrecht!" warf Hinze ein.
„Na, na", meinte Peters und lehnte sich, die Beine verschränkend, gemütlich mit dem Rücken an die Bank, „man soll den Tag nicht vor dem Abend loben. Die können auch noch allerlei auf die Badehose bekommen. Aber etwas viel Wichtigeres: Ich habe gerade mit dem Turnlehrer der Charlottenburger gesprochen, der eine Tabelle von unserer Gruppe angefertigt hat. Ich habe sie mir abgeschrieben."
Peters zog einen Zettel aus der Tasche.
„Paßt mal auf. Die Tabelle sieht folgendermaßen aus. Erster: Charlottenburg mit einem Verlustpunkt. Zweiter:

Mariendorf und Wilmersdorf mit je vier Verlustpunkten. Dabei haben allerdings die Mariendorfer das bessere Torverhältnis. Was geht daraus hervor?"

„Daß es nicht zum Besten mit uns bestellt ist", sagte Matze gedrückt.

„Das stimmt", meldete sich Heini, „es geht aber n i c h t daraus hervor, daß alles verloren ist."

„Na also", meinte Peters, „es gefällt mir, daß wenigstens einer von euch noch geradeaus denken kann. Für den, der rechnen kann" — Peters schmunzelte bei diesen Worten —, „geht nämlich lediglich daraus hervor, daß ihr das schlechtere Torverhältnis wieder aufholen müßt. Ihr wißt ja alle, daß von jeder Gruppe die ersten und die zweiten Mannschaften in die Vorschlußrunde kommen. Da ihr die Charlottenburger nicht mehr aufholen könnt, müßt ihr euch also mit allen Kräften anstrengen, Zweiter zu werden und die punktgleichen Mariendorfer zu überholen, indem ihr, wie ich schon sagte, euer Torverhältnis verbessert. Dazu habt ihr bei den beiden noch folgenden Spielen gegen Spandau und gegen Moabit Gelegenheit. Das heißt also ..."

„Daß wir beide Spiele so hoch wie möglich gewinnen müssen!" Das war Hoffmann. Er wischte sich sein verheultes Gesicht ab.

„Eben", meinte Peters. „Ich bin zufrieden mit deiner Antwort. Obwohl das in diesem Falle nicht heißt, daß man gut rechnen können muß, um das Ziel zu erreichen!"

Er wandte sich lächelnd an Heini:

„Aber was muß man können, Herr Spielführer?"

„Sich nicht unterkriegen lassen und zusammenhalten!" war Heinis prompte Antwort.

„Richtig“, bestätigte Peters. „Und das gilt in erster Linie für das nächste Spiel gegen Spandau. Das letzte Spiel gegen Moabit könnt ihr beim besten Willen nicht verlieren. Abgesehen davon, daß ihr im Vorteil seid, weil das wieder hier auf eurem eigenen Platz stattfindet, stellt eure Spielstärke die der Moabiter Mannschaft weit in den Schatten.“

Lehrer Peters stand auf und strich sich geruhsam ein paar Lehmbröckchen von seiner Hose.

„Noch eines“, schloß er, schon im Fortgehen, „auf der ‚Viktoria‘, dem Siegespokal für die Deutsche Fußball-Meisterschaft der Männer, steht ein Spruch:

‚Elf Freunde müßt ihr sein,
wenn ihr Siege wollt erringen‘.“

Damit verschwand er endgültig aus der Mitte des „Teams“.

„Stammt dieser Unterricht nun aus Peters' Rechen- oder Fußballhirn?“ überlegte Werner Plötz.

„Aus beiden“, meinte Matze.

„Egal“, sagte Heini, „aber der Spruch stimmt wahrhaftig.“

Er merkte nicht, daß er damit Werners Frage viel besser beantwortet hatte als Matze. Denn das, was Peters dem „Team“ soeben beigebracht hatte, entstammte weder seinem Fußball- noch seinem Rechenhirn. Überhaupt keinem Hirn. Es kam aus dem Herzen.

Und darum verfehlte es auch seine Wirkung auf die Jungen nicht. „Nun erst recht!“ Mit diesem Versprechen schüttelten sie sich die Hände zum Abschied. Die Kameradschaft war gerettet.

X

Am Tage des Spiels gegen die Spandauer Mannschaft gab Rektor Schulz in der ersten Stunde Deutschunterricht. Die Jungen ahnten nichts Gutes, als er gleich bei der ersten Aufgabe Klaus Mond an die Tafel holte. Das tat der Rektor immer, wenn er es für nötig erachtete, sich in Zorn zu steigern. Mond hatte zwar in letzter Zeit infolge seiner Anstrengungen ein paar Fortschritte zu verzeichnen, aber er gehörte doch nach wie vor zu den schwachen Schülern, und wenn er an der Tafel stand, machte ihn die Nähe des Lehrers so nervös, daß er auch noch das Wenige, was er wußte, vergaß.

So war es heute. Es nützte nichts, daß Plötz und Ritter ihm, sobald er sich umdrehte, riesige Zettel mit der richtigen Rechtschreibung hinhielten. Er machte einen Fehler nach dem anderen.

Nach einem kurzen Blick auf die Tafel verzichtete Rektor Schulz darauf, weiterzulesen.

„Du hast ja wieder einmal keine blasse Ahnung, alter Dummkopf. Das ist ja auch kein Wunder, wenn man sich von morgens bis abends auf dem Fußballplatz herumtreibt."

Er verpaßte dem um einen Kopf größeren Mond eine schallende Ohrfeige.

„Geh auf deinen Platz!"

Heini flüsterte Matze zu:

„Windstärke 10."

Rektor Schulz stieß mehrere Male mit dem Zeigestock auf seine Fußspitzen und merkte vor Erregung gar nicht, daß das mit weißer Kreide beschmierte Stockende auf seinen schön polierten Schuhen lauter Schandflecken hinterließ. Mit heiserer Stimme stieß er hervor:

„Habt ihr mir nicht kürzlich etwas von einer Berliner Schulmeisterschaft erzählt?“

Niemand sagte etwas, denn die Jungen wußten aus Erfahrung, daß der Rektor seinen Zorn stets über das Haupt des Antwortenden allein ausschüttete.

„Ihr könnt euch wohl nicht mehr erinnern, was?“ fragte Rektor Schulz. „Gut, dann werde ich eurem Gedächtnis nachhelfen. Ihr habt nämlich gesagt, ‚wir werden Berliner Meister‘, so großspurig, daß ich es geglaubt habe. Was war der Lohn für meine Gutgläubigkeit? Man hat mich ausgelacht!“

Er steigerte sich immer mehr in Zorn.

„Jawohl ausgelacht! Gestern war ich bei Herrn Stadtschulrat Schweitzer. Wißt ihr, was der gesagt hat? Die — damit hat er unsere Schule gemeint — werden es nie schaffen. Und dann hat er mir von eurer Blamage erzählt. Neunmal habt ihr gegen die Charlottenburger verloren! Und das unter dem Namen einer Schule, der ich vorstehe und die bisher nur lobend erwähnt wurde! Schämt ihr euch denn gar nicht?“

Völlig erschöpft wischte sich der Rektor den Schweiß von der Stirn.

Heini raffte allen Mut zusammen und erhob sich unaufgefordert.

„Das stimmt nicht ganz, Herr Rektor, wir haben am vergangenen Mittwoch gegen die Charlottenburger wohl verloren, aber nicht neunmal, sondern nur einmal. Der Herr Stadtschulrat wird die Tore mit den Spielen verwechselt haben. Wir haben nämlich das Spiel mit neun Toren verloren. Das ist zwar ein furchtbar schlechtes Ergebnis, aber noch keine endgültige Blamage. Es kommen ja noch einige Spiele, bei denen wir das wieder gutmachen können. Wir haben damals

wirklich nicht übertrieben. Wir sind — wie versprochen — Wilmersdorfer Meister geworden und haben ..."
„Augenblick mal", unterbrach ihn Rektor Schulz, verließ sein Pult und stellte sich vor Heini auf. „Und was war bei dem Spiel gegen die Zehlendorfer? Habt ihr da nicht ebenfalls den Namen eurer Schule in den Schmutz gezogen?"
„Das haben wir nicht, Herr Rektor", sagte Heini mit Überzeugung, „wir haben zwar 1:0 verloren. Aber mit Anstand. Bei den Zehlendorfern haben wir halt Pech gehabt. Und die Charlottenburger sind ganz ohne Zweifel besser als wir. Aber darum können wir trotzdem noch Berliner Meister werden, wenn ..."
Rektor Schulz fiel ihm ein zweites Mal ins Wort.
„Wenn, wenn, wenn! Du kennst ja das Sprichwort: ‚Wenn das Wörtchen wenn nicht wär, wären wir alle schon Millionär!' Rede doch nicht so viel um den Brei herum. Ihr werdet nicht Meister. Das ist amtlich. Der Schulrat hat es gesagt. Der versteht doch wohl mehr als ihr!"
„Aber nicht vom Fußball!"
Das rutschte Heini heraus, ohne daß er es wollte. Dummerweise brachen seine Mitschüler auch noch in ein schallendes Gelächter aus.
Rektor Schulz holte mit der Hand aus.
„Das war eine Beleidigung, Kamke. Das hast du nicht ungestraft gesagt!"
Wenn Rektor Schulz in Zorn geriet, bekam er leicht eine, wie die Jungen es nannten, „feuchte" Aussprache. Auch diesmal setzte ein kleiner Sprühregen ein. Matze, der sich vom Rektor nicht so genau beobachtet glaubte, holte sein Taschentuch hervor, um sich umständlich das Gesicht abzuwischen. Die

Umsitzenden kicherten. Als Matze aber obendrein noch mit nicht mißzuverstehender Gebärde das Taschentuch auswrang, verstärkte sich das Kichern zu hörbarem Lachen. Rektor Schulz wandte sich um. Ehe Matze sich versah, landete die dritte Ohrfeige des Tages bei ihm. Dann kehrte der Rektor schwer atmend an sein Pult zurück.

Hänschen Ritter meldete sich beherzt zum Wort:

„Was willst du?“ fragte Rektor Schulz. Seine Stimme klang auf einmal müde. Große Aufregungen bekamen ihm — der kurz vor seiner Pensionierung stand — nicht gut.

„Herr Rektor“, begann Ritter, „Sie haben den Heini vorhin nicht ausreden lassen.“

Rektor Schulz zuckte zusammen, erwiderte aber nichts. Er war jetzt zu abgespannt.

„Sie glauben“, fuhr Ritter fort, „daß wir angegeben hätten, als wir damals von unserer Aussicht auf die Meisterschaft sprachen. Das ist aber nicht so, Heini hat schon recht mit seinem ‚wenn‘. Wenn nämlich heute nachmittag unser ‚Team‘ das Spiel in Spandau gewinnt, sind wir nach menschlichem Ermessen Zweiter in unserer Gruppe und ziehen im nächsten Monat in die Vorschlußrunde ein. Das heißt, daß wir dann unter den letzten vier Berliner Schulen sind.“

Rektor Schulz antwortete jetzt ganz ruhig.

„Ich finde es nett von dir, Hans, daß du die Fußballbrüder in Schutz nimmst. Aber ich habe die Nase voll. Mir klingt jetzt noch das Gelächter in den Ohren, in das die Rektoren der anderen Schulen ausbrachen, als ich sagte, ‚die 5. Wilmersdorfer Volksschule wird Berliner Meister‘. Ich will nichts mehr vom Fußball wissen.“

Zum Zeichen, daß es ihm damit ernst war, forderte der Rektor

Werner Plötz auf, ihm die Regeln für die Kommasetzung bei Haupt- und Nebensätzen vorzutragen. Daß er sich damit ausgerechnet an den Klassenbesten wandte, war ein Zeichen, daß er nun wieder seine Ruhe haben wollte. Nach kurzer Zeit lief der Unterricht wieder in den gewohnten Geleisen.

So traf die Jungen die Mitteilung, die Rektor Schulz sich bis zum Schluß der Stunde aufbewahrt hatte, völlig unerwartet. Er ordnete an, daß Heini Kamke und Matze Krause zur Strafe für ihr schlechtes Betragen am Nachmittag von zwei bis vier Uhr nachsitzen sollten, um zu lernen, wie man sich richtig benimmt. Ebenso sollte Klaus Mond zu außerordentlichen Deutschübungen erscheinen.

Die Jungen waren starr vor Entsetzen. Der Beginn des Spandauer Spieles war auf Punkt vier Uhr festgelegt.

Hermann Hinze rannte zum Pult.

„Bitte, bitte, Herr Rektor! Sie haben nicht an das Spiel gedacht. Verschieben Sie das Nachsitzen doch auf morgen."

„Kommt nicht in Frage. Strafe muß sein!"

„Herr Rektor, dann sind Sie aber selbst daran schuld, wenn wir nicht Meister werden!"

„Das ist doch der Gipfel der Frechheit!" Rektor Schulz stand auf, stieß zornig seinen Stuhl zurück und verließ das Pult. Von der Tür rief er:

„Der Hinze sitzt auch nach, verstanden!"

Er hinterließ eine vollkommen ratlose Klasse.

Werner Plötz gewann als erster seine Fassung zurück.

„Jetzt stehen wir da wie Pik Sieben. Ohne Innensturm und ohne Torwart. Viel Vergnügen!"

„Wir müssen etwas unternehmen", begann nun auch Heini. „Ich schlage vor, wir machen zuerst mal den Bernburg mobil."

Es wurde beschlossen, daß Werner Plötz und Heini sofort die kurze Pause, die noch bis zum Beginn der nächsten Stunde verblieb, ausnutzen sollten, um den Turnlehrer zu verständigen.

Bernburg verließ gerade das Lehrerzimmer, um zu seiner nächsten Stunde in die Turnhalle zu eilen, als die beiden Abgesandten auf ihn zutraten.

„Das ist ja eine schöne Bescherung", sagte er unmutig, nachdem er gehört hatte, worum es ging.

„Wir müssen etwas unternehmen", wiederholte Heini seine Worte von vorher.

„Viel ist da nicht zu unternehmen", überlegte Bernburg. „Der Rektor hat mir wegen eures Fußballs schon genug an den Kopf geworfen. Jeder Versuch, ihn umzustimmen, wäre zwecklos."

Schließlich regte sich in ihm aber doch das Mitleid mit den ratlosen Jungen. Er erklärte sich, obwohl er in Eile war, bereit, noch einmal ins Lehrerzimmer zurückzukehren, um mit der Neuendorfer Schule in Spandau zu telefonieren. Vielleicht konnte man das Spiel auf den morgigen Tag verlegen.

Aber schon nach ein paar Minuten kam Bernburg mit bedauerndem Kopfschütteln zu den wartenden Jungen zurück.

„Das war vergebens", teilte er ihnen mit, „die Spandauer bestehen darauf, daß heute gespielt wird. Meine zweite Bitte, die Anfangszeit um eine Stunde zu verschieben, wurde ebenfalls abgelehnt. Der SSV-Platz, auf dem das Spiel stattfindet, ist nur bis sechs Uhr frei, weil anschließend dort die Männermannschaft trainiert."

„Und was schlagen Sie nun vor, Herr Bernburg?" fragte Heini zögernd.

„Falls ich es zu sagen hätte", warf Werner Plötz — bevor Bernburg antworten konnte — etwas vorlaut ein, „würde ich unsere Mannschaft einfach zu Hause lassen. Wenn die in Spandau so ungefällig sind, setzen wir dagegen. Was wollen sie machen, wenn wir nicht antreten? Gegen die Luft spielen?"

„Nicht anzutreten wäre das dümmste, was wir tun könnten, Werner", belehrte ihn Bernburg. „Wir hätten das Spiel kampflos verloren, und neben den zwei Verlustpunkten, die uns das einbrächte, würde man uns noch Feigheit vorwerfen. Nein, das geht nicht. Ich halte es für das einzig richtige, wir treten mit vier Ersatzspielern an!"

„Aber mit welchen?" fragte Heini besorgt. „Wo sollen wir zum Beispiel einen guten Torwart hernehmen? Bevor sich Ritter dieses blöde Ding an seinem Meniskus zulegte, konnte wenigstens er — wenn's nötig war — für Hinze einspringen. Jetzt sind wir aber aufgeschmissen. In unserer 2. Mannschaft gibt's keinen, den man einigermaßen beruhigt ins Tor stellen könnte. Und der Torwart von der 2. Klasse?"

„Der ist noch schlechter als der von der 3. Klasse!" stellte Werner Plötz fest. „Und der von der 3. Klasse läßt sich ja schon feiern, wenn er in einem Spiel einen einzigen Ball hält!"

Obwohl die Schulglocke inzwischen zur nächsten Stunde gerufen hatte, nahm sich Bernburg noch einen Augenblick Zeit.

„Ja, Kinder", sagte er, „ein Problem ist das Ganze schon. Aber mit langen Überlegungen lösen wir es auch nicht. Es wird uns nichts anderes übrig bleiben, als uns mehr oder weniger dem Zufall anzuvertrauen. Bestellt die gesamte Ersatzmannschaft um drei Uhr an den Bahnhof Schmargendorf. Ich fahre dann mit ihr und den sieben übrig gebliebenen Spielern der ersten Mannschaft nach Spandau. Im Zug werden wir Gelegenheit haben, die Aufstellung zu besprechen."

„Das bedeutet, daß wir von vorneherein verloren haben!" sagte Heini murrend. „Solche Zustände darf es doch einfach nicht geben!"

„Na, hör mal", Bernburgs Stimme klang ziemlich scharf, „was soll das heißen? Schließlich habt ihr diese Zustände ja wieder mal selbst heraufbeschworen. Im übrigen bin ich gar nicht so sehr davon überzeugt, daß ihr das Spiel auch in erster Besetzung mit Sicherheit gewonnen hättet. Die Spandauer sind auf ihrem eigenen Platz ungeschlagen. Und in eurer augenblicklichen Form habt ihr bei der Meisterschaft sowieso nichts zu bestellen!" Bernburg sah auf die Uhr. „Schon fünf Minuten über die Zeit. Ich muß in die Turnhalle, und ihr kommt auch zu spät!"

Lehrer Benecke ließ sich bereits von Hänschen Ritter über die Schlacht am Issos berichten, als Werner und Heini die Klasse betraten. Ritter legte unaufgefordert sofort eine Pause ein. Die Blicke der Mitschüler hingen gespannt an den beiden Verspäteten. Aber kaum hatte Werner Plötz entschuldigend vorgebracht, daß sie noch etwas mit Turnlehrer Bernburg wegen des heutigen Fußballspiels zu besprechen gehabt hätten, schnitt Benecke jede weitere Erklärung mit den Worten ab:

„Gut! Setzen! Weitermachen, Ritter!"

Ergeben fuhr Hänschen Ritter fort, Herrn Benecke bekanntzugeben, was er von dem vergangenen glorreichen Sieg Alexander des Großen über den Perserkönig Darius III. im Jahre 333 vor Christi wußte. Die Gelegenheit, daß ihre eigene Truppe von ihrem Schlachtenlenker erfuhr, nach welchem

Kampfesplan der kommende gefährdete Sieg der Wilmersdorfer über die Spandauer im 20. Jahrhundert nach Christi gerettet werden sollte, war vorläufig vorüber.
Fußball-Schlachtenlenker Heini Kamke brütete vor sich hin. Er war überzeugt, daß die strategischen Künste Alexander des Großen auf einen Kampf wie den seinen, in dem die Gegner mit so ungleichen Waffen antreten würden, kaum anwendbar waren. Da drangen plötzlich die Worte „kühn und genial" aus Hänschen Ritters Mund an sein Ohr. Er wurde aufmerksam und vernahm zu seiner größten Überraschung, daß der Feldherr vergangener Zeiten, für dessen Ruhm er sich sonst nie interessiert hatte, die Niederlage seiner Soldaten gegen das zahlenmäßig zwölffach überlegene persische Heer nur dadurch in einen Sieg verwandelte, daß er seinen kopflos gewordenen Generälen mit eiserner Nervenkraft entgegentrat und sie zu einem raffinierten Umgehungsmanöver zwang.
In diesem Augenblick stand Heinis Entschluß fest. Er konnte kaum das Ende der Stunde erwarten. Es schien ihm eine Ewigkeit zu währen, bis er endlich in der großen Pause seine Mitspieler in einer Ecke des Schulhofes um sich versammeln konnte.
„Um es kurz zu machen", hub er an, „Bernburg will, daß die Posten der vier Nachsitzer heute nachmittag durch Ersatzspieler besetzt werden. Ich bin durch höhere Eingebung" — er reckte sich bei diesem Wort mit Nachdruck — „zu der Überzeugung gekommen, daß das nicht gut ist."
„Bist du?" erkundigte sich Hoffmann grinsend. „Und was hast du dir weiter gedacht? Sollen wir mit sieben Mann das Spiel gewinnen?"
„Nein", sagte Heini. „Das könnt ihr wohl kaum. Aber wir

müssen die uns aufgezwungene Unterlegenheit durch ein kühnes und geniales Umgehungsmanöver bezwingen."

„Könntest du dich nicht mal deutsch ausdrücken?" fragte Matze.

„Das war geschichtlich ausgedrückt, lieber Matze", belehrte ihn Heini. „Aber kommen wir zur Sache. Ich bin allen Ernstes der Meinung, daß wir vorerst mit sieben Spielern aufs Feld gehen."

„Was heißt vorerst?" grinste Hoffmann wieder, „gedenkst du mit den deinen nachzukommen?"

„Genau das", bestätigte Heini. „Du kannst dein albernes Gefrage ruhig aufstecken. Ich habe mir alles reiflich überlegt. Die Ersatzmannschaft lassen wir von vornherein zu Hause, damit Bernburg gar nicht auf den Gedanken kommt, sie gegen unseren Willen einzusetzen, denn ausgewechselt darf ja nicht werden. Natürlich können wir, wenn wir von Rektor Schulz um vier Uhr entlassen sind, nicht mit dem Rad oder der Bahn hinter euch herfahren. Dann wären wir ja dreiviertel Stunden unterwegs. Wir müssen ein Auto nehmen. Das müßt ihr, lebend oder tot, organisieren, während wir brummen. Außerdem müssen unsere Spieler in Spandau versuchen, den Anpfiff so lange wie möglich hinauszuzögern. Irgend etwas wird euch schon einfallen. Je weniger ihr gespielt habt, bis wir eintreffen, um so besser."

„Mensch, Heini", sagte Erhardt zweifelnd, „das klingt ja alles ganz schön, aber bei sieben Mann kriegen wir doch schon in den ersten Minuten ein Tor nach dem andern rein."

„Wenn ihr mauert und alle Bälle wegschlagt", antwortete Heini entschieden, „können wir Glück haben und es steht vielleicht nur 2:0 oder 3:0 für Spandau, bis wir kommen. Drei

Tore können wir zur Not nach unserem Eintreffen noch aufholen."
„Mit sieben Spielern nur drei Gegentore!" — Hermann Hinze drängte sich von hinten nach vorn. — „Und das ohne richtigen Torwart! Wie hast du dir das vorgestellt, Heini?"
„Du hast recht, Hermann, das ist ein wunder Punkt", gab Heini zu. „Einer von den Feldspielern muß es wagen, den Torhüter zu mimen, bis du erscheinst. Ich bin für Augustin. Der hat neulich beim Klassentraining einen ganz ordentlichen Eindruck gemacht, als er vorübergehend mal Torwart spielte."
Augustin wollte etwas einwenden, aber Heini ließ ihn gar nicht zu Wort kommen.
„Reiß dich zusammen, Dicker", sagte er aufmunternd, „ein eiserner Wille kann Wunder bewirken!"
„Sag mal, Heini", meldete sich Werner Plötz, „hast du eigentlich bedacht, was für eine Verantwortung du mit alledem auf dich nimmst? Wie willst du das nur dem Bernburg klar machen?"
„Am besten gar nicht! Den lassen wir am Bahnhof Schmargendorf vergebens auf die Ersatzspieler warten!" schlug Hoffmann vor. Er gewann allmählich Geschmack an Heinis Plan.
„Genau das", bestätigte Heini. „Es wird ihm nichts anderes übrig bleiben, als mit den sieben Mann allein abzuhauen. Auf der Fahrt werdet ihr ihn schon beruhigen."
Je länger sich die Jungen die Sache überlegten, desto mehr mußten sie zugeben, daß Heinis „Eingebung" etwas für sich hatte. Mit den Ersatzspielern war der Kampf von vorneherein so gut wie verloren. Heini setzte zwar wieder mal alles auf eine Karte, aber die Chance war nicht zu verkennen.
Schließlich machte Hänschen Ritter, der sich bis jetzt zurück-

gehalten hatte, weil er eine so wichtige Entscheidung in erster Linie den aktiven Spielern überlassen wollte, den Vorschlag, Rechenlehrer Peters' Meinung einzuholen.

Damit war auch Heini einverstanden. Er hatte zwar heute Mut für zehn, aber es konnte ja nichts schaden, sich eine Art Rükkendeckung gegen Bernburgs entgegengesetzte Auffassung zu verschaffen. Seltsamerweise zweifelte er keinen Augenblick daran, daß der Rechenlehrer seinen Plan unterstützen würde: Werner Plötz wurde beordert, Peters sofort aufzusuchen.

Tatsächlich kam er auch schon nach ein paar Minuten mit zustimmenden Gesten zurückgerannt.

„Peters sagt", erzählte er atemlos, „der Plan wäre goldrichtig. Er will uns auf jeden Fall behilflich sein. Wir sollen ihn nach Schulschluß vor dem großen Bauplatz an der Mainzer Straße erwarten. Das wäre sicherer als vor dem Schultor, wo uns alle sehen können. Dann sollen wir ihm ausführlich erzählen."

„Na, seht ihr", sagte Heini befriedigt, „dann können wir ja an die weitere Einteilung gehen. Das wichtigste ist, daß der Fußballdreß von uns vieren zu Hause abgeholt und an irgendeinem Ort ganz in der Nähe der Schule hinterlegt wird. Wir müssen uns schon vorher umziehen, damit wir auf dem Spielfeld keine Zeit mehr damit verlieren."

„Gut", sagte Werner Plötz. „Das Abholen will ich gern übernehmen. Aber wo soll ich die Sachen hinterlegen?"

Mehrere Vorschläge wurden laut, aber alle wieder verworfen. Beim Schulmeister war zu befürchten, daß er nicht dicht hielt, ein Klassenzimmer erschien zu gefährlich. Werner Plötz riet, nach Schulschluß Lehrer Peters danach zu fragen.

„In Ordnung", entschied Heini. „Darüber können mir anschließend die Verbindungsmänner berichten."

„Wer?“ fragten einige verblüfft.
„Stellt euch doch nicht so schwerfällig an!“ sagte Heini vorwurfsvoll. „Natürlich müssen wir Verbindungsmänner haben. Sonst haben wir ja keine Ahnung, was draußen passiert, während wir bei Schulz Grammatik ochsen. Ich ernenne Staneck und Pape. Treffpunkt 3 Uhr in der Toilette auf dem Hof. Ich werde schon ungefähr merken, wann es soweit ist, dann mache ich auf Magenschmerzen, gehe in die Toilette und ihr stattet mir dort Bericht ab, verstanden?“
Staneck und Pape nickten beflissen.
„Dann wäre also nur noch die Sache mit dem Auto zu besprechen“, fuhr Heini fort. „Ich zerbreche mir den Kopf, wo ihr eins auftreiben könntet.“
Auch die anderen machten bekümmerte Gesichter.
„Keine Bange, Kinder“, beruhigte Werner Plötz. „Bei mir an der Ecke ist doch die Metzgerei Nickel. Der dicke Nickel ist ein Fußballfanatiker und fragt mich immer bis ins kleinste aus, wenn ich bei ihm Wurst hole. Neulich sagte er: ‚Wie wär's, wenn ich die Herren in meinem Lieferauto zu ihrem Meisterschaftsspiel befördern würde?‘ Das war halb im Scherz, halb im Ernst. Aber jetzt nagele ich ihn fest. In einer solchen Notlage hilft der uns bestimmt. Ich nehme das in die Hand!“
„Na, dann hätten wir's ja!“ beschloß Heini die Unterredung. Er war direkt stolz, als er inmitten seiner Mannen zum Unterricht in das Schulgebäude zurückkehrte.

Auch die letzten Stunden dieses ereignisreichen Morgens gingen vorüber. Nach einem Abschied, bei dem es an freundschaftlichen Händedrücken und gutgemeinten Ratschlägen für die vier Nachsitzer nicht mangelte, warteten die Schüler der

1. Klasse an dem ausgemachten Treffpunkt auf Lehrer Peters. Werner Plötz und Hänschen Ritter standen vorn an der Ecke, die anderen hielten sich bescheiden im Hintergrund des Bauplatzes.

Peters war pünktlich zur Stelle. Werner Plötz berichtete ihm bis ins einzelne von den Abmachungen, die mit Heini und seinen drei Leidensgenossen getroffen worden waren.

„Gut durchdacht!“ lobte Peters. „Den Ort, wo ihr die Fußballkleidung für die vier hinterlegen könnt, weiß ich auch schon. Ich sitze ab drei Uhr in der Eisdiele neben dem Eva-Kino. Dorthin bringt ihr sie. Dann könnt ihr mir auch Bericht erstatten, wie es mit dem Auto ausgelaufen ist. Und Staneck und Pape sollen nach ihrer Toilettenkonferenz mit Heinz auch gleich in die Eisdiele kommen. Könnte ja sein, daß sie etwas Neues von den Gefangenen mitzuteilen hätten. Obwohl ich nicht hoffe“, setzte er scherzend hinzu, „daß sie in der Zwischenzeit noch mehr anrichten.“

Hänschen Ritter war während Peters' Worten sichtlich ein wenig unruhig geworden.

„Muß ich auch in die Eisdiele kommen?“ fragte er jetzt.

Peters sah ihn erstaunt an.

„Du mußt natürlich nicht. Da Werner die Sachen holt und auch das Auto besorgt, genügt es natürlich, wenn er allein erscheint. Aber ich dachte, du kämst schon aus Interesse an deinen ‚Team‘-Kameraden!“

„Sonst zu jeder Zeit“, sagte Ritter, „aber heute möchte ich unbedingt mit den sieben Spielern nach Spandau fahren!“

„Nun ja“, sagte Peters, „das ist noch nicht einmal so dumm. Sie brauchen sicher einen trostreichen Zuspruch.“

Ritter stimmte lachend zu.

„Fahren eigentlich Ersatzspieler mit?" erkundigte sich Peters.
„Nein", sagte Ritter im Brustton tiefster Überzeugung, „Bernburg, der bisher noch nichts von unserem Plan weiß, wird uns für völlig verrückt erklären. Er wollte, daß die ganze Ersatzmannschaft zur Auswahl mit ihm und den sieben Spielern nach Spandau fährt. Heini hat inzwischen die Ersatzmannschaft abgeblasen, weil wir befürchten, daß er unsere Absichten durchkreuzt und doch mit elf Mann beginnt, statt auf die vier zu warten!"
„Donnerwetter", staunte Peters, „da habt ihr ja allerhand auf euch genommen. Na, ich wünsche euch viel Glück für euren verrückten Plan."
Mit diesen Worten verschwand er um die Ecke. Plötz und Ritter suchten die mit Spannung wartenden Jungen auf.
„Der Peters ist auch diesmal wieder unser Mann!" erklärte Plötz glücklich. „Macht jetzt, daß ihr zum Mittagessen heimkommt. Ich rate den Spielern, Bernburg nicht am Bahnhof Schmargendorf warten zu lassen, damit er nicht schon eingeschnappt ist, bevor er unsere Entschlüsse zu hören bekommt. Ebenso müssen sich Staneck und Pape beeilen, damit sie pünktlich am Treffpunkt sind. Nach der Besprechung mit Heini werden sie von Peters in der Eisdiele erwartet. Alles andere wird von mir geregelt! Macht's gut!"
Werner Plötz war beinahe in gehobener Stimmung. Nicht, daß er das Unglück, das sie alle betroffen hatte, vergaß. Aber es machte ihm doch Freude, als Organisator des gesamten Unternehmens würdig in die Fußstapfen seines Spielführers zu treten.

Der Spielführer schmorte indessen samt seiner Mittäter im höllischen Feuer seiner Strafe. Alle vier versuchten, ihre innere

Unruhe hinter vorschriftsmäßigem Benehmen und äußerstem Fleiß zu verbergen. Im stillen hofften sie, bei so viel offensichtlicher Anstrengung ein wenig vor der festgesetzten Zeit entlassen zu werden.

Rektor Schulz hatte es sich nicht nehmen lassen, die Nachsitzer selbst zu beaufsichtigen. Er saß vor seinem Pult und korrigierte die Diktate des vergangenen Tages. Ab und zu warf er einen forschenden Blick auf die eifrig kritzelnden Jungen, oder ließ sich von Mond zeigen, was in dessen Heft geschrieben stand. Dann vertiefte er sich wieder in seine Diktathefte.

Es verging viel Zeit, bis Rektor Schulz endlich einmal das Faß mit der roten Tinte zuklappte und den Federhalter auf den Tisch legte.

„Mir scheint, die Stunden der Besinnung bekommen euch nicht schlecht. Ihr könnt euch ja auch gut benehmen. Jetzt kenne ich wenigstens eine Strafe, die euch ausnahmsweise mal trifft. Man muß euch nur hindern, Fußball zu spielen."

‚Halbzeit' dachte Heini. ‚Sicherlich 3 Uhr. Jetzt läßt er zur Pause eine Standpauke folgen. Ich muß sehen, daß ich vorher hinauskomme.'

Er trat ans Pult.

„Ich habe auf einmal so Magenschmerzen, Herr Rektor!"

„Das kommt davon", sagte Schulz, „dich drückt das schlechte Gewissen. Geh einen Augenblick auf den Hof und schnappe frische Luft. Vergiß aber das Wiederkommen nicht!"

Heini pfiff zweimal kurz, einmal lang, als er den Gang der Toilette betrat. Prompt öffneten sich die Türen zweier nebeneinanderliegender Kabinen und Staneck und Pape traten heraus.

„Wir dachten schon, du kommst gar nicht mehr. Wir warten schon über 20 Minuten. Hier drin ist es nicht gerade gemütlich."

„Mir hat der Rektor befohlen, frische Luft zu schnappen!" lachte Heini. „Da bin ich ja hier absolut richtig!"

„Wie geht's denn da oben?" erkundigte sich Pape.

„Der Alte ist überzeugt, daß er uns ein für allemal gezähmt hat!" berichtete Heini achselzuckend. „Und ihr? Seid ihr unangefochten durchgekommen?"

„So!" Staneck zeigte auf ein großes Loch in seiner Hose.

„Wie hast du das denn fertig gebracht?"

„Das Schultor war verschlossen. Wir mußten vom Nebenhof über die Mauer klettern, und da haben doch vor kurzem ein paar wildgewordene Handfeger einen Stacheldraht gezogen. Aber bis ich nach Hause komme, fällt mir schon eine annehmbare Ausrede ein!"

Heini setzte ein ernstes Gesicht auf:

„Was tut sich denn draußen?"

Staneck und Pape informierten den Spielführer über alle wichtigen Einzelheiten. Heini strahlte.

„Dann geht ja alles in Ordnung. Sagt Peters, daß wir sofort in die Eisdiele rennen, sobald wir hier erlöst sind. Ihr braucht nicht noch einmal hierher zu kommen. Sonst gehen noch mehr Hosen drauf. Macht's gut und habt herzlichen Dank. Wir Fußballer werden euch das nie vergessen!"

Er wandte sich zum Gehen, während die beiden Freunde den gefahrvollen Rückweg antraten.

Zu gleicher Zeit saß Peters in der Eisdiele am Eva-Kino und wartete unruhig auf Plötz. Es war schon weit nach 3 Uhr.

Endlich tauchte Werner auf. Im rechten Arm trug er, ordentlich zu einem Knäuel zusammengerollt, die Hemden und Hosen für die Nachsitzer, am linken Arm baumelten die Stiefel. Hinzes Torwartmütze – für die er keine Hand mehr frei hatte – saß schief auf seinem Kopf. Unter dem Schirm fielen die Haare wirr in die Stirn. Er war in Schweiß gebadet, und als er sich zu Peters an den Tisch setzte, vergaß er sogar „Guten Tag" zu sagen.

„Ich habe etwas Furchtbares angerichtet", erzählte er, völlig aufgelöst, nachdem er die Fußball-Garnituren umständlich auf einem Stuhl verstaut hatte. „Ich habe an alles gedacht, nur nicht an das Auto. Das heißt, gedacht habe ich schon daran, nur zu spät. Zuerst war ich bei Kamkes und dann bei Krauses, um Heinis und Matzes Sachen abzuholen. Das ging auch glatt. Dann kam ich zur Wohnung von Klaus Mond. Da war niemand zu Hause. Nur seinen kleinen Bruder fand ich im Hof. Der hatte aber keinen Wohnungsschlüssel. Wir mußten zur Arbeitsstelle von Monds Mutter laufen, um den Schlüssel zu holen. In Monds Wohnung dauerte es auch sehr lange. Klaus' kleiner Bruder wußte nicht, wo der Dreß lag. Noch länger haben wir nach den Schuhen gesucht. Klaus hatte sie einfach unters Bett gepfeffert. Bei Hinzes war es am allerschlimmsten. Als Frau Hinze erfuhr, daß Hermann nachsitzen mußte, wurde sie sehr böse und sagte, ich sollte Hermann bestellen, daß sie ihn sofort nach dem Nachsitzen zu Hause erwarte. Ich mußte furchtbar lang betteln, bis sie mir die Sachen herausgab. Dann erst fiel mir das Auto wieder ein. Ich bin sofort zum dicken Nickel gerannt. Der hätte uns bestimmt hingefahren, sagte seine Frau, aber er war seit zehn Minuten fort. Ich glaube, nach Weißensee. Ich habe sogar gefragt, ob wir ihn dort anrufen könnten, aber Frau Nickel sagte, die Leute, bei denen ihr Mann wäre, hätten kein Telefon. Da habe ich gedacht, jetzt muß ein Taxi her! Ich wollte meine Eltern anpumpen, aber die waren nicht zu Hause. Dann bin ich noch zu einigen Jungen aus unserer Klasse gelaufen, entweder hatten sie kein Geld, oder sie waren nicht aufzutreiben. Jetzt weiß ich nicht mehr, wo ich das Taxigeld hernehmen soll. Aber wenn wir kein Auto bekommen, dann war alles umsonst. Wenn Heini das hört, er überlebt es nicht!"

„Nun hol mal einen Augenblick Luft", sagte Peters. „Man überlebt mehr, als man denkt. Das Geld für das Taxi kann ich auslegen. Ihr müßt es mir aber wieder zurückgeben, so reich bin ich auch nicht, daß ich es euch schenken könnte!"

Werner Plötz atmete erleichtert auf. In der letzten halben Stunde war ihm zumute gewesen, als ob er dem Weltuntergang entgegenginge. Er überlegte gerade, ob er es sich gestatten sollte, die Ruhe nach dem Sturm mit einer Zehn-Pfennig-Erdbeer-Waffel zu feiern, da öffnete sich die Tür der Eisdiele und Staneck und Pape traten ein. Nicht nur ihren Hosen, sondern auch ihrer Erregung merkte man die Ereignisse der letzten Stunde an. Sich fast überstürzend und manchmal zur gleichen Zeit sprechend, würzten sie den Bericht von dem Treffen in der Schultoilette mit aller Spannung, die ihnen zu Gebote stand.

„Daß die Jungen erst hierher in die Eisdiele rennen wollen, ist Unsinn." Mit diesen Worten gab Lehrer Peters zu erkennen, daß es ihm endlich gelungen war, das einzig Wichtige aus den Mitteilungen der beiden herauszuhören. „Dadurch verlieren wir viel zu viel Zeit. Ich werde mit dem Taxi und dem Fußballdreß Punkt 4 Uhr an der Ecke Koblenzer-Mainzer

Straße stehen." Er wandte sich an Plötz: „Du begibst dich jetzt zum Schultor, Werner, um die vier dort abzufangen, und sie davon zu verständigen. Ihr kommt alle fünf sofort zum Taxi herüber. Du kannst dann mit uns nach Spandau fahren, jetzt kommt es auf einen mehr oder weniger schon nicht mehr an."

„Und wo sollen sich die vier umziehen, Herr Peters?" fragte Werner besorgt.

„Im Taxi!" sagte Lehrer Peters und lachte. „Nun soll es auch eine richtige Sensationsfahrt werden, bei der es um Sekunden geht! Hoffentlich reicht mein Geld."

Er klopfte Werner auf die Schulter und rief die Bedienung zum Zahlen. Dabei fiel ihm nicht auf, daß Staneck hinter seinem Rücken ohne Abschied davonflitzte.

Die innere Spannung der vier Nachsitzer, die um diese Zeit immer noch in ihrem Klassenzimmer festsaßen, wuchs von Minute zu Minute. Sie wußten nicht genau, wie spät es war, aber ihr Gefühl sagte ihnen mit Sicherheit, daß nicht mehr viel Zeit vergehen konnte bis 4 Uhr. Nur mit äußerster Kraft gelang es ihnen, den Schein der Reue zu wahren und so zu tun, als ob sie auf der ganzen Welt nichts Weiteres interessiere, als die Erfüllung ihrer augenblicklichen Pflichten.

Rektor Schulz merkte von alledem nichts. Er war völlig darin vertieft, die Diktate der 1. Klasse mit roten Strichen zu verzieren. Heini rechnete sich bereits die Zahl der Ohrfeigen aus, die morgen bei der Rückgabe der Hefte fällig waren.

Endlich hatte Matze, der es einfach nicht mehr aushielt, einen Einfall. Heimlich steckte er Klaus Mond einen schnell bekritzelten Zettel zu.

Mond nickte und knipste mit den Fingern seiner erhobenen Hand, um den Rektor auf sich aufmerksam zu machen. Als ihm durch ein Kopfnicken bedeutet wurde, daß er sprechen könne, brachte er in bescheidenem Tonfall hervor:
„Ich bin mit dem Abschreiben fertig, Herr Rektor. Darf ich eine neue Seite anfangen? Oder reicht die Zeit nicht mehr aus?"
„Hoppla, hoppla, seit wann so fleißig?" fragte Rektor Schulz mit beifälligem Lächeln zurück, und sah — von einem unhörbaren Aufatmen der Jungen begleitet — auf seine Uhr.
„Wahrhaftig", sagte er gedehnt, „es ist inzwischen fünf Minuten nach 4 Uhr geworden! Dann genügt es ja wohl für heute. Du kannst dein Heft einpacken, Mond. Aber wenn du Freude daran hast, darfst du ruhig zu Hause weiterüben. Das gilt auch für die anderen. Man kann sich nie genug bilden!"
Er stand auf. Die Jungen warfen mit blitzartiger Geschwindigkeit Hefte und Bücher in die Schultaschen.
„Der Hausmeister soll euch unten aufschließen!" ordnete Schulz weiter an und lächelte ironisch. „Ich denke, der heutige Nachmittag wird die ‚Berliner Meister' für alle Zeiten an gutes Benehmen gewöhnt haben. Und vergeßt auch nicht, euch heute abend zu erkundigen, wie hoch die Spandauer gewonnen haben!"
Heini öffnete den Mund, um die passende Antwort zu geben. Im allerletzten Moment wandte Matze durch einen Fußtritt die drohende Gefahr ab, heute überhaupt nicht mehr aus der Schule herauszukommen. Und Rektor Schulz verließ das Zimmer in dem Bewußtsein, die Sünder ein für allemal bekehrt zu haben.

Ein paar Sekunden später warteten Hinze, Matze und Mond nervös vor dem verschlossenen Schultor auf Heini, der wegen des Schlüssels zum Schulmeister gelaufen war. Nach kurzer Zeit kamen beide über den Hof, aber so langsam, daß die Wartenden am Tor vor Ungeduld vergingen. Mehrere Male blieb der Hausmeister auf dem kurzen Weg stehen. Seine Frau hatte ihm wegen der neuen Gardinen das Rauchen in der Wohnung verboten und nun versuchte er vergeblich, seine Pfeife in Brand zu setzen. Unter Heinis drängenden Bitten verschob er schließlich den Genuß auf den Rückweg, aber es dauerte noch eine ganze Weile, bis er unter seinen klappernden Schlüsseln den richtigen herausgefunden hatte und das Tor sich öffnete.
Wie verrückt rannten die Jungen an dem vor dem Schultor postierten Plötz vorbei auf die Straße, Richtung Eva-Kino.
Plötz schrie aus Leibeskräften hinter ihnen her, aber sie hörten es nicht. Gott sei Dank hatte Pape eine Vorsichtsmaßnahme ergriffen und sich an der nächsten Ecke aufgebaut.
„Stop, Jungens! Peters wartet mit dem Auto an der Mainzer Straße!“
Zurück, am Schultor vorbei, Plötz hinterher, zur Mainzer Straße. Und nun ging alles wie am Schnürchen. Peters stand vor der geöffneten Tür des Taxis und schob einen nach dem andern hinein.
Als der Chauffeur den Motor schon eingeschaltet hatte und abfahren wollte, klopfte Staneck an die Fensterscheibe.
„Ich habe noch schnell fünf Mark besorgt“, keuchte er, „falls Ihr Geld nicht reichen sollte, Herr Peters!“
„Tüchtig!“ lobte Peters. „Danke schön! Bis morgen!“ und rief dem Chauffeur zu: „Fahren Sie los, wie verabredet außen

rum. Und immer mit Vollgas. Sie kriegen auch 'ne Kleinigkeit extra!"
Der Chauffeur tat wie ihm geheißen und verzog auch keine Miene, als er im Rückspiegel entdeckte, daß sich vier seiner komischen Fahrgäste, einer nach dem andern, ihrer Kleidung entledigten und in ein azurblaues Hemd und eine weiße Hose schlüpften. Er wunderte sich nur über die Geschicklichkeit, mit der sie das in einem von sechs Personen besetzten Auto, das nur für vier gebaut war, anstellten!
Darüberhinaus feuerten sie den Fahrer an:
„Schneller! Ihre Fahrt entscheidet die Meisterschaft!"
Der Wagen raste ohnedies wie der Teufel.
„Hexen kann ich nicht. Da müßt ihr das nächste Mal ein Flugzeug bestellen!"
Darauf konnten die Jungen nichts mehr antworten, weil der Wagen gerade durch mehrere scharfe Kurven brauste und sie Mühe hatten, in ihrer rüttelnden Umkleidekabine das Verschnüren ihrer Fußballstiefel zu vollenden.

XI

Zum gleichen Zeitpunkt, an dem die Taxe die Mainzer Straße verlassen hatte, also um 4.15 Uhr, pfiff der Schiedsrichter in Spandau das Spiel an. Die Wilmersdorfer hatten mit viel Raffinesse eine viertelstündige Verspätung herausgeschlagen.
Während die elf Spieler der Spandauer Mannschaft um Punkt 4 Uhr fix und fertig angezogen dagestanden hatten, waren die sieben Mann des „Teams" immer noch mit dem Umkleiden beschäftigt gewesen.

Bernburg, auf dem Bahnhof Schmargendorf vor vollendete Tatsachen gestellt, hatte sich überraschend gut mit der Situation abgefunden.

„Was würden Sie entscheiden, wenn ein Spieler einen Einwurf ins eigene Tor wirft, ohne daß ein anderer Spieler den Ball vorher berührt hat?" Mit dieser Frage an den Schiedsrichter hatte er ein umständliches Gespräch über Regelfragen begonnen.

Nach der kurzen Antwort. „Selbstverständlich Eckball" waren ihm immer mehr und immer verzwicktere Fragen eingefallen und in dem Stolz, jemanden gefunden zu haben, bei dem er sein Wissen unter Beweis stellen konnte, war der Schiedsrichter auch darauf hereingefallen. Das wäre vielleicht noch länger gut gegangen, wenn nicht der Betreuer der Spandauer Mannschaft dem Schiedsrichter seine Uhr mit der Bemerkung hingehalten hätte:

„Zehn Minuten nach 4 Uhr! Jetzt müssen Sie aber anpfeifen! Andernfalls werden wir nicht rechtzeitig fertig."

Obwohl der Schiedsrichter die Mannschaften sofort aufs Feld gebeten hatte, waren die Wilmersdorfer in ihren Kabinen hocken geblieben.

Das allerdings hatte nicht mehr sehr lange gedauert, denn der Schiedsrichter hatte nun das Manöver durchschaut und war persönlich in dem Umkleideraum erschienen.

„Ich pfeife in einer Minute das Spiel an, wenn ihr bis dahin nicht angetreten seid, habt ihr kampflos verloren."

Und der arme Bernburg hatte die Bemerkung „Sorgen Sie bitte das nächste Mal rechtzeitig dafür, daß Ihre Jungen pünktlich fertig werden!" auch noch als Dank für seine Aufopferung hinnehmen müssen!

Als daraufhin nur sieben Spieler der Gästemannschaft auf das Spandauer Spielfeld gelaufen kamen, hatte das Gelächter unter den jugendlichen Zuschauern kein Ende nehmen wollen.
Das Sinnen und Trachten dieser sieben Spieler war jetzt, in den ersten Spielminuten, einzig und allein darauf gerichtet, ihre schwache Position wenigstens so weit zu halten, daß bis zum Eintreffen der vier Nachsitzer kein allzu katastrophaler und nicht wieder einzuholender Tore-Verlust vorlag. Die sechs Feldspieler hatten sich vor Torwart Augustin in den eigenen Strafraum zurückgezogen. Sie versuchten erst gar nicht, das Spiel offen zu gestalten, sondern begnügten sich damit, die Spandauer Angriffe abzuwehren.
Immer wieder wanderten die Blicke der Feldspieler besorgt zu ihrem Torwart. Sie hofften inbrünstig, daß er wenigstens die einfachen Schüsse meistern würde. Aber gleich beim ersten Ball machte er eine derart unglückliche Figur, daß seinen Mitspielern der Atem stockte. Der zweite Schuß der Spandauer ging bereits ins Tor, ohne daß Augustin auch nur die geringste Andeutung einer Abwehrbewegung gemacht hatte. Es stand also kurz nach Beginn 1:0 für Spandau.
Auch Hänschen Ritter, der hinter dem Tor gespannt die Vorgänge verfolgte, schrak zusammen. Vorsichtig löste er sich von der Seite des neben ihm stehenden Bernburg, trat ein paar Schritte zurück, nestelte an seinem Anzug und warf schnell entschlossen Pullover und Hose ins Gras. Als sich Bernburg, durch die Bewegung aufmerksam geworden, umwandte, sah er zu seinem Erstaunen, daß Hänschen Ritter in seiner weißen Turnhose und einem blauen Oberhemd vor ihm stand.

Im gleichen Augenblick wurde Bernburg aber auch schon wieder von den Vorgängen auf dem Spielfeld gefangen genommen. Augustin hatte den zweiten harmlosen Ball ins Tor gelassen.

„Oh, du lieber Augustin", sagte Bernburg kopfschüttelnd zu Hänschen Ritter. „Alles ist hin."

„Noch nicht ganz", widersprach Hänschen, „ich habe nämlich Vorsorge getroffen. So eine sportliche Unterkleidung kann nie etwas schaden! Und man kann auch in Turnschuhen von Wilmersdorf nach Spandau fahren!"

Ehe Bernburg ein Veto einlegen konnte, rannte Ritter ins Spielfeld und meldete sich beim Schiedsrichter als achter Wilmersdorfer Spieler an.

„Der Augustin geht als rechter Verteidiger, und ich ins Tor! Das kann meinem Knie gar nichts schaden!" rief er ein paar Sekunden später, ans Tor zurückgekommen, Bernburg zu.

Nun ging alles rasend schnell. Hänschen Ritter empfing von Augustin Mütze und Pullover, während Augustin im blauen Oberhemd in die Hintermannschaft einzog.

Jetzt sah die Sache schon besser aus. Es gelang dem frisch hereingekommenen Torwart, die nicht allzu gefährlichen Schüsse der Gegner unschädlich zu machen. Aber daß die Spandauer in der 23. Minute auf 3:0 erhöhten, konnte auch er nicht verhindern.

Der diesem Treffer folgende Torschrei war es, der Peters und die Jungen draußen vor dem Stadion-Eingang, wo sie soeben mit dem Taxi gelandet waren, sogleich ins Bild des Spielgeschehens setzte.

„Das war ein Tor für die Spandauer, sonst würden die Zuschauer nicht so schreien", rief Heini und raste durch den

Eingang. Hinze und Matze unmittelbar hinterher. Als Plötz und Mond Anstalten machen wollten, ihnen zu folgen, hielt Peters sie fest.
„Was macht ihr denn? Wollt ihr eure Sachen im Auto lassen? Oder dachtet ihr, ich würde sie allein reinschleppen?"
Plötz packte Mond die vier Paar Straßenschuhe und die Hosen in die Arme.
„Renn schon los, die brauchen dich ja! Ich komme mit dem Rest nach."
Peters, der inzwischen den Fahrer entlohnt hatte, meinte lachend:
„Der Staneck hatte eine gute Nase. Ohne seine fünf Mark hätte ich wahrhaftig Schulden bei dem Taxi-Chauffeur machen müssen!"
Im Stadion, auf dem Spielfeld, hatten Heini, Matze und Hinze inzwischen die Gelegenheit eines Einwurfs benutzt, um sich beim Schiedsrichter anzumelden.
Hinze ging sofort ins Tor, während Heini und Matze den Sturm neu organisierten.
Unmittelbar danach trat Mond auf den Schiedsrichter zu. Als der von Monds Absicht, auch noch mitzuspielen, hörte, unterbrach er für einen Augenblick das Spiel und zählte die Wilmersdorfer ab.
„Ihr seid schon vollzählig, mein Junge. Du wärest bereits der 12. Mann. Du mußt leider draußen bleiben."
Mond sah verdutzt auf den Schiedsrichter.
„Das gibt's doch gar nicht. Ich bin der Rechtsaußen."
„Hör mal, für eure Aufstellung bin ich nicht zuständig."
Der Schiedsrichter ließ weiterspielen.
Ratlos suchte Klaus Mond Turnlehrer Bernburg auf. Als er

hörte, daß Hänschen Ritters kurzer Entschluß ihn um seine Mitwirkung im heutigen Spiel gebracht hatte, fiel es ihm schwer, seine Haltung zu bewahren. Aber tapfer sagte er sich, daß der Spielausgang wichtiger sei als seine eigene Enttäuschung.

Auf dem Spielfeld war eine kleine Verwirrung entstanden. Während Ritter den Torwartposten für Hinze frei gab und sich seinen Pullover auszog, erklärte er sein plötzliches Einspringen. Dieser Augenblick wurde von den Spandauern ausgenutzt und — obwohl das „Team“ nun vollzählig war — mußte es doch noch ein viertes Tor kassieren. Glücklicherweise blieb es bis zur Pause das letzte, so daß die Seiten mit 4:0 für Spandau gewechselt wurden.

Trotz des beinahe aussichtslosen Halbzeit-Ergebnisses versammelte sich das „Team“ in prächtiger Stimmung um Turnlehrer Bernburg. Die vier Nachzügler überboten sich in anschaulichen Berichten über ihre Haftzeit.

„Hört endlich auf damit!“ mahnte Bernburg. „Wir haben jetzt Wichtigeres zu besprechen. Wir müssen überlegen, in welcher Aufstellung wir nach der Pause antreten. Da wir während des Spiels nicht wechseln dürfen, ist Hänschen Ritter gezwungen, weiterzuspielen. Aber auf welchem Posten?“

„Zwei Torhüter können wir natürlich nicht gebrauchen“, sagte Hänschen Ritter lachend. „Dagegen wäre Monds Posten als Halbrechts zu besetzen!“

Er überlegte für einen kurzen Augenblick, dann gab er sich einen entschlossenen Ruck.

„Am wohlsten fühle ich mich auf meinem alten Platz als Mittelläufer. Dann kann Gerd Hoffmann auf halbrechts, und der alte Innensturm ist wieder zusammen.“

Bernburg sah ihn zweifelnd an.

„Wirklich, Herr Bernburg, mein Bein macht gar keine Schwierigkeiten", versicherte Ritter. „Es wird schon nichts passieren. Ich verspreche Ihnen, vorsichtig zu sein."
Heini hakte sich vertraulich bei Ritter ein.
„Hoffentlich gehts gut mit dir. Meinst du, daß wir noch fünf Tore gegen die Spandauer schießen können?"
„Ich glaube schon. Die haben nicht allzuviel auf dem Kasten. Guter Durchschnitt, mehr nicht. Andernfalls hätten sie mehr als drei Tore geschossen, bevor ihr ankamt."
Die zweite Spielhälfte begann. Den Zuschauern erschien es, als hätten die Mannschaften nur die Trikots ausgewechselt. Spielten vorher die Roten nur auf das Tor der Blauen, so schossen nun die Wilmersdorfer ununterbrochen auf das Spandauer Tor.
Matze, Heini und Hoffmann spielten wie in ihren besten Tagen. Die Spandauer Hintermannschaft mußte alles aufwenden, um die ersten Minuten der zweiten Halbzeit gegentorlos zu überstehen.
„Ich glaube, das ‚Team' hat Ihnen viel zu verdanken", sagte Bernburg zu Peters, der sich neben dem Turnlehrer hinter Hinzes Tor eingefunden hatte.
„Nicht der Rede wert, Herr Bernburg. Wichtiger ist, daß die Jungen heute nicht wieder in Schönheit sterben. Was bedeutet die höchste Spielkultur, wenn keine Tore fallen? Brotlose Kunst!"
Im Augenblick aber waren Peters' Befürchtungen überflüssig. Die Wilmersdorfer Stürmer schossen aus allen Rohren. Innerhalb der nächsten fünf Minuten holten Heini und Matze zwei Tore auf. Als Heini feststellte, daß die Spandauer nach dem 4:2 ihre Abwehr verstärkten, rief er wieder einmal sein be-

kanntes „Klein-Klein“ über den Platz. Dem folgte ein herrliches Innensturmspiel zwischen Hoffmann, Heini und Matze. Dennoch fiel das dritte Tor nicht durch sie, sondern durch Hänschen Ritter, der plötzlich im Sturm auftauchte und aus 10 Metern einen Paß von Heini unhaltbar einschoß.
„Prima, Hänschen, das war dein Einstand. Nun mußt du aber wieder schön artig hinten bleiben“, rief Heini.
Den 4:4-Ausgleichstreffer schoß Heini nach schönem Alleingang, und das 5:4-Führungstor gelang Hoffmann durch einen einzigartigen Fallrückzieher. Jetzt klatschten sogar die Spandauer Zuschauer Beifall.
Heini rannte zu Bernburg:
„Wie lange ist noch zu spielen?“
„Zehn Minuten noch“, lautete die Antwort. „Macht weiter so! Denkt an das Torverhältnis!“
So einfach war das zwar nicht, denn die Spandauer versuchten nun durch einen tollen Endspurt den Karren herumzureißen. Glücklicherweise war Hinze in einer derartigen Hochform, daß er allen Bällen den Eintritt in sein Tor verwehrte. Die große Überraschung aber bot Hänschen Ritter, der trotz des langen Aussetzens eine fehlerfreie Mittelläuferpartie spielte. So verpuffte der Spandauer Endspurt, und im Gegenzug erzielte Heini auf Grund der guten Zusammenarbeit mit Matze und Hoffmann zwei weitere Tore. Beim Spielende stand es 7:4 für das „Team“.
„Das 7:4 ist ja das reinste Handball-Ergebnis!“
„Ihr müßt öfter nachsitzen, dann fallen wenigstens Tore!“
Klaus Mond und Werner Plötz hörten — auch als sie schon lange in der Umkleidekabine angekommen waren — nicht auf, die Kameraden zu bewundern.

Heini sprang auf den Tisch.

„Sieben Tore haben wir geschossen——“

Sofort fiel das „Team“ in das bekannte Fußball-Lied ein:

„Vier haben wir reingekriegt!
Wir haben die Ehr’ gerettet,
verloren haben wir nicht.“

Sie hörten erst auf, als sie das Lied mindestens 20 Mal gesungen hatten.

Bernburg und Peters ließen es sich nicht nehmen, das „Team“ auf der Heimfahrt zu begleiten.

„Ich glaube“, sagte Bernburg, nachdem sich der Begeisterungssturm etwas gelegt hatte, „daß der Erfolg der zweiten Halbzeit nicht nur das Ergebnis eures eisernen Willens, sondern auch eine Folge der richtigen Sturm-Zusammensetzung war. Die Ursache für eure Versager in den letzten Spielen liegt meiner Meinung nach in erster Linie darin, daß Hoffmann uns im Sturm gefehlt hat. Mit anderen Worten, unser Glück wäre ein gesunder Hans Ritter für den Mittelläuferposten, der Hoffmann wieder für den Sturm frei machte.“

„Ich bin bestimmt wieder gesund!“ bekräftigte Ritter voller Freude.

„Nicht so voreilig“, mahnte Bernburg. „Das kann nur dein Arzt entscheiden. Dummheiten werden nicht gemacht!“

„Red mal deinem Arzt gut zu, Hänschen“, meinte Hoffmann, „ich möchte gern mal wieder ein paar Tore schießen.“

Hänschen Ritter beendete vorläufig das Thema:

„Zunächst einmal freue ich mich auf die Augen, die Rektor Schulz morgen machen wird, wenn er erfährt, daß wir heute gewonnen haben und die wichtigsten Tore von seinen Nachsitzern geschossen wurden!“

„Um Gotteswillen!“ mahnte Peters aufgeregt, „das werdet ihr schön bleiben lassen. Laßt in Gegenwart des Rektors kein Sterbenswörtchen vom Fußball fallen. Sonst muß beim nächsten Spiel am Mittwoch die ganze Klasse nachsitzen.“
Das leuchtete auch den Jungen ein. Unter solchen Aussichten verzichteten sie gern darauf, ihren Triumph beim Rektor auszuspielen.

XII

Am Mittwoch, dem Tage des Moabiter Spieles, machte der Rechenunterricht besonders viel Spaß.
Peters Aufgabe lautete:
Wilmersdorf hat vor dem heutigen Spiel ein Torverhältnis von 20:15, Mariendorf hat vor dem heutigen Spiel ein Torverhältnis von 17:11. Frage: Wenn die Wilmersdorfer mit dem besseren Torverhältnis abschneiden wollen, in welchem Verhältnis muß dann die Steigerung ihrer Tore zu denen der Mariendorfer stehen?
Selten waren die Federhalter so schnell übers Papier geflogen. An den Ausrechnungen stellten sie fest, daß sie den Moabitern massenweise die Tore ins Netz donnern mußten. Wenn man, zum Beispiel, das augenblickliche Stärkeverhältnis der Mariendorfer voraussetzend, für ihr Spiel gegen Zehlendorf einen 5:0-Sieg annahm, mußten die Wilmersdorfer gegen Moabit mit mindestens 11:0 gewinnen.
Am Schluß der Stunde machte Peters einen Vorschlag.
„Wie wär's, wenn zwei Jungen eurer Klasse sich das Spiel Mariendorf gegen Zehlendorf ansehen würden? Wenn sie sich dann beeilen, können sie eine Stunde nach Schluß unseres

Spieles auf dem Seepark sein, um uns das Ergebnis aus Zehlendorf mitzuteilen. Ich denke, so lange werdet ihr gern warten, um noch am gleichen Abend zu erfahren, ob ihr Gruppenzweiter seid oder nicht!"
Die Klasse war begeistert.
„Staneck und Pape können als Kuriere fungieren", entschied Heini. „Sie haben sich beim Nachsitzen so blendend bewährt."
Plötz hatte noch eine Idee.
„Ich schlage vor, einer der Kuriere telefoniert aus dem Zehlendorfer Sportplatzrestaurant das Halbzeitergebnis durch."
Er wandte sich an den dicken Leiser:
„Du hast doch Telefon? Und von dir bis zum Seepark ist es ja nur ein Katzensprung. Du kannst uns das Ergebnis auf den Platz bringen. Dann wissen wir für die zweite Halbzeit gleich Bescheid."
Am Nachmittag hatte das „Team" die Freude, Hänschen Ritters offizielles Come back zu begrüßen. Der Arzt hatte ihm das Spielen unter der Bedingung erlaubt, daß das Knie vorschriftsmäßig bandagiert würde. Plötz hatte dadurch in dem von seinem Posten ausscheidenden Wolfgang Schöne eine fachkundige Ergänzung bekommen, mit dem er seine Ansichten über das Spielgeschehen austauschen konnte.
Bevor die Mannschaften den Platz betraten, versammelte Heini seine Jungen nochmals um sich.
„Daß wir von vorneherein auf ein hohes Torergebnis ausgehen, darf die Abwehr nicht verführen, leichtsinnig zu spielen. Ihr wißt ja, in unserem Fall ist ein Gegentor schlimmer als vier nicht geschossene Tore! Haben wir uns ja heute vormittag so schön ausgerechnet."

Die Jungen wußten wirklich, worum es ging. Zur Pause führte das „Team“ gegen die Moabiter — die ihnen nicht viel entgegensetzen konnten — mit 5:0.
Als die Jungen den dicken Leiser quer über das leere Spielfeld anrennen sahen, brach ein schallendes Gelächter aus.
Der Dicke, der im allgemeinen dem Wahlspruch „Jede Bewegung schwächt“ huldigte, gab sich alle Mühe, im Tempo eines Kurzstreckenläufers beim „Team“ anzukommen.
Aber niemand nahm sich die Zeit, auf seine Meisterleistung einzugehen.
„Wie stehts in Zehlendorf?“
„Was meldet der drahtlose Dienst?“ wurde er sofort von allen Seiten überfallen.
„Ich soll euch von Staneck bestellen, daß die Mariendorfer bei Halbzeit mit 3:0 vorn liegen. Außerdem sagt er, die Mariendorfer hätten hier bei eurem Spiel auch einen Beobachter. Sie erwarteten gerade dessen Anruf, als Staneck zum Telefon kam. Er mußte betteln, daß sie ihn überhaupt an den Apparat ließen. Weil er annimmt, daß es nach dem Spiel genau so sein wird, ruft er gar nicht erst an, sondern kommt mit Pape gleich per Rad hierher.“
„Alles ganz gut und schön“, sagte Heini, „aber das 3:0 macht mir Kummer. Das kann ja noch ein Schützenfest dort geben. Wenn wir da bloß mitkommen!“
Der Wiederanpfiff machte seiner sorgenvollen Betrachtung ein Ende.
Auch in der zweiten Halbzeit nahm das „Team“ jede Torchance wahr. Sie erteilten den Moabitern eine Fußballektion, die es in sich hatte, und als Heini, fast mit dem Schlußpfiff zugleich, mit einem schönen Schrägschuß den Torreigen

beschloß, war das Dutzend voll. Mit 12:0 Toren hefteten die Wilmersdorfer den Sieg an ihre Fahnen.
„Das 12:0 müßte doch reichen!“ meinte Heini zuversichtlich.
„Na, schrei mal nicht zu früh“, warnte Plötz und zog seine Aufstellung mit den vormittags errechneten Verhältniszahlen aus der Tasche. „Wenn die Mariendorfer höher als 6:0 gewonnen haben, ist unser Traum schon aus.“
Alle warteten fieberhaft auf Staneck und Pape. Kaum einer von den Angehörigen der Koblenzer Schule hatte den Platz verlassen. Es war wie ein Lauffeuer herumgegangen, daß die Kuriere von Zehlendorf erwartet würden.
Eine halbe Stunde war vergangen, da kündigte das Tücherschwenken der Kleinsten am Ende des Platzes an, daß Pape und Staneck in Sicht waren. Unbekümmert um das polizeiliche Verbot fuhren die beiden direkt vom Eingang quer über den Platz und bremsten erst vor der Bank, an der das „Team“ sich umzog.
„Mensch, sind wir gerast!“
„Wir haben sogar Autos überholt!“
Die Kuriere konnten kaum atmen, so abgehetzt waren sie.
„Redet doch nicht so viel!“
„Laßt euch doch nicht erst bitten!“
„Wie hoch hat Mariendorf gewonnen?“
Das „Team“ vermochte seine Ungeduld nun wirklich nicht mehr zu zähmen.
Aber die Kuriere ließen sich nicht erschüttern.
„Sagt erst einmal, ob ihr gewonnen habt?“
„Ist doch klar, 12:0. Nun aber raus mit der Sprache.“
Staneck lehnte sein Rad an den Pfosten der Bank und sagte, als sei es das Selbstverständlichste der Welt:

„Wenn ihr gewonnen habt, braucht euch das Ergebnis aus Zehlendorf gar nicht mehr zu interessieren."
Hinze nahm eine drohende Haltung ein. „Wenn ihr jetzt nicht sofort das Ergebnis sagt, kriegt ihr Klassenkeile."
Auf dieses Stichwort reagierte Lehrer Peters höchst seltsam. Er hob den kleinen Bruder von Werner Plötz, der wie gewohnt als Kleiderwächter fungiert hatte, auf den Arm und tanzte mit ihm im Kreise herum. Als er die dummen Gesichter der Jungen sah, rief er:
„Habt ihr's denn immer noch nicht kapiert, ihr Kindsköpfe? Die Mariendorfer haben gar nicht gewonnen!"
Nun endlich berichtete Staneck die Einzelheiten. Nachdem die Mariendorfer telefonisch das Halbzeitergebnis der Wilmersdorfer erfahren hatten, wollten sie nach der Pause mit aller Macht mehr Tore erzwingen. Dabei hatten sie das Pech, daß die Zehlendorfer nach der Pause viel besser spielten als vorher und auf 3:1 verkürzten. In ihrer Nervosität griffen die Mariendorfer zu unfairen Mitteln, ihr Mittelläufer wurde, nachdem er mehrere Male einen Zehlendorfer Stürmer absichtlich getreten hatte, hinausgestellt, so daß die Mariendorfer mit zehn Mann weiterspielen mußten. Dadurch gelang es den Zehlendorfern, mit zwei noch gegen Ende des Spieles erzielten Treffern ihr Ergebnis auf 3:3 gleichzuziehen.
„Hurra, wir sind in der Vorschlußrunde", schrie Heini, als Staneck und Pape ihren Bericht beendet hatten.
Die Jungen wußten kaum, was sie in ihrer Freude tun sollten. Nachdem sie im vorangegangenen Spiel Tor auf Tor erkämpft und bis zu dieser Minute gebangt hatten, ob das Dutzend noch eben ausreichen würde, konnten sie sich nun über die überraschende Wendung nicht so schnell beruhigen.

„Jetzt haben wir doch wahrhaftig elf Tore zu viel geschossen!“
Hoffmann schüttelte den Kopf über das widersinnige Leben.
„Besser, als auch nur eines zu wenig“, warf der weise Werner Plötz ein.
„Wir müßten den Zehlendorfern ein Dankschreiben schikken!“ schlug Matze lachend vor.
Aber vorerst einmal überschütteten sie Staneck und Pape, die beiden Überbringer der Glücksbotschaft, mit dem Ausdruck ihrer Begeisterung. Die beiden Kuriere wurden auf den Schultern der Spieler über den Platz getragen, als hätten sie die Entscheidung im Spiel Mariendorf gegen Zehlendorf selbst herbeigeführt!
Bernburg, der an Peters Seite — so schnell wie es ihm sein hinkender Gang erlaubte — hinter den Jungen herzog, meinte:
„Prächtige Bengels, was?“
Peters lachte.
„Man muß sie nur von der richtigen Seite betrachten. Ich wünschte ihnen wahrhaftig, daß Rektor Schulz diese Seite auch mal entdeckte.“
„Da hab ich nicht mehr viel Hoffnung“, bedauerte Bernburg. „Ich habe zu oft vergebens versucht, ihn umzustimmen. Und ich fürchte, wenn er in Erfahrung bringt, was seine vier Nachsitzer sich in Spandau geleistet haben, ist der Karren restlos verfahren!“
Keiner der beiden Lehrer ahnte in diesem Augenblick, daß die Ereignisse der nächsten Woche eine Wendung herbeiführen sollten, die alles Erwartete in den Schatten stellte.
Rektor Schulz betrat — an einem Morgen, der genau so aus-

sah wie alle anderen — das Klassenzimmer. Am Pult angekommen, legte er ein paar Bücher und Hefte auf den Tisch, setzte sich aber nicht, sondern nahm den Stuhl und trug ihn bis zur Mitte des Ganges, der die beiden Bankreihen der Schüler voneinander trennte.

Hier nahm er endlich Platz, rückte die Brille auf seiner Nase zurecht, merkte, daß sie beschlagen war, faßte in die rechte, dann in die linke Hosentasche und beschritt — als er merkte, daß die Suche nach seinem Taschentuch vergebens blieb — den Ausweg, mit dem breiten Ende seiner Krawatte die Brille zu reinigen.

Die Jungen sahen ihn verwundert an, sie konnten sich das ungewöhnliche Gebaren des Rektors nicht recht erklären.

Die umständliche Reinigungsaktion nahm längere Zeit in Anspruch. Endlich setzte der Rektor die Brille auf die Nase zurück, schob noch einmal den Stuhl unter sich in die richtige Lage und begann: „Ich war gestern nachmittag wieder bei Herrn Stadtschulrat Schweitzer. Er hatte mich und drei weitere Rektoren der Berliner Schulen bestellt."

Die Jungen wagten kaum zu atmen. Sie befürchteten das Schlimmste.

Rektor Schulz legte die Stirn in Falten. Offensichtlich machte es ihm Schwierigkeiten, das Ungeheuerliche, das nun kommen sollte, in Worte zu fassen.

„Warum habt ihr mir denn nicht gesagt" — er machte eine Pause, — „daß ihr zu den vier besten Berliner Schulen gehört?"

Die Jungen schwiegen.

„Das ist doch unfaßbar. Ihr könnt ja sogar noch ‚Meister' werden."

Die letzten Worte hatte er polternd hervorgebracht, aber die Jungen spürten nun deutlich, daß sein Tonfall nicht seinem wahren Gefühl entsprach. Heini stand auf:
„Herr Rektor, Sie können uns diesmal keinen Vorwurf machen. Sie haben uns befohlen, Sie für alle Zeiten mit dem Fußball in Frieden zu lassen. Und das haben wir befolgt."
Rektor Schulz rückte sich auf seinem Stuhl zurecht.
„Schon gut! Ich verstehe ja auch nicht viel von diesem Sport. Jedenfalls soll ich euch im Namen des Schulrats seine Glückwünsche aussprechen."
Er stockte, griff wieder nach seiner Brille, wischte aber diesmal mit dem Krawattenende nicht die Gläser, sondern die inneren Winkel seiner Augen aus. Es war gar kein Luftzug in der Klasse zu bemerken, aber irgend etwas mußte ihm ins Auge geraten sein. Die Jungen waren durch die außergewöhnliche Situation viel zu erregt, als daß sie — wie sie es sonst wohl getan hätten — lachten.
„Was ich noch sagen möchte", Schulz fiel das Sprechen heute anscheinend schwer, denn er machte nochmals eine Pause, „was ich noch sagen möchte, ist, daß auch ich sehr stolz auf euch bin."
Der Rektor atmete erleichtert auf, als dieser Satz endlich heraus war. Dann ergriff er seinen Stuhl, trug ihn an seinen gewohnten Platz, setzte sich und nahm sofort den Deutschunterricht auf.
Die erstaunliche Gefühlswandlung des Rektors war aber nicht das einzige wichtige Ereignis der Woche. Noch am gleichen Tage forderte Turnlehrer Bernburg Heini auf, ihn am kommenden Dienstag ins Berliner Rathaus zu begleiten. Das war der Tag vor dem Vorschlußrundenspiel, und Stadtschulrat

Schweitzer sowie einige Herren vom Stadtsportamt und von der Schulbehörde wollten die Spielführer der vier Endrundenmannschaften empfangen, und sie an der Besprechung für den Ablauf der Spiele teilnehmen lassen.
Da die Ersten jeder Gruppe gegen die Zweiten der anderen Gruppe zu spielen hatten, standen die Paarungen bereits fest.
In der Gruppe Ost war der Meister des Vorjahres, Pankow, Erster und Oberschöneweide Zweiter geworden. In der Gruppe West stand — wie nicht anders erwartet — Charlottenburg an erster und Wilmersdorf an zweiter Stelle. Das hieß also, daß das Wilmersdorfer „Team" gegen den Titelverteidiger Pankow und Charlottenburg gegen Oberschöneweide antreten mußten.
Als Heini am festgesetzten Tage in seinem guten Sonntagsanzug vor dem Sitzungszimmer ankam, warteten dort schon die Spielführer der drei anderen Mannschaften. Sie waren ihm nicht unbekannt. Die beiden Spielführer der Pankower und Oberschöneweider hatten ihm als Gegner beim Auswahlspiel Nord-Ost — Süd-West gegenüber gestanden und den Charlottenburger Spielführer, Torwart Hummel, hatte er ja genügend bei dem denkwürdigen 1:9-Spiel bewundern können.
Alle vier hatten sich bald in eine angeregte Unterhaltung über ihre kommenden Chancen vertieft.
Nach einiger Zeit kam Sportlehrer Liebig aus dem Sitzungszimmer.
„Ihr könnt jetzt hereinkommen. Tut mir einen Gefallen und seid drinnen nicht so albern wie sonst."
Er schob die vier Jungen vor sich her durch die Tür bis an die Stirnseite des großen Sitzungstisches, um sie dem Stadtschulrat vorzustellen.

Als Heini mit einer tadellosen Verbeugung zu dem grauhaarigen Herrn sagte: „Heinz Kamke von der 5. Volksschule Wilmersdorf", lächelte der Schulrat freundlich:
„Ihr aus Wilmersdorf seid ja tolle Burschen. Sagt eurem eigenen Rektor noch nicht einmal, daß ihr in die Vorschlußrunde gekommen seid! Rektor Schulz fiel aus allen Wolken, als er es erst von mir erfahren mußte. Er dachte zuerst, wir von der Schulbehörde wollten ihn auf den Arm nehmen."
Heini hätte am liebsten laut gelacht, aber an so hoher Stelle wagte er noch nicht einmal, eine Antwort zu geben.
Nach der Vorstellung nahmen die Jungen bei ihren Lehrern Platz. Einer der Herren von der Schulbehörde ergriff das Wort:
„Wie Sie wissen, findet morgen die Vorschlußrunde um die Berliner Schul-Fußballmeisterschaft statt. Die Sieger aus diesen beiden Spielen bestreiten eine Woche später das Endspiel. Der Herr Stadtschulrat hat in Zusammenarbeit mit dem Stadtsportamtsleiter beschlossen, in diesem Jahre das Endspiel in größerem Rahmen als im Vorjahr durchzuführen. Die Stadt hat am nächsten Mittwoch das Poststadion freigegeben, und wir werden rund 40 000 Schüler der Berliner Volksschulen als Zuschauer einladen, die für eine schöne Kulisse sorgen werden. Außerdem hat der Herr Oberbürgermeister der Stadt Berlin sein Erscheinen zugesagt. Die Presse und der Rundfunk sind ebenfalls verständigt worden, damit die Öffentlichkeit einmal erfährt, daß in den Berliner Schulen der Volkssport Fußball keineswegs so stiefmütterlich behandelt wird, wie man es im allgemeinen glaubt.
Vor dem Endspiel findet das Spiel um den dritten und vierten Platz statt, das die beiden durch das Ergebnis der morgigen

Vorschlußrundenspiele ausgeschiedenen Mannschaften bestreiten werden. Die Mannschaften der heute hier anwesenden vier Spielführer werden also auf jeden Fall dabei sein. Wir hoffen, daß die Veranstaltung gelingen wird und bitten Sie, auf Ihre Spieler so einzuwirken, daß von vornherein jeder Mißklang vermieden wird und zwei schöne faire Spiele stattfinden können. Alle vier Mannschaften müssen vorschriftsmäßig gekleidet sein. Falls irgend etwas fehlt, werden die Schulleiter das Nötige beschaffen. Ihre Rektoren kommen in der nächsten Woche nochmals hier zusammen. Wir alle freuen uns auf die Veranstaltung, für deren vorbildliche Organisation ich schon jetzt garantieren kann. Der sportliche Erfolg liegt in Ihren Händen — oder — besser gesagt — in Ihren Füßen."

Die Herren am Sitzungstisch klatschten Beifall. Auch die Spielführer folgten dem Beispiel. Jetzt erhob sich ein Herr vom Sportamt. Er schwenkte gewichtig seine dicke Aktentasche von einem Arm in den anderen.

„Ich schlage vor", sagte er, „wir besprechen jetzt die Durchführung der morgigen Vorschlußrundenspiele. Es steht zur Diskussion, ob die zwei Spiele auf zwei verschiedenen neutralen Plätzen durchgeführt werden oder ob sie auf je einem Heimplatz der betreffenden Gegner veranstaltet werden sollen. Im letzteren Falle müßte das Los darüber entscheiden, welcher Heimplatz der jeweiligen Gegner in Frage käme. Wollen Sie sich bitte dazu äußern?"

Bernburg als Vertreter der Wilmersdorfer sowie der Charlottenburger Lehrer stimmten für neutrale Plätze. Die Turnlehrer aus Pankow und Oberschöneweide waren für Heimplätze. Also unentschieden 2:2.

Als der Stadtschulrat bemerkte, daß Heini leise mit Bernburg sprach, meinte er:
„Du darfst ruhig laut reden. Hier kann jeder seine Meinung sagen."
Heini wurde ein wenig verlegen, aber nachdem ihn Bernburg durch ein Kopfnicken aufgemuntert hatte, erklärte er:
„Ich habe eine Idee. Nur – ich weiß nicht, ob sie durchführbar ist. Danach habe ich Herrn Bernburg gefragt."
„Du kannst uns auch danach fragen", forderte ihn der Stadtschulrat auf. „Worum geht's denn?"
Heini begann, zuerst nur zögernd, aber dann immer freier:
„Ich dachte, falls keine Einigung über die Platzauswahl zu erreichen sein sollte, könnte man einen Mittelweg wählen und morgen auf einem Platz beide Spiele hintereinander durchführen. Das könnte dann gleich eine Generalprobe für das kommende Endspiel sein, wo ja auch zwei Spiele hintereinander aufgezogen werden. Vielleicht könnten wir morgen sogar den gleichen Platz nehmen wie beim Endspiel, also das Poststadion. Dann brauchten wir nur noch zu losen, wer morgen das erste und wer das zweite Spiel bestreiten wird."
Der Schulrat schlug mit der Hand auf den Tisch.
„Wunderbar, mein Junge. Ich finde den Vorschlag gut. Was meinen die Herren Sportlehrer dazu?"
Sie waren mit Heinis Vorschlag einverstanden. Auch die Herren von der Sport- und Schulbehörde nickten zustimmend. Nur der erste Redner hatte Bedenken.
„Ich glaube nicht, daß wir von heute auf morgen das Poststadion bekommen."
„Das läßt sich sofort feststellen", meinte der zweite Redner.

„Ein Anruf genügt."
Nach fünf Minuten kam er zurück:
„Geht in Ordnung. Ab 2 Uhr können wir über das Poststadion verfügen. Wir sollen nur aufpassen, daß die Aschenbahn nicht zertrampelt wird. Außer den Mannschaften soll möglichst niemand den Innenraum betreten."
Die Verlosung um die Reihenfolge der beiden Vorschlußrundenspiele konnte also beginnen. Einer der Herren legte gefaltete Zettel in einen Kasten. Auf dem einen stand „Pankow – Wilmersdorf" und auf dem andern „Charlottenburg – Oberschöneweide". Der Schulrat griff in den Kasten und entfaltete umständlich den gezogenen Zettel. „Charlottenburg – Oberschöneweide" las er vor. Heinis Mannschaft würde also im zweiten Spiel antreten.
Nachdem der offizielle Teil auf diese Weise feierlich beendet worden war, luden die Herren die vier Spielführer und ihre Lehrer zu einer kleinen Nachsitzung im Ratskeller ein. Hier wurde bei Kaffee und Kuchen gefachsimpelt. Die beiden Vorjahresbesten, Pankow und Charlottenburg, galten auch in diesem Kreise als klare Endspielfavoriten. Oberschöneweide gab man eine kleine Außenseiterchance. Nur von den Wilmersdorfern wurde wenig gesprochen. Das 1:9 gegen Charlottenburg war noch nicht vergessen.
Auf dem Heimweg, den Heini mit Bernburg gemeinsam antrat, meinte der Wilmersdorfer Spielführer:
„Hoffentlich können wir denen morgen zeigen, daß wir auch noch da sind!"
Allzuviel Besucher waren am nächsten Tage nicht erschienen, um sich die Spiele anzusehen. Höchstens 5000 Schulkinder saßen auf den Bänken.

Auch Bernburg setzte sich mit dem „Team“ auf die Tribüne. Bevor seine Mannschaft selbst auf das Spielfeld zog, sollte sie sich ein Urteil über die Konkurrenten im Kampf um den Endsieg bilden.
„Seht euch besonders die Charlottenburger gut an“, mahnte Bernburg. „Ohne Zweifel werden sie heute gegen die Oberschöneweider einen klaren Sieg erringen. Solltet ihr auch gewinnen, dann sind sie am kommenden Mittwoch eure Endspielgegner.“
Bernburg behielt recht mit seiner Voraussage über den Verlauf des Spiels. Schon zur Pause führten die Charlottenburger mit 3:0. Und als das „Team“ die Umkleidekabinen aufsuchen mußte, um sich für sein anschließendes Spiel umzuziehen, hatten die Charlottenburger ihre Nase schon mit 5:0 vorn.
Matze war sehr ernst.
„Du bist dir doch wohl darüber klar“, sagte er zu Heini, „daß die Charlottenburger in der Form überhaupt nicht zu schlagen sind. Die haben die Meisterschaft schon in der Tasche. Da können wir uns alle auf den Kopf stellen.“
Heini tippte Matze an die Stirn.
„Mit deiner Einstellung schon. Laß dich doch nicht einschüchtern. Jetzt wollen wir uns erst einmal gegen die Pankower anstrengen. Die können's auch ganz gut.“
Als die Pankower und Wilmersdorfer das Spielfeld betraten, lief Charlottenburgs Torwart Hummel auf Heini zu. Heini glaubte, er wollte sich zu dem 5:0-Sieg seiner Mannschaft gratulieren lassen und schüttelte ihm die Hand. Aber Hummel zog ihn beiseite.
„Ich will dir was sagen, Kamke. Wir kennen die Pankower aus dem Vorjahr. Seid vorsichtig. Sie ziehen hinten gern die

Notbremse. Ich meine damit, daß die Verteidiger nicht immer nur den Ball, sondern manchmal auch das Bein eines Gegners treffen."

Heini schlug Hummel — dankbar für diesen Tip — freundschaftlich auf die Schulter. In eine längere Unterhaltung konnte er sich nicht mehr einlassen. Das Spiel begann.

Der größte Teil der Zuschauer gab dem „Team" nicht viel Chancen und war der festen Überzeugung, daß Charlottenburgs Endspielpartner nur Pankow heißen konnte. Im Grunde betrachtete man die Wilmersdorfer nur als Kanonenfutter für die Pankower.

Die Spieler bekamen diese Auffassung zu spüren. Während die Pankower Unternehmungen von anfeuernden Zurufen begleitet waren, wurden die Angriffe der Wilmersdorfer kaum beachtet.

Trotzdem hielt sich das „Team" recht gut. Obwohl es den Pankowern körperlich weit unterlegen war, startete es die gefährlicheren Angriffe. Mehrere Male kamen Heini und Hoffmann in gute Schußpositionen.

In der Halbzeit, in der es immer noch 0:0 stand, verzichteten die Jungen darauf, ihre Kabinen aufzusuchen. Im Schatten des hinteren Tores wartete ein Helfer der Schulbehörde, um jedem eine halbe Zitrone zu überreichen.

Bernburg empfing sie mit den Worten:

„Ich bin sehr zufrieden mit euch. Hinten klappt alles sehr gut. Nur finde ich, daß Heini und Matze zu viel herumstehen. Nehmt euch ein Beispiel an Gerd Hoffmann. Der rennt gleich für drei. Holt euch doch mal ein paar Bälle von hinten nach vorn!"

Heini verteidigte Matze und sich.

„Es hat gar keinen Zweck, so viel zu laufen. Die Pankower sind doch schneller als wir. Aber die sollen sich ruhig totlaufen. Ich glaube nicht, daß sie ihr Tempo durchhalten können."

Nach der Pause gab es immer mehr Stimmen, die dem „Team", das jetzt viel ausgeglichener spielte, eine kleine Chance einräumten. Tatsächlich fielen die Pankower nach und nach ihrem eigenen Tempo zum Opfer, während Heini und Matze nun ihre vor der Pause geschonten Kräfte einsetzten.

Heini, der jetzt den Versuch machte, mit mehreren Einzeldurchbrüchen eine Entscheidung zu erzwingen, hatte bald Gelegenheit, an Torwart Hummels Warnung zu denken. Wallner, der Mittelläufer der Pankower, mußte zweimal eine Verwarnung einstecken, weil er Heini regelwidrig vom Ball getrennt hatte.

Aber das konnte den Wilmersdorfer Spielführer nicht von seiner Angriffslust zurückhalten. Ungefähr in der Mitte der zweiten Halbzeit schmetterte er, nach einer Maßvorlage von Matze, einen Mordsschuß in das Pankower Tor. 1:0 für Wilmersdorf.

Erst nach einer Schrecksekunde setzte der Beifall der Zuschauer, die diese Wendung kaum fassen konnten, ein. Nun, da die Pankower sich noch einmal zusammenrissen, begann ein toller Endkampf. Hänschen Ritter und Torwart Hinze übertrafen sich gegenseitig an schönen Abwehrleistungen.

Leider hagelte es aber auch Freistöße am laufenden Band. Zwar waren die Pankower die Urheber der rohen Gangart, die auf einmal eingeschlagen wurde, aber es ließ sich nicht leugnen, daß die Wilmersdorfer zum Teil darauf eingingen. Insbesondere der dicke Augustin blieb seinen Gegnern nichts schuldig.

Heini warnte:
„Mach doch diesen Blödsinn nicht mit, Augustin! Laß die doch allein holzen! Die können's ja nicht besser!"
Pankows Mittelläufer drohte mit der Faust.
„Was du da gesagt hast, wirst du noch bereuen!"
Heini ließ sich nicht einschüchtern. Kurz vor Schluß startete er von der Mittellinie aus einen Alleingang, der ihn, nachdem er drei Gegner überspielt hatte, bis auf den Elfmeterpunkt führte. Blitzschnell erkannte er, daß er nur noch zehn Meter vom Tor entfernt war. Er holte weit aus, traf voll auf den Ball und bombte ihn flach ins Netz. 2:0 für das „Team".
„Tor, Tor, Tor!" rief Heini aus Leibeskräften und riß vor Freude beide Arme hoch. Aber mitten in dieser Bewegung knickte er zusammen und lag im nächsten Augenblick auf dem Boden. Jeder Versuch, wieder allein auf die Beine zu kommen, mißglückte. Matze, der mit Mond und Hoffmann hingelaufen war, um dem Torschützen zu gratulieren, griff ihm unter die Arme. Vergebens. Bernburg kam und trug Heini vom Spielfeld.
„Was war denn los?" fragte der Schiedsrichter die Jungen. Er war, als Heini zusammenknickte, schon auf dem Weg zur Mittellinie gewesen.
Matze, Mond und Hoffmann konnten es nicht sagen. Als sie angekommen waren, hatte Heini schon am Boden gelegen.
Pankows Mittelläufer Wallner gab Auskunft:
„Der ist nach dem Schuß ungeschickt aufgetreten und umgeknickt."
Bernburg hatte Heini inzwischen bis zum Spielfeldrand getragen und legte ihn dort ins Gras.
„Wo tut's denn weh?" fragte er.

Ein Sanitäter erkundigte sich, was geschehen sei.
Heini biß die Zähne zusammen. Er zuckte mit den Schultern.
„Ich weiß nicht. Das gab plötzlich einen furchtbaren Stich im rechten Bein, und als ich auf dem Boden lag, tat es so weh, daß ich nicht aufstehen konnte."
Der hinzugekommene Arzt zog Heini den Strumpf herunter.
„Mein Gott", sagte er erschrocken. „Da hat dir ja jemand mit voller Wucht in den Unterschenkel getreten. Du kannst froh sein, daß es keinen Beinbruch gegeben hat."
Während Heini auf einer Bahre in die Kabine getragen wurde, mußte das „Team" die letzten Spielminuten mit zehn Mann durchstehen. Seine Freude beim Schlußpfiff war nur gedämpft. Niemand konnte sich erklären, was mit Heini passiert war.
An der Mittellinie wartete der Schiedsrichter, bis die beiden Mannschaften sich gegenüber aufgestellt hatten und sagte feierlich:
„Im Vorschlußrundenspiel zur Berliner Schulmeisterschaft siegte Wilmersdorf über Pankow mit 2:0 und hat sich damit die Teilnahme am Endspiel erkämpft. Unserem Sport ein dreifaches hipp, hipp —"
„Hurra, hurra, hurra!" fielen die Spieler ein.
Als die Wilmersdorfer den Platz verließen, schloß sich ihnen der Charlottenburger Torwart Hummel an.
In der Kabine trat er an die Bank, auf der Heini sein schmerzendes Bein ausgestreckt hatte.
„Damit du weißt, was vorhin los war: der Wallner hat dir gleich nach dem Torschuß von der Seite mit dem Fuß ans Bein getreten. Wir konnten es vom Spielfeldrand aus ganz deutlich sehen."

Heini schüttelte verwundert den Kopf.
„Das ist ja ein dolles Ding“, sagte er. Und ich hab' das gar nicht gemerkt. Na, laß man. Hauptsache ist, daß wir gewonnen haben. Weißt du, Hummel, unsere Schule ist nämlich seit Bestehen der Schulmeisterschaft zum ersten Male in einem Endspiel. Das ist für uns etwas ganz Besonderes.“
„Also, dann mach's gut.“ Hummel gab Heini die Hand. „Bis zum Endspiel am nächsten Mittwoch. Wir Charlottenburger spielen nicht so hart, das verspreche ich euch. Nur sieh zu, daß du gesund wirst und gegen uns antreten kannst. Wir wollen gegen eure beste Besetzung spielen, wenn wir Meister werden.“
„Mal sehen, was sich machen läßt. Ich danke dir. Du bist ein feiner Kerl.“
Hummel, der sich schon umgedreht hatte, wandte noch einmal den Kopf:
„Übrigens — ich heiße Helmuth.“
„Und ich Heinz, die sagen aber alle Heini zu mir.“

XIII

Es war Dienstag vor dem Endspiel. Die Jungen der 1. Klasse warteten sehnsüchtig auf den Augenblick, da die Tür aufgehen und Rektor Schulz das Zimmer betreten sollte.
„Ich bin schrecklich gespannt“, sagte Plötz, „was Schulz von der gestrigen Sitzung beim Stadtschulrat für Neuigkeiten mitbringt.“
„Das habt ihr doch auch gemerkt“, fragte Hinze, „daß der uns seit Tagen wie rohe Eier behandelt, nicht?“

Kurz darauf tat sich die Tür auf und Rektor Schulz betrat mit betonter Freundlichkeit das Zimmer.
„Guten Morgen, meine Herren, gut gerüstet für das Endspiel?"
Heini stand auf. Er sah nicht sehr glücklich aus.
„Es geht so", sagte er. „Bis auf die Beine."
„Wieso?" fragte Rektor Schulz und sah etwas dumm drein, „die Beine sind doch wohl das Wichtigste beim Fußball."
„Eben", meinte Heini und mußte nun doch fast lachen, „und einige von den unseren sind kaputt."
Auf der Stirn des Rektors bildete sich eine Sorgenfalte.
„Ja", erklärte Heini, „mit mir selbst geht es. Gott sei Dank. Das Bein tut zwar noch weh, aber der Arzt hat mir das Spielen erlaubt. Viel schlimmer ist, daß Kaiser beim Spiel gegen Pankow eine Knöchelverletzung abbekommen hat. Das haben wir erst beim Training am vergangenen Freitag festgestellt. Der Kaiser fällt also morgen aus. Nun wäre als nächster Schöne dran. Aber das Schaf ist ausgerechnet gestern die Treppe heruntergefallen und kann morgen nur zusehen. Wir müssen also die ganze Mannschaft umbauen, so daß Heinrich Erhardt linker Läufer spielt und Werner Plötz Linksaußen wird."
Der Rektor verstand zwar nicht, was Heini ihm da erzählt hatte, aber er tat wenigstens so.
„Deshalb werdet ihr aber doch Berliner Meister, nicht wahr?"
Heini lächelte ungläubig:
„Herr Rektor, wir werden uns alle Mühe geben! Aber wenn wir ehrlich sind, müssen wir zugeben, daß die Aussichten 10:1 gegen uns stehen. Die Charlottenburger stehen schon zum zweiten Male mit fast der gleichen Mannschaft im Endspiel

und die haben so klar und eindeutig gegen Oberschöneweide gewonnen, daß für uns wenig drin ist."

„Aber, aber, ihr werdet doch jetzt nicht kurz vor Torschluß die Flinte ins Korn werfen? Das gibt es doch gar nicht! Ihr gewinnt morgen und wenn ihr es nicht glauben wollt, dann glaubt es wenigstens eurem alten Rektor. Ich unterstütze euch auf der ganzen Linie. Morgen bekommt die ganze Schule, von der 8. bis zur 1. Klasse, um 10 Uhr schulfrei. Sämtliche Schulklassen fahren geschlossen zum Endspiel ins Poststadion. Euretwegen werde ich zum erstenmal in meinem Leben auf einen Fußballplatz gehen. Eure anderen Lehrer kommen auch mit. Heute Nachmittag werden auf Schulkosten die Garnituren gekauft. Habt ihr noch einen besonderen Wunsch?"

Hoffmann grinste den Rektor verlegen an:

„Wir haben uns die Garnituren schon vor einem halben Jahr selbst gekauft. Was machen wir denn da?"

„Woher habt ihr denn das Geld genommen?"

„Das haben wir uns schwer verdient und zusammengelegt!"

„Dann bekommt eben jeder sein eingelegtes Geld zurück. Die Garnituren könnt ihr trotzdem behalten. Bringt morgen früh die Rechnung mit."

Heini hatte noch eine Frage:

„Der Herr Stadtschulrat hat gesagt, es würden auch Zeitungsleute im Stadion sein. Dürfen unsere Eltern nicht auch mitkommen? Mein Vater hat in letzter Zeit viel Überstunden in seiner Fabrik gemacht und muß die wieder abbummeln. Der könnte kommen und Hänschen Ritters Mutter möchte den Hans sehr gern mal spielen sehen."

„Meine Eltern könnten auch kommen", rief Pilz. Jeder wollte nun einen Angehörigen mitbringen.

„Einverstanden", sagte der Rektor. „Alle Angehörigen können mitfahren. Erkundigt euch bei Herrn Benecke oder bei Herrn Peters nach dem Treffpunkt und der Zeit. Die beiden Herren sind für die Klassenfahrten verantwortlich."
Heini wurde plötzlich ganz aufgeregt:
„Herr Rektor, das geht nicht. Herr Peters darf dieses Amt nicht übernehmen."
„Wieso nicht? Der ist doch ein guter Organisator. Wenn der die Sache in die Hand nimmt, klappt sie bestimmt. Was habt ihr denn gegen Herrn Peters?"
„Gar nichts, aber den brauchen wir bei unserem ‚Team'. Sonst können wir nicht spielen."
Der Rektor machte große Augen.
„Den Peters braucht ihr bei euch? So, so, jetzt wird mir vieles klar. Na, mir soll's recht sein, dann fährt er eben mit der Mannschaft."
Es schien nichts zu geben, was Rektor Schulz nicht getan hätte, um seine „rohen Eier" bis zum morgigen großen Ereignis frisch zu halten.
Um so mehr wäre er sicherlich erschrocken, wenn er Zeuge der vertraulichen Unterhaltung gewesen wäre, die Klaus Mond und Heini auf dem Heimweg führten.
Bei den ersten Worten Monds färbte sich Heinis Gesicht kalkweiß. Mond teilte ihm mit, daß er am Endspiel nicht teilnehmen könne. Seine Mutter hatte ihm in der Druckerei, in der sie als Botenfrau beschäftigt war, für heute und morgen eine gutbezahlte Arbeit besorgt, die darin bestand, 6000 Exemplaren einer Zeitschrift je einen Werbeprospekt beizulegen. Heute – gegen Abend – würde der Druck beendet sein. Mond sollte anschließend sofort mit der Arbeit

beginnen und den Rest im Laufe des morgigen Nachmittags erledigen. Er hatte diese Hiobsbotschaft bis zum letzten Augenblick zurückgehalten, weil er gehofft hatte, die Arbeit um einen Tag verschieben zu können.

„Aber das läßt sich auf keinen Fall machen", beendete er seinen Bericht. „Die Druckerei ist an ihre Termine gebunden. Wenn ich am Mittwochnachmittag nicht arbeite, dann suchen sie sich jemand anderen. Das kann ich aber meiner Mutter nicht antun. Erstens würde sie sich in ihrer Firma furchtbar blamieren, weil sie sich seit Wochen um die Arbeit für mich beworben hat und zweitens braucht sie das Geld ganz dringend für die Miete."

Heini hatte sich inzwischen etwas gefaßt.

„Das verstehe ich alles", sagte er. „Aber wir können dich nicht entbehren. Wenn Schöne und Kaiser gesund wären – vielleicht. So geht es nicht ohne dich. Wir müssen einen Ausweg finden."

Heini hakte sich bei Mond ein und ließ sich in aller Ruhe den Ablauf der Arbeit erklären. Dann versank er für einige Minuten in ein nachdenkliches Schweigen. Schließlich meinte er:

„Hör mal, Klaus! Wenn ich mich nicht arg verrechnet habe, dann wirst du morgen mitspielen, die Zeitschriften werden rechtzeitig fertig und deine Mutter wird auch den Arbeitslohn auf Heller und Pfennig bekommen."

Trotz der Sicherheit, mit der Heini dies vorbrachte, blieb Mond ungläubig.

„Es geht nicht, Heini. Nachtarbeit ist für Kinder verboten. Und Schule schwänzen kann ich auch nicht. Das kriegt ja meine Mutter sofort bei ihrer Firma raus. Ich muß also morgen nachmittag einlegen."

„Denken war noch nie deine Stärke", sagte Heini lachend. „Ich habe weder von Nachtarbeit noch von Schule schwänzen gesprochen. Aber das macht nichts, Klaus. Überlaß nur alles mir. Das einzige, was du tun mußt, ist, daß du mir nachher beim Training auf dem Seepark den frühesten Termin für den Arbeitsbeginn mitteilst."

Das versprach Mond und als er am Nachmittag kurz vor 3 Uhr auf dem Seepark ankam, wo Heini, das „Team" um sich versammelt, eifrige Verhandlungen führte, rief er schon von weitem:

„Um 5 Uhr! Bis da sind die Zeitschriften frisch aus der Druckmaschine gekommen. Dann kann die Arbeit losgehen."

„Aha", sagte Heini. „Danke schön. Dann kann die Arbeit tatsächlich losgehen. Es ist alles geregelt, Klaus. Du kannst ganz ruhig trainieren. Du spielst morgen auf jeden Fall. Kommt, Jungs, wir wollen uns umziehen."

Ein paar Minuten später stand Bernburg am Spielfeldrand, um das Abschlußtraining seiner Mannschaft zu überwachen. Er hatte eine Trillerpfeife im Mund und dirigierte damit die Jungen. Von Zeit zu Zeit holte er sie zusammen und gab ihnen Ratschläge. Für jeden einzelnen fand er das richtige Wort.

„Werner, wir beide machen noch ein Spezialtraining!" wandte er sich jetzt an Plötz. „Die anderen können noch ein bißchen Seilspringen. Aber der Fußball wird nicht mehr angerührt bis morgen! Hinze und Ritter kommen mit Plötz und mir ans andere Tor!"

Als er mit den dreien schon ein paar Schritte über das Spielfeld fortgehinkt war, drehte er sich noch einmal um:

„Heini Kamke, du ziehst dich sofort um. Es wird kein

unnützer Schritt mehr getan. Du gehst morgen vor dem Spiel noch einmal zum Arzt. Vielleicht kann er dir eine schmerzstillende Spritze geben, die für die Dauer des Endspiels vorhält."

Gehorsam zog Heini zur Umkleidebank. Er beeilte sich, um noch ein wenig von Werners Spezialtraining mitzubekommen. Als gelernter Linksaußen konnte er ihm noch eine Menge guter Ratschläge geben, zum Beispiel, wie man das Schußbein anwinkeln mußte, um eine hohe Flanke vors Tor geben zu können.

Nach einer Stunde pfiff Bernburg alle Jungen zusammen: „Feierabend! Genug für heute. Und nun denkt nicht mehr so viel an den morgigen Tag, das macht euch nur nervös. Spielt nach dem Rezept wie gegen Pankow: ‚Keine Angst vor großen Tieren!' Sollte es aber schief gehen, dann verliert bitte anständiger als eure Gegner vom letzten Male. Weiter: putzt eure Schuhe heute abend und geht vor allem früh ins Bett."

Bei Bernburgs letzten Worten bemühten sich die Jungen beflissen zuzustimmen. Daß sie dabei ein wenig spitzbübisch und besserwissend lächelten, übersah der Lehrer, sehr zu ihrem Glück.

Vor dem Seepark trennte sich das „Team". Heini und einige Auserwählte — Hinze, Plötz, Matze und Hoffmann waren es in diesem Falle — begaben sich auf schnellstem Wege ins Sporthaus Benscher, um dort eine wichtige Mission zu erfüllen.

„Könnten Sie uns bitte eine zweite Rechnung über die blauen Garnituren geben, die Turnlehrer Peters damals für uns gekauft hat?" bat Hinze den Herrn des Hauses.

„Das geht nicht, die Rechnung hat doch Herr Peters bezahlt.

Ich kann euch kein Geld quittieren, das mir ein anderer gegeben hat." Heini blieb nichts anderes übrig, als Herrn Benscher über die Vorgänge aufzuklären.

„Und jetzt sollen wir morgen die Rechnung unserem Rektor vorlegen", schloß er seine lange Rede. „Wenn wir nun zu Peters gehen und ihn darum bitten, dann merkt er doch, daß wir ihn durchschaut haben. Das aber wollte er doch gerade nicht. Sonst hätte er uns ja selbst gesagt, daß er 24 Mark aus seiner Tasche dazugelegt hat!"

„Alle Achtung", sagte Fritz Benscher, „ihr habt ja Taktgefühl!" Die Jungen erwiderten nichts. Darüber hatten sie bisher noch nicht nachgedacht. Benscher sah sie freundlich an. Er überlegte einen Augenblick. Dann sagte er:

„Ich gebe euch die Zweitschrift, aber ich möchte wissen, wie die Sache ausgeht. Der da" — er zeigte auf Hinze —, „der neulich die vielen Mützen aufprobiert hat, muß mir in den nächsten Tagen Bescheid geben, verstanden! Und nun macht's gut. Habt ihr in dem blauen Dreß wenigstens ab und zu mal gewonnen?"

Heini sah Benscher mitleidig an:

„Wenn wir morgen nochmals mit Ihren Dingern gewinnen, dann können sie uns eines davon abkaufen und als Museumsstück in Ihr Schaufenster stellen. In Ihren Trikots ist doch bestimmt noch niemand Berliner Meister geworden."

„Augenblick mal! Gehört ihr etwa zu der Wilmersdorfer Schule, die morgen im Poststadion um die Meisterschaft spielt?"

Der Sporthausbesitzer holte aus seiner Schublade die Tageszeitung „Der Westen" hervor. Er blätterte und tippte dann auf einen Artikel.

„Na klar, da steht es ja! Ich hab' gar nicht gewußt, daß die Koblenzer Schule die 5. Wilmersdorfer ist. Dabei befindet sie sich doch gleich um die Ecke."
Die Jungen rissen Herrn Benscher das Blatt aus der Hand. Plötz las vor. In einem kleinen Aufsatz war die Entwicklungsgeschichte des „Teams" über die Wilmersdorfer Meisterschaft, die Ergebnisse der acht Endrundenspiele bis zum 2:0-Sieg gegen Pankow umrissen, mit einem Hinweis auf das Endspiel gegen Charlottenburg. Der Artikel war mit R. P. gezeichnet.
Plötz sah auf.
„Wißt ihr, was R. P. heißt?"
Matze überlegte.
„Nein Werner, keine Ahnung!"
Plötz gab sich den Anstrich eines eingeweihten Mannes.
„Darum mußte ich ihm kürzlich das Mannschaftsbuch geben. Das R. heißt nämlich Rudolf und das P. Peters!"
„Donnerwetter", staunten die anderen, „das ist ja mal wieder toll von ihm. Ist doch eine prima Reklame für uns!"
Hoffmann kraulte sich den Kopf.
„Der Schlußsatz gefällt mir aber gar nicht. Von wegen, wir seien im Endspiel nur krasser Außenseiter."
Heini nahm Peters in Schutz.
„Sei doch zufrieden! Wenn da stehen würde, wir wären die bessere Mannschaft, würden wir morgen bestimmt verlieren. Du weißt doch, wie uns die Favoritenrolle zu Gesicht steht. Hast du schon mal was von einem 0:1 in Zehlendorf gehört?"
Herr Benscher sah die Jungen der Reihe nach an:
„Ich habe gar nicht gewußt, daß so große Sportkanonen in

meinem Laden stehen. Und damit es morgen gut geht – nehmt den hier mit."

Er legte einen langhaarigen braunen Teddybären in Hinzes Arm. Daß er das linke Ohr verloren hatte, merkte man erst bei näherem Hinsehen.

„Ich kann ihn deshalb nicht mehr verkaufen", sagte Herr Benscher, „aber für euch ist er ein Talisman."

Glücklich wie ganz kleine Kinder verließen die Jungen das Sportgeschäft und zogen auf der Straße hinter Hermann Hinze, der stolz den Bären im Arm trug, im Gänsemarsch her. Sie hatten das Gefühl, daß nun nicht mehr viel schief gehen konnte.

In gehobener Stimmung kamen sie eine Viertelstunde später vor einem großen grauen Gebäude in der Uhlandstraße an. Das Getöse rotierender Maschinen und zwei große Firmenschilder, links „Tageszeitung Der Westen" und rechts „Druckerei Heenemann" kündigten an, wer hier beheimatet war.

Vor den Schaufenstern mit den ausgehängten Zeitungsseiten studierten die dort versammelten restlichen acht „Team"-Mitglieder die neuesten Sportmeldungen.

Als sie die Kameraden im Gänsemarsch auf sich zukommen sahen, brachen sie in lautes „Hallo" aus.

„Wen habt ihr denn da mitgebracht?"

„Unseren neuen Talisman", gab Hinze Auskunft und legte den Teddybären von einem Arm in den anderen. „Benscher hatte ein Herz für uns."

„Er hat uns auch die Zweitrechnung rausgerückt", berichtete Heini.

Klaus Mond stieß Heini an.

„Wir wollen uns beeilen!"
Der Meister der Buchbinderei, ein gutmütig aussehender, schnauzbärtiger Herr bekam beinahe einen Ohnmachtsanfall, als die dreizehn Jungen die Buchbinderei betraten. Er schnappte sich Klaus Mond und sah ihn an, als ob er befürchtete, der Junge hätte seine fünf Sinne nicht mehr beisammen.
„Ich habe deiner Mutter gesagt, sie sollte ihren Sohn zum Einlegen schicken. Von einem Massenbesuch war keine Rede."
Statt einer Antwort blickte Mond Heini an. Nun mußte sich entscheiden, ob die Taktik seines Spielführers richtig war.
Heini gab dem neben ihm stehenden Hänschen Ritter einen sanften Stoß in den Rücken und dieser ergriff Mutter Ritters Einkaufstasche, die er bis zu diesem Augenblick auf dem Boden, zwischen seine Beine geklemmt, vor den Blicken des Buchbindermeisters verborgen hatte. Mit kühnem Schwung stellte Ritter die Tasche auf den großen Einlegetisch, und entnahm ihr eine Flasche Bier nach der anderen, bis zehn Stück in einer Reihe auf dem Tisch aufmarschiert waren. Daß diese Flaschen das beste Zeugnis für die späterwachte Fußballiebe Frau Ritters waren — da sie sich auf Drängen ihres Sohnes bereit erklärt hatte, das Bier eigenhändig aus dem Kolonialwarengeschäft des Vaters zu „entwenden" —, brauchte der beim Anblick des edlen Getränks schmunzelnde Meister nicht zu wissen. Heini ergriff das Wort:
„Meister, von Ihrer Großzügigkeit hängt es ab, ob elf Leser der in Ihrer Druckerei hergestellten Zeitung ‚Der Westen' morgen nachmittag Berliner Fußballmeister werden."
Als er merkte, daß der Meister dieser wohlüberlegten Rede

nicht viel entnehmen konnte, klärte er ihn über Monds schwierige Lage auf.

„Sehen Sie Meister, wir sind dreizehn Mann, schaffen es daher dreizehn Mal so schnell. Zack, zack, zack" – er machte dabei eine Bewegung, als schösse er bereits die Prospekte in die betreffenden Zeitschriften – „in kurzer Zeit haben wir den Mond für morgen befreit!"

„Schön und gut", sagte der Buchbindermeister, „nur weiß ich nicht, was Frau Mond dazu sagen wird. Sie hat doch bestimmt mit dem Geld gerechnet."

„Frau Mond darf von der ganzen Sache nichts erfahren", erklärte Heini. „Sie bekommt natürlich ihr Geld. Jeder von uns gibt seinen Lohn an Klaus ab."

Der Meister sah Heini voll Bewunderung an.

„Das ist ja eine Wucht. Darauf muß ich gleich einen trinken!"

Er leerte die erste Bierflasche in einem Zuge aus und befahl dann: „Nun aber ran an die Arbeit."

Mit einer Fixigkeit, die ihm die Jungen gar nicht zugetraut hätten, wies er ihnen ihre Plätze zu, teilte den riesigen Stapel der ausgedruckten Zeitschriften und der einzulegenden Prospekte in dreizehn gleiche Teile, zeigte ihnen, an welcher Stelle des Heftes die Einlage Platz finden mußte, und übergab jedem seinen Teil der Arbeit.

Dreizehn Jungen machten „zack, zack", wie es Heini genannt hatte. Der Meister lachte über das ganze Gesicht.

„Man sagt, die Drucker könnten nicht nur gut trinken", sagte er, während er die zweite Flasche öffnete, „sondern sie hätten auch ihre eigene Sprache. Ich werde euer ‚zack, zack' an meine Kollegen weitergeben, damit es Schule macht. Vielleicht wird es zu einer offiziellen Bezeichnung in der Druckersprache erhoben!"

Als sämtliche Prospekte in den Zeitschriften verschwunden waren und die Jungen sich dankend vom Buchbindermeister verabschiedeten, hatten sie an ihm einen neuen Freund.
Der Vortag ihres großen Kampfes, mit seinen vielen besorgniserregenden Zwischenfällen und Schwierigkeiten, hatte ein so zufriedenstellendes Ende gefunden, daß die Jungen beruhigt und froh und ohne irgendwelche Angst vor dem kommenden Ereignis nach Hause gingen.

Am nächsten Morgen dagegen, in der ersten Stunde bei Rektor Schulz, überkam sie doch eine leichte Beklemmung. Es war alles so verändert. Statt zu unterrichten, erzählte der Rektor, bemüht, seinen Schülern möglichst launig die Zeit zu vertreiben, Anekdoten aus seiner Jugendzeit.
Zwischendurch betrat ein Lehrer nach dem anderen das Klassenzimmer, um mit dem Rektor die letzten Fragen über die Organisation der An- und Abfahrten zum Poststadion zu besprechen. Als Herr Benecke aber wissen wollte, ob die Lehrer dunkle Abendanzüge tragen sollten, da doch im Anschluß an das Endspiel im Stadionrestaurant ein Essen stattfände, löste sich das beklommene Gefühl der Jungen endlich in ein befreiendes Lachen auf.
Später machte Fräulein Nitschke, die Lehrerin, die dem Rektor bei den Büroarbeiten half, der Klasse ihren Besuch. Sie ließ sich von Hinze die Rechnungen für die Garnituren aushändigen, holte die 152.– Mark aus einer Kassette und wollte sie Hinze geben.
„Das Geld verwalte ich nicht", erklärte dieser jedoch und wandte sich an Matze:
„Herr Finanzminister, Sie haben das Buch mit den Einnahmen.

Darum sollen Sie auch das dazugehörige Kapital bekommen."

„Richtig", entschied Heini, „die Aufteilung des Geldes nehmen wir aber später vor."

Fräulein Nitschke öffnete ein zweites Mal ihre Kassette. „Hier sind weitere 20.– Mark." Sie wandte sich an Heini. „Herr Bernburg hat mir gesagt, daß du vor dem Endspiel noch einen Arzt aufsuchen mußt. Von diesem Geld sollst du die Rechnung bezahlen. Und dies" – wieder ein Griff in die Kassette – „ist das Fahrgeld für die Fußballer. Ich soll es dir aushändigen. Du bist ja wohl der oberste von den Sportlern. Es sind 30.– Mark. Was vom Fahrgeld übrig bleibt, dürft ihr für Limonade oder andere Erfrischungen ausgeben."

Fräulein Nitschke warf stolz den Kopf in den Nacken. Aber diese Bewegung sollte nicht ausdrücken, daß sie mit der Erfüllung ihrer Aufgaben zufrieden sei, sondern vielmehr ihre Erhabenheit über dergleichen Dinge bezeugen. Fräulein Nitschke war nämlich im stillen empört darüber, daß Rektor Schulz, ihr bisheriger Verbündeter im Kampf gegen den Schulfußball, derartige Unsummen für den „Sport der Wilden" hinauswarf und sie obendrein gebeten hatte, heute nachmittag ins Poststadion mitzufahren. Wenn sie nicht die einzige Ausnahme bilden wollte, mußte sie wohl oder übel beim Fußballspiel erscheinen.

Um 10 Uhr versammelten sich sämtliche Schüler in der Aula. Lehrer Benecke gab die Treffpunkte, Abfahrtzeiten und Verhaltungsmaßregeln für den Nachmittag bekannt. Freudigen Beifall erntete er, als er verkündete, daß das Mitbringen von Hupen, Sirenen und anderen Lärmwerkzeugen ganz offiziell gestattet sei.

Überhaupt fiel alles, was an diesem Tage erlaubt war, vollkommen aus dem gewohnten Rahmen des Schulbetriebes. Kein Lehrer sagte ein Wort, als die Schüler mit großem Radau die Aula verließen. Die Jungen konnten sich nicht genug tun, die Tüchtigkeit ihres „Teams“ zu rühmen. Jeder wußte eine andere Geschichte, die die „Stars“ im richtigen Lichte erscheinen ließ. Besonders stolz waren die kleinsten Schüler, die den einen oder anderen Spieler der Schulmannschaft persönlich kannten und in der Pause schon mal ein paar Brötchen, Milch oder ein Heft für sie gekauft hatten.
Als die Fußballer die Schule durch das gleiche Tor verließen, vor dem die vier Nachsitzer vor einigen Wochen mit Bangen die Erlösung aus ihrer Gefangenschaft erwartet hatten, begrüßte sie das laute Gebrüll der wartenden Schüler aus den unteren Klassen. Im Nu war das „Team“ so umringt, daß es sich kaum einen Weg bahnen konnte und auf dem Heimweg hing an jedem Endspielteilnehmer ein Knäuel von mindestens 10 Schülern der 5. Wilmersdorfer Volksschule.

Punkt 2 Uhr trafen sich die Spieler mit den Lehrern Bernburg und Peters vor dem Bahnhof Schmargendorf. Sie waren der letzte, aber auch der wichtigste Schub, der heute zum Poststadion befördert wurde.
Tapfer versuchten die Fußballer, die innere Erregung, die sie allmählich doch erfaßt hatte, zu verbergen. Lampenfieber zu zeigen, war unmännlich, so dachten sie, und merkten nicht, daß sie sich in ihren Bemühungen, dagegen anzugehen, nun doch recht kindlich benahmen. Gerd Hoffmann und Klaus Mond vergnügten sich vor dem Laden des Bahnhoffriseurs damit, abwechselnd, mit ausgestrecktem Arm hochspringend, den an

einer Kette hängenden gelben Blechteller zu erreichen. Sobald sie den Teller trafen, brachen sie in ein Freudengeheul aus, nur weil er dann wie ein Gong tönte. Hinze half ihnen bei dem Spiel, indem er die Treffer auszählte.

Werner Plötz nahm Heini beiseite.

„Mir ist so komisch, Heini", sagte er. „Seit Monaten habe ich mir nun gewünscht, wenigstens einmal im ‚Team' mitspielen zu dürfen. Jetzt ist es gleich das Endspiel geworden. Es ist der schönste Tag meines Lebens. Aber ich bin gar nicht so richtig froh."

Heini gab Plötz einen Stoß in die Rippen.

„Kenn ich, Werner", sagte er. „So komische Gefühle habe ich auch schon gehabt."

„Sie sind wirklich schlimmer als Bauchschmerzen", klagte Werner, „ich habe die halbe Nacht nicht geschlafen."

Heini lachte.

„Weißt du was das ist, Werner? Ganz gewöhnliches Lampenfieber!"

„Meinst du?"

„Klar, du kannst dich beruhigen, das legt sich, sobald mal das Leder erst rollt."

„Aber das ist es ja eben", meinte Plötz kleinlaut, „ich darf gar nicht daran denken, daß es bald rollt. Ich fürchte, ich kann nicht leisten, was von mir erwartet wird. Ich weiß doch ganz genau, daß wir bessere Fußballer in der Schule haben, als mich. Daß du mich für das Endspiel vorgeschlagen hast, war doch reine Gutmütigkeit von dir."

Heini wurde energisch.

„Schlag dir bloß solche Gedanken aus dem Kopf. Ich habe mir das reiflich überlegt und bin ganz sachlich gewesen, als ich dich aufstellte. Ich will mal ganz ehrlich mit dir reden. Wenn Schöne oder Kaiser gesund wären, würdest du heute nicht mitspielen. Die beiden sind ganz klar besser als du. Nachdem sie aber nicht dabei sein können, bist du für uns der nächste richtige Mann. Du kannst doch mit dem Ball umgehen. Mag sein, daß der eine oder andere Ersatzspieler durchschlagskräftiger ist als du, aber technisch bist du der versierteste von allen. Da die Charlottenburger alles andere als hart spielen, ist das entscheidend. Du mußt in erster Linie die Bälle schnell weiterleiten, und, wenn es geht, hohe Flanken hereingeben, so wie wir es gestern im Training probiert haben."

„Ja, beim Training!" sagte Werner, immer noch ein bißchen wehleidig, „das ist auch etwas anderes. Aber stell dir vor, wenn heute nachmittag alle Lehrer und Eltern dabeisitzen! Und die Zeitungsleute! Und der Schulrat! Vom Oberbürgermeister haben sie auch gesprochen."

„Das ist ja der Blödsinn", antwortete Heini, „das heißt, nicht daß die alle kommen, ist Blödsinn, im Gegenteil, das ist prima. Aber daß Rektor Schulz so viel Wesen davon gemacht hat. Damit hat er unser ganzes ‚Team' aufgeregt. Der hat eben keine Ahnung von der richtigen ‚Psyche' des Fußballers."

Auf das Wort „Psyche", das Heini gelegentlich in einem Spielbericht von Ernst Werner gelesen hatte, war er sehr stolz. Außerdem hatte seine Anspielung auf Rektor Schulz endlich den Erfolg, daß Werner Plötz lachte.

„Ist doch so", bekräftigte er daher noch einmal. „Erst strapaziert er unsere Nerven, weil er nichts vom Fußball wissen will, und dann, weil er zuviel davon wissen will. Der sollte sich mal selber auf den goldenen Mittelweg begeben, den er uns so oft predigt."

Lehrer Peters, der zu den beiden herangetreten war, unterbrach die Unterhaltung.

„Ich glaube, jetzt ist wohl nicht der Zeitpunkt, sich mit dem Herrn Rektor zu beschäftigen. Wir müssen zum Arzt, Heini. Wegen der Spritze. Ich habe uns für 1/23 Uhr bei Dr. Beck angemeldet."

Als Heini, neben dem Medikamententisch wartend, die Vorbereitungen sah, die der bekannte Kniespezialist Dr. Beck für die Spritze machte, mußte er an Werner Plötz denken, dem vorhin so komisch war. Ihm war im Augenblick noch viel komischer. Lieber hätte er jetzt auf Anhieb einen entscheidenden Elfmeter geschossen, als sich die Nadel ins Bein pieken zu lassen. Aber er benahm sich dennoch heldenhaft und zuckte, als er dem Arzt für den Einstich den Rücken zudrehte, mit keiner Wimper.

„Fertig", sagte Dr. Beck.

Heini drehte sich erstaunt um. Er hatte gar nichts gemerkt. Dr. Beck wollte ihn wohl verulken?

„Ja, mein Junge, fertig!" lachte der Arzt. „Schlimm, was?"

Er entnahm seinem Medizinschränkchen eine zweite Ampulle und wandte sich an Lehrer Peters.

„Die geben Sie doch bitte dem diensttuenden Arzt im Poststadion. Ich weiß nämlich nicht genau, ob die jetzige Spritze bei der körperlichen Anstrengung, der unser Patient ausgesetzt sein wird, bis zum Spielende vorhält. Falls er Schmerzen bekommen sollte, kann er sich ohne Gefahr die zweite Ladung geben lassen. Die „Meisterschaft" soll nicht durch mangelnde ärztliche Kunst gefährdet werden!"

Er gab Heini einen freundschaftlichen Klaps.

„Hals- und Beinbruch. Ich werde mir heute abend von meinem

Freund Ernst Werner berichten lassen, ob ihr Meister geworden seid oder nicht. Wir haben nämlich heute abend unseren Fußballstammtisch."

Vor der Haustür des Arztes machte Lehrer Peters den Vorschlag, mit einem kleinen Spaziergang ein paar S-Bahnstationen zu überschlagen. Die frische Luft tat Heini gut.

„Ich habe heute Ihren Artikel über uns gelesen", begann er die Unterhaltung, „ich fand ihn sehr gut. Und vor allem ehrlich."

„So?" sagte Peters kurz.

Heini ließ nicht locker.

„Was muß man eigentlich lernen, wenn man später auch solche Artikel über Fußball schreiben will?"

„Ja, mein Junge, das ist schwer zu beantworten."

Er sah prüfend auf Heini.

„Hättest du denn Lust dazu?"

„Ja, ich glaube manchmal, ich bin zu nicht viel anderem nütze, als zum Fußball. Alles, was ich sonst anfasse, wird nichts. Mein Vater sagt immer, ich hätte zwei linke Hände. Ich hätt's nur in den Beinen. Aber Fußball ist ja bei uns in Deutschland kein Beruf. Und nun suche ich nach einem, der wenigstens etwas mit dem Fußball zu tun hat."

„Und da dachtest du an den Sportjournalismus?"

„Ich dachte an Artikel, wie Sie ihn geschrieben haben. Journalismus ist so ein hohes Wort dafür", sagte Heini versonnen.

„Nun ja", erklärte Peters, „Journalisten nennt man die Leute, die beruflich für Zeitungen schreiben. Sieh mal, was ich da verbrochen habe, hat nichts mit Journalismus zu tun. So eine kleine Sache können viele schreiben. Du auch."

„Was muß man denn lernen, wenn man Journalist werden will?" wollte Heini wissen.
„Das ist schwer zu sagen", antwortete Peters. „Der Journalismus ist ein freier Beruf und da gibt es keine Ausbildungsvorschrift. In erster Linie muß mal die Begabung dazu vorhanden sein. Und dann wird eine gute Allgemeinbildung gefordert. Ich glaube, je größer die Allgemeinbildung, desto höher kann man aufsteigen."
„O je", sagte Heini, und dachte an seine Zensuren. „Damit ist es bei mir nicht weit her."
„Die meisten Journalisten haben ihr Abitur gemacht", erzählte Peters weiter. „Eine ganze Reihe von ihnen hat auch die Hochschulen besucht. Sieh mal, wenn man für Tausende und vielfach sogar für Hunderttausende schreibt, muß man doch ein bißchen mehr verstehen, als die Leser, meinst du nicht auch?"
„Na ja", sagte Heini, „von dem, über was man schreibt. Und vom Fußball versteh ich eine ganze Menge."
Jetzt mußte Peters lachen.
„Du bist ja nicht klein zu kriegen. Dann sieh mal zu, zukünftiger Herr Journalist. Ich habe dir ja schon vorhin erzählt, daß der Journalismus ein sogenannter ‚freier Beruf' ist, in dem keine vorgeschriebenen Gesetze gelten. Das heißt, daß auch Außenseiter Chancen haben können, wenn ihre Begabung stark genug ist und sie durch eisernen Fleiß das nachholen, was ihnen ihr Ausbildungsweg nicht so bequem wie manchen andern in den Schoß geworfen hat!"
Heini schwieg. Die Unterhaltung hatte ihn gedankenvoll gestimmt. Auch war der S-Bahnhof, von dem aus sie den Zug zum Poststadion besteigen wollten, in Sicht.

XIV

Als Peters und Heini das Poststadion betraten, war das Vorspiel schon bis zur Mitte der 2. Halbzeit fortgeschritten. Mindestens 40000 Schulkinder füllten bereits die Zuschauertribünen. Es gab kaum noch einen Platz. Und dabei strömten immer noch neue Schulklassen durch die Stadiontore herbei.

Auf der großen Tribüne hatten die Lehrer und Eltern neben den Zeitungsreportern Platz genommen. Rektor Schulz saß zwischen Papa Kamke und Matzes Vater, der noch seine blaue Postuniform trug weil er erst im letzten Augenblick das Amt hatte verlassen können. An seiner rechten Seite hatte Papa Kamke Frau Ritter postiert. Heini hatte ihm, bevor er sich zu Hause verabschiedete, dringend ans Herz gelegt, bei Frau Ritter den Kavalier zu spielen. Nachdem Frau Ritter sich überwunden, und die „Fußballhorde" so sehr ins Herz geschlossen hatte, daß sie sogar kostenlos Bier besorgte, wollte sie ihren Sohn wenigstens einmal spielen sehen. Papa Kamke erfüllte die ihm von Heini auferlegte Aufgabe, Frau Ritter die wichtige Position ihres Sohnes im „Team" klarzumachen, mit Eifer. Das war für ihn insofern gar nicht leicht, als Rektor Schulz an seiner linken Seite das ihm von Herrn Krause empfohlene Fußballwissen Papa Kamkes weidlich ausnutzte und ununterbrochen etwas zu fragen hatte. So wandte sich Papa Kamke bald nach der einen, bald nach der anderen Seite und kam kaum dazu, auf den Platz zu sehen.

Auf der Aschenbahn vor der Stadiontribüne waren für die Teilnehmer am Endspiel zwei lange Bänke reserviert. Heini und Peters nahmen am Ende der Wilmersdorfer Bank Platz.

„Wie steht es denn?“ wollte Heini von Plötz wissen, der neben ihm saß.
„3:1 für Pankow. Die sind ja auch besser.“
Kurz darauf spürte Heini, daß ihm jemand von hinten auf die Schulter tippte. Er drehte sich um. Hinter ihm stand, im Straßenanzug, Pankows Mittelläufer Wallner.
„Was machst du denn hier?“ fragte ihn Heini erstaunt. „Spielst du denn nicht mit? Ich habe noch gar nicht bemerkt, daß du nicht dabei bist. Ich bin eben erst vom Arzt gekommen.“
Wallner sah beschämt zu Boden.
„Darum bin ich ja zu dir gekommen“, sagte er gezwungen, „ich wollte mich entschuldigen. Ich war am letzten Mittwoch im Spiel gegen euch so schrecklich wütend. Da konnte ich mich einfach nicht beherrschen.“
„Wir wollen es vergessen“, sagte Heini ein wenig verlegen. „Warum spielst du denn heute nicht mit?“
„Ich hatte ein schlechtes Gewissen“, erklärte Wallner.
„Aber deshalb kannst du doch mitspielen!“
„Ich bin gestern zu unserem Turnlehrer gegangen und habe ihm gesagt, was neulich los war. Daß ich dich mit Absicht getreten habe. Und da bin ich von meiner eigenen Schule für das heutige Spiel gesperrt worden.“
„Donnerwetter“, sagte Heini. Er fand selbst, daß das Wort wohl nicht ganz hierher paßte, aber es fiel ihm einfach nichts anderes ein.
„Es ist ja nicht so schlimm“, beruhigte Wallner. „Hauptsache, daß du heute spielen kannst. Da bin ich schon beruhigt.“
„Nun gib mal bloß nicht so an, Wallner. Du möchtest doch bestimmt lieber da unten stehen. Aber, nichts für ungut. Ich muß jetzt gehen. Wir müssen uns umziehen. Wir sehen uns

doch nach dem Spiel noch, beim Essen? Ihr seid doch auch eingeladen!"
Wallner schüttelte den Kopf.
„Ohne mich."
„Dann warte nach dem Spiel vor dem Stadionrestaurant auf mich. Ich komme zu dir."
Heini gab Wallner die Hand und schloß sich den Spielern an, die soeben zur Umkleidekabine abrückten. Der Charlottenburger Torwart Helmuth Hummel gesellte sich zu ihm.
„Sag mal, Heini, was wollte denn der Wallner von dir? Der hat aber Mut. Ich finde es übrigens von den Pankowern sehr korrekt, daß sie ihn gesperrt haben. Sie mußten doch damit rechnen, daß sie unter ungünstigen Umständen dadurch den 3. Platz riskierten!"
„Mir tut er beinahe leid", meinte Heini. „Schließlich hat er doch nur geholzt, um seiner Mannschaft zum Sieg zu verhelfen."
Helmuth Hummel hatte keine Gelegenheit mehr, darauf zu antworten. Bernburg lief nämlich durch den Gang und rief:
„Mir scheint, verschiedene Herren brauchen noch eine schriftliche Einladung! Beeilt euch, zieht euch um, das Vorspiel ist bald beendet!"
In der Umkleidekabine waren die Jungen eifrig bemüht, ihre Aufregung hinter allerlei Späßen zu verbergen.
Hermann Hinze hatte den braunen Teddybären mitgebracht, setzte ihn auf die Massagebank und verrenkte Arme und Beine zu einer possierlichen Stellung.
„Der kommt heute mit auf das Spielfeld und bleibt bei mir im Tor, dann geht alles gut."
Matze Krause spottete:

„Du, Hermann, ich kannte mal einen Torwart, der hatte auch immer einen Teddybären im Netz liegen. Dessen Teddy hatte aber die komische Eigenschaft, alle Bälle magnetisch anzuziehen."

Alles lachte. Hänschen Ritter ging zum nächsten „Flachs" über.

„Ich hätte heute eine dringende Bitte an unseren hochverehrten Sturm: Hört bei 10:0 mit dem Toreschießen auf! Ich kann mir sonst das Ergebnis nicht merken."

„Du mußt dir sowieso einen Bleistift mitnehmen", riet Hoffmann mit ernsthaftem Gesicht. „Wir haben insgeheim beschlossen, daß wir nach dem 12. Charlottenburger Tor den Schlußmann auswechseln. Dann mußt du für Hinze ins Tor. Hermann kann inzwischen seinen Teddybären füttern."

Bernburg freute sich über seine Jungen.

„Euer Galgenhumor ist nicht schlecht. Vergeßt aber das Umziehen nicht ganz!"

Es wurde auch höchste Zeit, denn schon erschien der Schiedsrichter in der Kabine.

„In fünf Minuten pfeife ich euch heraus. Am Tunnelausgang bleibt ihr stehen. Dort erhält jeder der Kapitäne einen Ball von mir. Ich darf euch dazu sagen, daß die Stadt Berlin sie als Geschenk für die Endspielmannschaften gestiftet hat."

„Hurra!" riefen die Jungen.

„Und mit welchem von den beiden Bällen werden wir spielen?" fragte Heini.

„Den Spielball habe ich bei mir. Beruhige dich!" sagte der Schiedsrichter lachend. „Hört aber weiter zu. Vom Tunnelausgang lauft ihr nebeneinander auf das Spielfeld. Voraus die beiden Spielführer, die anderen, der Größe nach, hinterher.

An der Mittellinie wird gestoppt. Bis zum Anpfiff könnt ihr euch dann noch etwas einschießen. Und damit ich's nicht vergesse: Reklamationen seitens der Spieler gibt es nicht. Spielt also anständig. Ich werde jedes kleine Vergehen sofort abpfeifen."

Der Schiedsrichter wollte sich zum Gehen wenden, stutzte aber plötzlich, als er Bernburg erblickte, der gerade damit beschäftigt war, Ritters Bandagen zu befestigen.

„Ist es möglich", rief er. „Der Robert Bernburg ist auch hier? Haben Sie denn Ihren Groll gegen den Fußballsport endlich aufgesteckt?"

Bernburg sah auf und nickte freundlich.

„Es freut mich auch, Sie zu sehen", meinte er. „Sie entschuldigen aber. Ich bin beschäftigt."

Er deutete auf Ritter.

„Ich muß ja auch gehen", sagte der Schiedsrichter. „Wir sehen uns doch sicher nachher."

„Kennen Sie den Schiedsrichter?" fragte Heini.

„Wir sind uns früher schon einmal begegnet", antwortete Bernburg kurz.

Heini hätte gern noch mehr gewußt. Vor allem, was der Schiedsrichter mit dem Groll gegen den Fußball gemeint haben konnte. Aber in der Antwort des Lehrers hatte ein so abweisender Ton geklungen, daß er nicht mehr zu fragen wagte.

In diesem Augenblick ertönte im Flur ein langgezogener Pfiff.

„Macht es gut und denkt, es sei irgendein unwichtiges Spiel! Wird schon schief gehen!" Bernburg nickte seinen Jungen aufmunternd zu.

Im Gang trafen sich die beiden Gegner. Die Farben ihrer

Trikots hoben sich voneinander ab. Die Wilmersdorfer trugen ihre azurblauen Hemden und weißen Hosen; die Charlottenburger waren in roten Hemden und schwarzen Hosen erschienen.
Heini, der neben dem gefährlichen Mittelstürmer Klappstein stand, fragte:
„Habt ihr nicht bisher immer weiße Hemden gehabt?"
„Habt ihr nicht bisher überhaupt keine Hemden gehabt?" fragte Klappstein zurück. „Und wenn ihr jetzt auf Schalke macht" — er sah auf Heinis blauweiß-geringelte Fußballstrümpfe — „dann dürfen wir uns ja wohl erlauben, das Schwarz/Rot des 1. FC Nürnberg zu tragen."
Er zeigte auf sein rotes Hemd.
„Hoffentlich habt ihr die Nürnberger überhaupt schon mal spielen sehen", parierte Heini. „Von wegen deren Stil!"
„Und ob wir die gesehen haben! Unsere Mannschaft bekam von der Schule Freikarten für das deutsche Endspiel. Das fand hier im Poststadion statt. Die Nürnberger holten sich gegen Fortuna Düsseldorf die Deutsche Meisterschaft. Damit du's nur weißt."
Heini lachte aus vollem Halse.
„Stell dir vor, das hat sich sogar schon bis zu uns herumgesprochen!"
Als die beiden Mannschaften die Stadiontreppe hinaufliefen, begegneten ihnen die zurückkommenden Pankower und Oberschöneweider Spieler.
„Wie habt ihr gespielt?" fragte Heini im Vorbeigehen.
„3:2 für die andern", sagte ein Oberschöneweider Spieler.
Pankow hatte sich also den 3. Platz der Berliner Schulmeisterschaft gesichert.

Ein ohrenbetäubender Jubel erscholl im Stadion, als die beiden Mannschaften, an deren Spitze der Schiedsrichter, hinter ihm die beiden Spielführer mit ihrem neuen Ball im Arm, auf dem Spielfeld erschienen. Es war nicht anders als bei großen Städte- und Länderspielen, nur daß der Schrei aus den jugendlichen Kehlen etwas heller klang.
Heini hatte sich für den Auftritt etwas Besonderes ausgedacht. Auf der Mittellinie angekommen, nahm seine Mannschaft in der Front zur Tribüne Aufstellung und verbeugte sich. Dann wendete sie exakt und machte die zweite Verbeugung nach der anderen Stadionseite. Diese Begrüßung, die Heini den Italienern in ihrem 2:2-Spiel gegen Deutschland abgeguckt hatte, hatte damals auf ihn mächtigen Eindruck gemacht. Jetzt ernteten er und seine Mannschaft damit einen Sonderapplaus. Über die Gesichter der Erwachsenen huschte beim Anblick der in der Mitte ausgerichteten neun gleich großen Spieler, die an einem Ende von ihrem um einen Kopf kleineren Spielführer und am anderen von dem ebenso kleinen Matze eingerahmt wurden, ein Lächeln.
Während die Mannschaften mit ihren Bällen zu den Toren liefen, um sich einzuschießen, rief der Schiedsrichter die beiden Spielführer zu sich.
Er nannte seinen Namen.
„Koppehel."
Der Charlottenburger Spielführer gab ihm die Hand.
„Helmuth Hummel."
Heini hätte beinahe vergessen, „Kamke" zu sagen. Und kaum hatte er seinen Namen heraus, da fragte er auch schon:
„Sind Sie vielleicht der Carl Koppehel?"
„Ja, hast du was dagegen?"

„Nein", beeilte sich Heini zu versichern. „Aber ich habe zu Hause ein Fußballbuch von Ihnen."
„Na, hoffentlich hast du es schon mal allen Mitspielern zu lesen gegeben. Dann bin ich heute ja überflüssig, wenn du das ‚Regelbuch für die Jugend' meinst."
Er lachte gutmütig und hielt ein Geldstück hoch.
„Zahl oder Adler?"
Hummel antwortete:
„Adler!"
Koppehel warf das Geldstück in die Luft. Alle drei sahen gespannt auf die Stelle, auf der es im Rasen landete.
„Adler liegt oben, Charlottenburg hat die Wahl!"
Der Schiedsrichter machte eine einladende Handbewegung.
„Wir spielen mit Sonne und Wind im Rücken", sagte Hummel fachmännisch.
„Aber nur in der 1. Halbzeit, wenn ich bitten dürfte", parierte Heini. Die drei mußten herzlich lachen.
Während die beiden Mannschaften zu den Toren eilten, ertönte aus den Lautsprechern die Bekanntgabe ihrer Aufstellung. Für das „Team" hieß sie:

Hermann Hinze
(Torwart)

Georg Frentzel (rechter Verteidiger) — Heinz Augustin (linker Verteidiger)

Erwin Pilz (rechter Läufer) — Hänschen Ritter (Mittelläufer) — Heinrich Erhardt (linker Läufer)

Klaus Mond (Rechtsaußen) — Gerd Hoffmann (Halbrechts) — Heini Kamke (Mittelstürmer) — Matze Krause (Halblinks) — Werner Plötz (Linksaußen)

Der Augenblick, in dem Koppehel das Endspiel anpfiff, war von einem überwältigenden Getöse der Tuten und Sirenen er-

füllt. Heini berührte als erster den Ball. Er schob ihn zu Matze, und damit hatte das Spiel begonnen.
Matze gab das Leder zurück zu Ritter, und der schoß einen langen hohen Ball steil auf den Linksaußenposten. Plötz war rechtzeitig gestartet, stoppte sich den Ball, wußte aber plötzlich nicht mehr weiter. Doch ehe er von einem Charlottenburger angegriffen wurde, war Heini neben ihm und rief:
„Hierher, Werner!"
Plötz war froh, daß er den Ball so schnell wie möglich wieder loswerden konnte. Statt ihn aber direkt zu Heini zu spielen, schob er ihn in der Aufregung steil nach vorn in die Richtung des Charlottenburger Strafraums. Doch er hatte Glück. Die Charlottenburger Abwehrspieler, die mit einem so anfängerhaften Fehler nicht gerechnet hatten, blieben wie angewurzelt stehen. Heini dagegen erkannte blitzschnell die Situation. Er lief sofort dem Ball nach, übernahm ihn kurz vor der Strafraumgrenze und stürmte auf Hummels Tor zu.
Hummel raste, um Heini den Schußwinkel zu verkürzen, aus seinem Tor heraus. Aber Heini war um Sekundenbruchteile eher am Ball und schob ihn mit ausgestrecktem Bein an Hummel vorbei ins Charlottenburger Tor. Im gleichen Augenblick prallten Torwart und Mittelstürmer mit unheimlicher Wucht aufeinander. Während 45 000 Zuschauer begeistert „Tor" jubelten, lagen die beiden Gegner auf dem Elfmeterpunkt am Boden.
Hummel hatte sich bald erholt und nahm seinen Platz wieder ein. Heini dagegen humpelte hinter das Charlottenburger Tor. Die große Sensation, daß die Wilmersdorfer 30 Sekunden nach Beginn mit 1:0 führten, war teuer erkauft worden. Heinis Bein schmerzte so sehr, daß er keinen Schritt mehr gehen

konnte. Das „Team“ mußte erst einmal mit zehn Mann weiterspielen.
Als es den ersten Eckball für die Charlottenburger gab, nahm Hummel sich einen Augenblick Zeit und besuchte Heini hinter dem Tor.
„Tut mir furchtbar leid, Heini. Aber ich konnte beim besten Willen nicht mehr ausweichen.“
„Ist doch klar, Helmuth. Ich wollte an dir vorbeilaufen. Aber dann lief mir der Ball weg. Der ist eben zu rund!“
„Na, deinen Humor hast du ja schon wieder“, sagte Hummel. „Komm nur bald wieder aufs Spielfeld!“
Das Gespräch wurde von einem Torschrei unterbrochen. Charlottenburg hatte im Anschluß an den Eckball ausgeglichen. Es stand 1:1.
Im gleichen Augenblick erschienen Peters und der diensttuende Arzt bei Heini hinter dem Tor.
„Ich kann alles bewegen!“ rief Heini ihnen entgegen. „Nur das Bein schmerzt wieder.“
„Ich weiß schon Bescheid“, sagte der Arzt. „Herr Peters hat mir die Ampulle gegeben.“
„Du hast es ein bißchen eilig mit deinen Spritzen“, meinte Peters. „Aber daran ist jetzt nichts zu ändern. Wir müssen dich wieder fit machen.“
Während der Arzt die Spritze verabreichte, sah Heini durch das Netz zum Tor seiner Mannschaft hinüber und bemerkte, daß Hinze durch die Luft flog, um einen Schuß aus der unteren Ecke des Tores zu erhechten. Der Radau, der folgte, und der Freudensprung, den Hummel vollführte, ließen keinen Zweifel aufkommen. Der Schuß hatte Charlottenburg das 2:1 gebracht.

Heini hielt es vor Ungeduld kaum noch aus. Dennoch mußte er zehn Minuten warten, bis die Spritze ihre Wirkung tat. Als es aber endlich so weit war und er die Gelegenheit eines Eckballs wahrnahm, um sich beim Schiedsrichter zu melden, brachen die Zuschauer, die zum Teil jetzt erst merkten, daß die Wilmersdorfer 20 Minuten lang mit nur zehn Mann gespielt hatten, in einen lang anhaltenden Beifall aus.
Trotzdem war Heini vorsichtig. Um unnötigen Zweikämpfen, die seinem Bein vielleicht schaden könnten, aus dem Wege zu gehen, entschied er sich, Plötz vorerst in die Mittelstürmer-Position zu schicken und selbst Linksaußen zu spielen.
Nun war die Wilmersdorfer Mannschaft also wieder vollzählig. Aber es gelang ihr auch jetzt nicht, das Spielgeschehen an sich zu reißen. Die Charlottenburger behielten das Heft so fest in der Hand, daß das „Team" kaum aus der eigenen Spielhälfte herauskam. Seine Abwehrspieler mußten ein wahres Trommelfeuer über sich ergehen lassen. Glücklicherweise meisterte Torwart Hinze die schwierigsten Aufgaben, und in den wenigen Gefahrenmomenten, in denen er bereits überwunden war, sprangen Ritter, Pilz und Frentzel für ihn ein, um die Bälle von der Torlinie zurückzuschlagen.
Lediglich der Hochform der gesamten Wilmersdorfer Hintermannschaft war es am Ende zu verdanken, daß die Charlottenburger trotz ihrer drückenden Überlegenheit nur mit einer 2:1-Führung in die Halbzeit gingen.
Erschöpft fielen die Spieler ins Gras. Die Sonne hatte während des Spieles glühend über dem Platz gestanden, und die Jungen griffen begierig nach den Bechern, die mit heißem Tee und Zitrone gefüllt, herumgereicht wurden. Niemand sprach mehr als nötig war.

Um so lebhafter ging es auf der Haupttribüne zu. Rektor Schulz führte das Wort:

„Die Charlottenburger sollen sich nur nichts auf ihre Tore einbilden. Wenn der Kamke nicht verletzt worden wäre, dann hätten wir die Nase vorn. So ein Handicap müßte im Ergebnis berücksichtigt werden!"

Er schnappte nach Luft und wischte sich den Schweiß von der Stirn.

„Überhaupt", fuhr er fort, „wir haben doch 15 Garnituren gekauft! Warum hat sich denn nicht ein anderer umgezogen und ist aufs Spielfeld gegangen?"

„Wenn ich mal was sagen darf, Herr Rektor", mischte sich Papa Kamke bescheiden ein, „das geht nicht so einfach. Beim Endspiel dürfen keine Spieler ausgewechselt werden. Das ist verboten!"

„Eine himmelschreiende Ungerechtigkeit!" tobte der Rektor. „Zehn gegen Elf! Wenn ich das vorher gewußt hätte, ich wäre beim Schulrat vorstellig geworden, um die Spielregeln ändern zu lassen."

Über Papa Kamkes Gesicht zog ein Lächeln. Er überlegte, ob es Heini wohl schaden könne, wenn er dem Rektor widerspräche. Da drehte sich ein vor ihnen sitzender Herr um und sagte freundlich:

„Die Bestimmung, bei Meisterschaftsspielen nicht auszuwechseln, hat schon ihre Bedeutung. Bevor sie getroffen wurde, ist es nämlich vorgekommen, daß von den Mannschaften eine Verletzung vorgetäuscht wurde, um einen Spieler, der einen schlechten Tag hatte oder müde geworden war, durch einen frischen zu ersetzen."

Rektor Schulz blickte den Sprecher empört an.

„Sie meinen wohl, wir täten nur so, als ob der Kamke verletzt sei, was? Sie sind wohl ein Anhänger von Charlottenburg?"
Der Herr in der ersten Reihe lachte herzlich:
„Ich wohne zwar in Charlottenburg, aber von mir aus soll die Mannschaft gewinnen, die die beste ist!"
„Wirklich?" fragte Rektor Schulz, immer noch zweifelnd.
„Wirklich!" bestätigte der Herr. „Im übrigen glaube ich kaum, daß es eine Mannschaft gibt, die daran interessiert ist, ihren Spielführer in der ersten Spielminute auszuwechseln."
Rektor Schulz beruhigte sich sichtlich.
„Na ja", meinte er, „sowas hätte ich auch nicht auf dem tüchtigen Jungen sitzen lassen."
Wieder war das Lachen auf seiten des Fremden.
„Freut mich", sagte er, „ich bin nämlich ebenfalls der Ansicht, daß Ihr Spielführer ein sehr begabter Fußballer ist. Und nicht nur er, auch seine beiden Nebenmänner sind es. Ich habe Ihre drei Innenstürmer schon beim Auswahlspiel Nord-Ost gegen Süd-West gesehen. Da hat's mich förmlich vom Sitz gerissen, so begeistert war ich. Darum tut mir die heutige Verletzung Ihres Mittelstürmers doppelt leid. Hoffentlich ist es nichts Ernstes."
Papa Kamke erachtete den Augenblick für gekommen, sich ins Gespräch zu mischen.
„Er ist leider früher mal am Knie verletzt worden", sagte er. „Nun ist es ein ganzes Jahr gut gegangen. Und ausgerechnet neulich im Spiel gegen die Pankower hat er einen Schlag vor's Schienbein bekommen. Dadurch ist er heute besonders empfindlich!"
„Sie kennen den Jungen schon lange?" fragte der fremde Herr zurück. „Ist er ein Schüler von Ihnen?"

Papa Kamke fühlte sich sehr geehrt, daß man ihn für einen Lehrer hielt, aber er wollte doch ehrlich sein.
„Nein“, antwortete er daher, „ich bin nur der Vater von dem Jungen.“
Der Herr vor ihm erhob sich:
„Das ist ja großartig! Dann sind Sie Herr Kamke! Freut mich aufrichtig, Sie kennenzulernen. Mein Name ist Werner.“
Papa Kamke reichte ihm die Hand.
„Sie haben so nett von meinem Sohn gesprochen. Ich danke Ihnen.“
„Sie können stolz auf ihn sein“, versicherte der andere, „aus dem kann mal was werden. Das ist ein reiner Instinktfußballer mit einem phantastischen Torriecher. Bestellen Sie ihm einen herzlichen Gruß von mir und mein Kompliment!“
„Gern“, versprach Papa Kamke, glücklich über das Lob, „nur“ — er zögerte — „entschuldigen Sie, ich habe Ihren Namen vorhin nicht richtig verstanden.“
„Werner“, wiederholte der Herr und setzte liebenswürdig hinzu: „Ernst Werner, ‚Fußballwoche‘!“
Papa Kamke machte große Augen.
„Sie sind der berühmte E. W.?“
„Ja“, bestätigte der andere. „E. W. bin ich ohne Zweifel. Das mit der Berühmtheit kann man nie so genau wissen.“
„Der Heini wird aus dem Häuschen sein, wenn ich ihm das erzähle“, staunte Papa Kamke immer noch. „Der hat sich Ihre Kritik vom Auswahlspiel über sein Bett gehängt!“
E. W. schmunzelte:
„So, so, übers Bett! Das hört man gern. Ich habe mir sagen lassen, daß sich viele Fußballer meine Kritiken aufhängen, aber meist an einem ganz anderen Örtchen!“

Das schallende Gelächter der Umsitzenden leitete den Beginn der zweiten Halbzeit ein. Sie hatten bei der angeregten Unterhaltung fast übersehen, daß die Spieler inzwischen wieder Aufstellung genommen hatten. Nun wandten sie ihre Blicke gespannt auf das Spielfeld.
Die Wilmersdorfer begannen mit einem rasanten Angriffsspiel, aber die außergewöhnliche Form des Charlottenburger Torwarts Helmuth Hummel, dessen Abwehrparaden die schußfreudigen Stürmer des „Teams" fast zur Verzweiflung brachten, verhinderte, daß sich die Angriffe in einen zählbaren Erfolg umsetzten.
Wie Hummel die Schüsse im voraus erahnte, grenzte schon an Hellsichtigkeit. So hielt er einen aus kürzester Entfernung abgefeuerten Ball von Mond, lenkte einen flachen Kopfstoß von Gerd Hoffmann zur Ecke und tötete kurz hintereinander mehrere von Matze genau placierte Scharfschüsse.
Seine größte Leistung in diesem Spiel vollbrachte er aber, als Heini, den Matze mit einer sagenhaften Körpertäuschung freigespielt hatte, aus 10 Meter Entfernung einen Ball hoch in die linke Torecke schoß.
Dieser Ball war nach menschlichem Ermessen einfach nicht mehr zu halten. Heini riß schon vor Freude die Arme hoch, da flog Hummel in die bedrohte Ecke, reckte sich und bekam den Ball tatsächlich noch mit den Fingerspitzen zu fassen. Spontaner Beifall belohnte ihn für diese Tat.
Ein paar Sekunden lang stand Heini wie erstarrt mit immer noch hochgehobenen Armen. Dann wurde ihm bewußt, daß die Begeisterung der Zuschauer ja nicht ihm, sondern dem gegnerischen Torwart galt. Er ließ die Arme sinken und tat, einer plötzlichen Eingebung folgend, etwas, was den Beifall

des Publikums zu einem wahren Jubelgeschrei anwachsen ließ. Er lief auf den gegnerischen Torwart zu, umarmte ihn und gratulierte ihm zu seiner phantastischen Leistung.

Von diesem Augenblick an herrschte im Poststadion eine Stimmung wie bei einem Länderspiel. Jeder Angriff war von einem Begeisterungssturm auf den Tribünen begleitet. Diese Geräuschkulisse beflügelte wiederum die Spieler auf dem grünen Rasen. Die dramatischen Höhepunkte steigerten sich von Minute zu Minute.

Da platzte, wie aus heiterem Himmel, mitten in eine Drangperiode der Wilmersdorfer hinein, das dritte Tor für die Charlottenburger, deren schneller rechter Flügel sich mit wenigen Zügen bis vor das gegnerische Tor gespielt und den Ball über Hinzes Kopf hinweg ins Tor gelenkt hatte. Das war so schnell gegangen, daß nicht nur die meisten Zuschauer auf den Tribünen, sondern auch einige Spieler auf dem Feld sich fragten, wie es hatte geschehen können.

Unter den Zuschauern bildeten sich zwei verschiedene Lager. Die einen schwenkten vor Begeisterung ihre schwarz-roten Fahnen, die anderen machten lange Gesichter.

Rektor Schulz lag, nach hinten zurückgebeugt, die Arme weit von sich gestreckt, mehr auf seinem Platz, als daß er saß.

„Jetzt ist alles vorbei!“ stöhnte er.

„Nur nicht verzweifeln“, tröstete E. W., „vielleicht wird es jetzt erst richtig spannend. Ich verlasse mich auf die drei Innenstürmer.“

Papa Kamke pflichtete ihm bei.

„Wie ich den Wundersturm kenne, hat der die Katze noch nicht aus dem Sack gelassen. Wir können uns noch auf allerlei gefaßt machen!“

Auch die Charlottenburger schienen das Gefühl zu haben, daß sich an dem 3:1 noch einiges ändern könnte, denn sie richteten von nun an ihr Augenmerk darauf, das Spiel so offen wie möglich zu halten.
Der Schauplatz wechselte von Tor zu Tor. Einmal war Hinze der Mittelpunkt des Geschehens, ein andermal mußte Hummel seine ganze Kraft einsetzen.
Ganz allmählich schälte sich aber doch eine gewisse Vorherrschaft der Wilmersdorfer heraus. Vor allem der Innensturm wurde von Minute zu Minute stärker. Hoffmann bewies sich wieder einmal als unermüdlicher Ballschlepper, Matze verteilte wie ein großer Regisseur die Bälle und Heini wartete in vorgeschobener Position auf Schußmöglichkeiten. Von der Mittellinie her rief ihnen Rechenlehrer Peters in Abständen die Zeit zu.
„Noch neun Minuten", verkündete er gerade, da holte sich Hoffmann einen Abschlag von Hinze, lief mit dem Ball in die Charlottenburger Hälfte, und schon rannten ihm auch Heini und Matze entgegen. Im schnellen Abspiel kombinierten sich die drei bis zur Strafraumgrenze vor.
Dort benutzte Heini einen Augenblick, in dem Matze in der linken Strafraumecke ungedeckt war, um ihm den Ball zuzuschieben. Matze stoppte sich das Leder. Aber statt aus seiner günstigen Position sofort zu schießen, wartete er in Seelenruhe, bis der gegnerische rechte Verteidiger und Mittelläufer ihm den Weg abgeschnitten hatten. Es störte ihn auch nicht, daß sich unter den Zuschauern bereits der Ansatz eines Pfeifkonzerts bemerkbar machte. Mit unbeweglicher Miene ließ er die beiden Gegner so dicht wie möglich herankommen. Dann schob er den Ball mit dem Hacken seitwärts auf den Elfmeterpunkt.

Als wäre dieser Trick auf den Zentimeter genau einstudiert, lief Heini in den Querpaß hinein und jagte nun aus 10 Meter einen so gewaltigen Schuß ins Netz, daß der sonst so reaktionsschnelle Hummel nicht einmal mehr die Arme zur Abwehr hochreißen konnte.

Nur noch 3:2 für die Charlottenburger! Das schrille Pfeifen ging jäh in einen rauschenden Beifall über. Das Publikum, soeben noch überzeugt, daß den Charlottenburgern die Meisterschaft nicht mehr zu nehmen sei, witterte eine Sensation. Auf den Tribünen konnte man sein eigenes Wort nicht mehr verstehen.

„Noch sieben Minuten", rief Peters von der Mittellinie.

Kurz darauf verhängte Schiedsrichter Koppehel einen Freistoß für die Charlottenburger. Hänschen Ritter hatte sich, als der Charlottenburger Drewing wieder einmal alle Gegner glatt überlaufen hatte, nur dadurch retten können, daß er vor der Strafraumlinie Hand machte.

Nun blieb den Wilmersdorfern nichts anderes übrig, als ihre sämtlichen Feldspieler zur Bildung einer lebenden Mauer vor das eigene Tor zurückzuziehen. Nur Heini und Mond hielten sich vorsichtshalber vorn auf. Die meisten Charlottenburger dagegen rückten — ihrer Gegenspieler beraubt — den Wilmersdorfern nach.

Scharfschütze Klappstein knallte den Freistoß mit voller Wucht aufs Wilmersdorfer Tor. Aber der Ball prallte von der Brust des dicken Augustin ins Feld zurück und — bevor einer der aufgerückten Charlottenburger herankam — gelang es Hoffmann, das Leder steil nach vorn zu dem völlig ungedeckten Klaus Mond zu schlagen. Ungehindert konnte dieser die durch das leichtsinnige Vordrängen der Charlottenburger entstan-

dene Situation ausnützen und mit dem Ball bis vor Hummels Tor laufen. Aus kürzester Entfernung schoß er so wuchtig auf das Charlottenburger Tor, daß für Hummel keine Abwehrchance blieb.
Dennoch griff sich Klaus Mond in der nächsten Sekunde entsetzt an den Kopf. Der Ball war vom Torpfosten ins Feld zurückgeprallt.
Aber Torwart Hummel konnte sich des Glücksumstandes nicht lange erfreuen, denn schon war der mitgelaufene Heini heran und brachte das Leder endgültig im Charlottenburger Tor unter.
Der unerwartete, durch ein Tor gekrönte Angriff hatte den Ausgleich, das 3:3, herbeigeführt. Glücklich umarmten die Wilmersdorfer ihren Mittelstürmer.
Beide Mannschaften bekamen von ihren Lehrern die Anweisung, in den letzten Spielminuten kein Risiko mehr einzugehen, sondern lieber die Verlängerung anzustreben. Trotzdem versuchte Heini auf eigene Faust weiter anzugreifen. Aber es nützte nichts. Die Charlottenburger hatten ihren Strafraum zu gut abgeriegelt, drei Mann deckten Heini und auch Hoffmann, Matze und Mond waren ständig von zwei Gegnern umgeben. Nur Plötz fand wenig Beachtung. Schließlich begann auch Heini, sich mit der Verlängerung abzufinden.
Dennoch sollten die kommenden 60 Sekunden die aufregendsten des gesamten Spieles werden.
Unter Aufbietung aller Kräfte gelang es Torwart Hummel, einen Weitschuß, den Hoffmann plötzlich auf das Charlottenburger Tor losgelassen hatte, wegzufangen und den Ball bis weit über die Mittellinie hinaus in die Wilmersdorfer Hälfte

zurückzuschlagen. Einen Augenblick lang roch es für das „Team“ sehr brenzlig, denn der Charlottenburger Mittelstürmer Klappstein war dem weiten Ball nachgeeilt.
Doch da lief auch Hinze aus seinem Tor heraus. Tatsächlich war er früher am Ball als Klappstein. Nur konnte er, weil er sich außerhalb seines eigenen Strafraums befand und daher als Feldspieler galt, das Leder nicht mit seiner Hand berühren.
„Hau den Ball ins Aus!“ rief Bernburg.
Hinze tat wie ihm geheißen, traf aber in der Aufregung so unsicher, daß der Ball nicht in Richtung Aschenbahn flog, sondern im Spielfeld blieb. Hoffmann, der das Leder erwischte und genau wußte, daß im nächsten Moment der Schlußpfiff ertönen mußte, schlug es ziellos nach vorn. Es war ein reiner Zufall, daß der ungedeckt stehende Werner Plötz den Ball bekam.
Niemand war darüber mehr überrascht, als dieser selbst. Unsicher hielt er den Ball an. Erst als er sah, daß er vom gegnerischen Verteidiger angegriffen wurde, machte er eine halbe Drehung. Dann schlug er, sein Gesicht der gegnerischen Seite zugewandt, den Ball völlig unvorschriftsmäßig mit der Fußspitze halbhoch vor das Charlottenburger Tor.
Schon hatte Hummel seine Arme fangbereit, da stieß sich Heini, der fast drei Meter von der Flugbahn des Balles entfernt stand, ganz plötzlich vom Boden ab, flog wie ein Hecht waagerecht durch die Luft, traf den höchstens einen Meter über dem Rasen fliegenden Ball mit der Stirn und lenkte ihn im Flug ins nahegelegene Charlottenburger Tor. 4:3 für Wilmersdorf!
Das Stadion glich einem Hexenkessel. Koppehels Torpfiff ging ebenso im Gebrüll unter wie der nachfolgende Schlußpfiff.

Unter der Querlatte des Charlottenburger Tores lag Heini auf dem Rasen und streckte beide Arme von sich. Matze und Hoffmann warteten erst gar nicht darauf, daß er aufstehen würde, sondern warfen sich rechts und links neben ihn und brüllten ihm von beiden Seiten ins Ohr:

„Wir sind Meister! Wir sind Meister! Wir sind Meister!"

Die anderen benahmen sich auf dem grünen Rasen, als ob sie zu einem Zirkus gehörten. Klaus Mond drehte einen Salto nach dem anderen. Pilz und Frentzel begnügten sich, ein paar Purzelbäume zu schlagen. Plötz, der dicke Augustin, Ritter und Erhardt hatten sich untergefaßt und tanzten im Kreise herum. Hinze warf seinen Teddybären in Abständen immer höher in die Luft.

Regungslos sahen die Charlottenburger diesem Treiben zu. Sie konnten es nicht fassen, daß ihnen im Zeitraum von neun Minuten der sichere Meisterschaftssieg entrissen worden war.

Oben, in der zweiten Tribünenreihe stand Rektor Schulz mit hochrotem Kopf auf der Bank und schwenkte seinen Hut.

„Meine Jungen haben es geschafft!" rief er ein übers andere Mal. Fräulein Nitschke, die neben ihm stand, übte sich als Stehaufmännchen. Aber nicht, weil auch sie vom Siegesrausch erfaßt wurde, sondern weil sie in regelmäßigen Abständen unter den begeisterten Schulterschlägen des Rektors zusammenknickte. Vergebens versuchte sie, ihren Vorgesetzten darauf aufmerksam zu machen, daß ihm seine Jacke über die Arme rutschte, er hörte es nicht. Und er hätte wohl auch nicht mehr viel daran ändern können, denn als das erste Anschlußtor gefallen war, hatte er bereits vor Aufregung sämtliche Knöpfe abgedreht.

Papa Kamke saß ganz still auf seinem Platz.

„Wer hätte das gedacht!" murmelte er nur mehrmals vor sich hin und schüttelte immer wieder ungläubig den Kopf.
Stadtschulrat Schweitzer suchte den Rektor auf.
„Gratuliere Ihnen, Schulz. Das war ja ein tolles Spiel. Kommen Sie mit aufs Spielfeld!"
Mit beiden Armen wild gestikulierend folgte Rektor Schulz dem Schulrat.
„Den hat der Fußball noch auf seine alten Tage erwischt!" lachte E. W. hinter ihm her.
Unten auf dem Spielfeld pfiff Schiedsrichter Koppehel die Mannschaften auf die Mittellinie. Heini, der neben Helmuth Hummel herlief, drückte dem Charlottenburger Torwart die Hand. Er hätte ihm so gern ein paar Trostworte gesagt, aber er wußte nicht recht, wie er das anfangen sollte.
So wandte er sich zur anderen Seite an Werner Plötz:
„Na, Werner, altes Haus? Weißt du nun, warum ich dich aufgestellt habe? Du hast zwei große Momente in diesem Spiel gehabt. In der ersten und in der letzten Minute. Sie haben uns beide ein Tor eingebracht!"
Werner konnte nur noch glücklich lächeln, denn Schiedsrichter Koppehel verkündete in diesem Moment:
„Das Endspiel um die Berliner Schulmeisterschaft gewann Wilmersdorf gegen Charlottenburg mit 4:3, Halbzeit 1:2 Toren."
Dann machte er eine Pause und wandte sich um.
Eine Gruppe würdiger Herren kam auf sie zu. Einer von ihnen trug eine schwere metallene Kette um den Hals, an deren bis fast auf den Leib reichendem Ende ein großes Medaillon angebracht war. Darauf war das Berliner Stadtwappen mit dem Bären eingraviert.

Heini stieß Hinze an.
„Guck mal, der hat den kleinen Sohn von unserem Talisman auf der Brust“, konnte er sich nicht enthalten, zu flüstern.
Aber gleich darauf wurde er wieder ernst. Stadtschulrat Schweitzer überreichte ihm einen riesigen Lorbeerkranz, dessen rotweiße Schleife mit dem Aufdruck „Berliner Meister der Volksschulen“ versehen war.
Dann würdigte der Schulrat in einer kurzen Ansprache den sportlichen Kampf der beiden Mannschaften.
„Es ist mir eine große Ehre“, schloß er, „nun den Herrn Oberbürgermeister unserer Stadt zu begrüßen. Wir sind ihm zu großem Dank verpflichtet. Unser Herr Oberbürgermeister hat sich das Spiel vom Anfang bis zum Ende angesehen und wird nun dem Sieger den Ehrenpreis der Stadt Berlin überreichen.“
Der Ehrenpreis, den Heini mit einigen anerkennenden Worten aus der Hand des Oberbürgermeisters — es war der Herr mit der Kette — empfing, war ein großer, mit einer eingravierten Widmung verzierter Pokal.
Den tiefsten Eindruck machte den Spielern aber doch der Preis des Rundfunks, wenn er auch weniger auf der Wertschätzung des Gemäldes als des Überbringers beruhte. Es war nämlich kein geringerer als Berlins berühmtester Fußballer Hanne Sobek, der das Geschenk überreichte.

XV

Im Stadion-Restaurant herrschte Hochstimmung. Allen voran der Stadtschulrat, daneben der Rektor, die Vertreter der Stadt, der Schulbehörden und der Presse, die Lehrer und Eltern, der

Schiedsrichter, die Linienrichter und die beiden Mannschaften des Vorspiels saßen an langen Tischen und warteten auf die glorreichen Sieger.

Als die beiden Endspielmannschaften, voran das „Team" endlich erschienen, brach noch einmal die Begeisterung auf. Stadtschulrat Schweitzer kam an den Tisch, der für die Spieler reserviert war und erkundigte sich herzlich, ob alles in Ordnung sei.

Heini, der gerade mit Appetit ein Riesen-Schnitzel zerlegte, sah ihn verschmitzt an.

„Darf ich auch hier sagen, was ich mir denke?"

Der Schulrat lachte.

„Aber natürlich. Heute erst recht!"

„Ich habe eine Bitte, Herr Schulrat. Draußen vor der Tür steht der Wallner. Das ist der Spielführer der Pankower. Sie haben ihn ausgestoßen, weil er mich im letzten Spiel absichtlich an das Bein getreten hat."

„So", sagte der Schulrat, „und jetzt bist du böse auf ihn?"

„Nein, Herr Schulrat" – Heini war nun doch ein wenig verlegen – „mein Bein ist ja schon fast wieder in Ordnung. Der Wallner kam heute vor dem Spiel zu mir und da haben wir uns ausgesprochen."

„Das freut mich", sagte der Schulrat.

„Ja", meinte Heini – nun wieder mutig – „und nun hätte ich die Bitte, den Wallner hereinzuholen."

„Ich begreife", sagte der Schulrat lachend, „ich soll jetzt in diplomatischer Mission auftreten. Na, mal sehen, was sich machen läßt!"

Er entfernte sich. Heini verfolgte von weitem gespannt die Unterhaltung, die der Stadtschulrat mit dem Rektor und dem

Turnlehrer der Pankower Schule führte. Als er nach einer Weile feststellte, daß der Turnlehrer aufstand und hinausging, wandte er sich befriedigt seinem Schnitzel zu. Ein paar Minuten später trat Wallner mit strahlendem Gesicht in den Saal. Bald ging es am Tisch der Spieler zu wie in einem Taubenschlag. Jeder hatte jedem etwas zu sagen und rückte von einem Stuhl auf den andern.

Heini hatte es auf Helmuth Hummel abgesehen.

„Du warst heute Weltklasse", bewunderte er ihn.

Hummel hatte inzwischen seinen Schmerz über die verlorene Meisterschaft ein wenig überwunden.

„Jetzt kann ich dir auch endlich gratulieren, Heini", meinte er und reichte dem Wilmersdorfer Spielführer die Hand.

„Ich hab' einen Bombenvorschlag, Helmuth", sprudelte Heini hervor. „Der Hermann Hinze kommt, wenn wir aus der Schule entlassen werden, zu seinem Onkel aufs Land. Du weißt doch, der ist Torwart in unserer Mannschaft bei den ‚Störchen'. Willst du nicht als Nachfolger kommen?"

Hummel überlegte keine Minute.

„Hand drauf, Heini, ist abgemacht!"

Heini erhob sich von seinem Platz. Er beabsichtigte, eine kleine Runde um die Tische der Erwachsenen zu machen. Erst einmal galt es, sich bei seinem Vater zu erkundigen, ob er denn auch mit seinem Sohn zufrieden sei. Papa Kamke klopfte Heini stolz auf die Schulter. Das war bei ihm eine höhere Anerkennung, als wenn er viel Worte gemacht hätte.

Der nächste Weg führte Heini zu Schiedsrichter Koppehel. Er mußte ihm sagen, daß er „wie ein junger Gott" gepfiffen habe. Belustigt über dieses Kompliment, lud der Schiedsrichter Heini zum Sitzen ein.

„Ich habe auch selten ein so faires Spiel gepfiffen", sagte er.
Heini hatte noch eine Frage auf dem Herzen. Seit er in der Umkleidekabine Zeuge der kurzen Unterhaltung zwischen dem Schiedsrichter und Bernburg gewesen war, ließ ihm die Neugierde keine Ruhe.

„Warum sagten Sie vor dem Spiel, Bernburg hätte einen Groll gegen den Fußball?" fragte er den Schiedsrichter.

„Ja", meinte Koppehel, „der gute Bernburg hat mal vor vielen Jahren gesagt, er wolle keinen Fußball mehr sehen."

„Was?" fragte Heini erstaunt, „sowas würde ich nie in meinem Leben sagen!"

Koppehel trank einen Schluck Bier:

„Das hängt mit seinem Bein zusammen, mein Junge!"

„Hat er das Beinleiden denn vom Fußballspielen?"

„Nicht direkt", erzählte Koppehel, „aber damit im Zusammenhang steht es schon. Als Bernburg aus dem Weltkrieg zurückkam, spielte er bei Germania 88. Er war damals auf dem Lehrerseminar. Da fuhr er einmal zu einem Spiel, bei dem seine Germania gegen Luckenwalde antreten mußte, mit dem Motorrad hinter der Mannschaft her. Er kam von einer Vorlesung, es war ziemlich spät geworden und er brauste in einem höllischen Tempo über die mit Glatteis bedeckten Straßen. Dabei stürzte er und behielt nach vielen Operationen sein verkürztes Bein zurück!"

„So hängt das also zusammen!" stellte Heini erstaunt fest.

„Ja", erklärte Koppehel, „Bernburg mußte von da ab auf jeden Leistungssport verzichten. Uns allen hat es furchtbar leid getan. Er war ein guter Kamerad und ein großes Talent. Aber leider war er dem Fußball seit dem Unfall immer etwas böse."

„Er sollte lieber dem Motorsport böse sein!" sagte Heini entschieden.

„Da hast du nicht unrecht, mein Junge", rief jemand von der gegenüberliegenden Seite herüber. „Aber so ungerecht sind die Menschen manchmal!"

Heini, der nicht wußte, wer mit ihm sprach, meinte zögernd: „Aber so ganz hat der Bernburg den Fußball ja doch nicht lassen können! Uns hat er viel geholfen."

„Darum habe ich mich ja auch heute so gefreut, als ich ihn traf", bestätigte Koppehel. „Die Katze läßt das Mausen nicht!" Er lachte schallend und trank einen kräftigen Schluck aus seinem Glas.

„Übrigens" – er prostete seinem Gegenüber zu und fuhr dann zu Heini gewandt fort: „Den Herren da mußt du dir warmhalten. Der bestimmt, ob du gut warst oder nicht. Du kannst es immer montags schwarz auf weiß in der ‚Fußballwoche' lesen!"

Als Heini das Wort „Fußballwoche" vernahm, sprang er wie elektrisiert auf.

„Ja, ja", schmunzelte der Schiedsrichter, „es stimmt schon. Darf ich die Herren bekannt machen. Das ist der berüchtigte E. W. und dieser tüchtige Torschütze hier heißt ... na, sag deinen Namen selbst, mein Junge, ich hab' ihn vergessen!"

Bevor Heini in seiner Aufregung soweit kam, seinen Namen hervorzustottern, fiel E. W. ein:

„Aber, aber, mein lieber Kopekenkarl" – das war der Spitzname, den alte Bekannte des Schiedsrichters gebrauchten – „ich weiß doch, wen ich hier vor mir habe!" Er reichte Heini über den Tisch die Hand. „Du bist doch der kleine Kamke, nicht wahr?"

Heini bekam einen roten Kopf vor Freude und Stolz. Das passierte ihm nicht oft.
„Komm doch ein bißchen zu mir", lud ihn E. W. freundlich ein und zeigte auf einen leeren Stuhl neben sich.
Das ließ sich Heini nicht zweimal sagen. Er flitzte um den Tisch herum, fand aber doch noch so viel Zeit, Hoffmann, Matze und Ritter im Vorbeigehen zu alarmieren.
Als E. W. die jungen Fußballer einen Augenblick später ganz zufällig hinter sich stehen sah, drehte er sich um.
„Warum steht ihr denn?" meinte er lächelnd, „ihr habt euch doch genug angestrengt heute! Holt euch doch ein paar Stühle her!"
Im Halbkreis saßen die Jungen bald darauf um den berühmten Sport-Journalisten. Mit einer Aufmerksamkeit, die Rektor Schulz in Erstaunen gesetzt hätte, hörten sie Ernst Werner's Erzählungen zu. Er berichtete von vergangenen Fußballzeiten und von berühmten Spielern, die er schon gekannt hatte, als sie noch im Alter der Jungen waren, die heute die erste Sprosse des Fußball-Ruhms erklommen hatten. Sie merkten gar nicht, wie die Zeit verflog und als sich E. W. schließlich erhob, um sich zu verabschieden, da wollten sie nicht glauben, daß inzwischen eine ganze Stunde vergangen war.
Es dauerte aber doch noch eine Weile, bis E. W. endgültig das Lokal verlassen konnte. Die Kollegen von der einen oder anderen Zeitung hielten ihn mit Fragen auf, ein paar Lehrer kamen, um schnell seine Bekanntschaft zu machen, Rektor Schulz gab nicht eher Ruhe, bis er seine neue Freundschaft mit einem Kognak besiegelt hatte und selbst Papa Kamke wagte es, zu einem Abschiedshändedruck in den Kreis zu treten, der sich um E. W. gebildet hatte.

Niemand bemerkte in dem allgemeinen Wirrwarr, daß Heini Kamke das Lokal verlassen hatte.
Draußen war es inzwischen fast dunkel geworden. Heini stand vor dem Eingang und wartete.
Endlich fiel ein Lichtstrahl durch den sich öffnenden Spalt der Tür. E. W. trat heraus. Er atmete tief die frische Luft ein. Dann schritt er über den schmalen Weg zum Stadionausgang.
Heini, der in einer Ecke versteckt gestanden hatte, lief hinter ihm her.
„Herr Werner!"
Der Angerufene drehte sich um.
„Ja, was ist denn? Habe ich mal wieder etwas liegen gelassen?"
„Nein", sagte Heini, der inzwischen bei Ernst Werner angelangt war, „ich wollte fragen, ob ich Sie einen Augenblick in einer ernsten Angelegenheit sprechen könnte?"
„Du mich? Jederzeit. Wo brennt's denn?" fragte E. W. zurück und setzte lachend hinzu: „Aber bestechen lasse ich mich nicht!"
„Meine Frage ist ganz privat", sagte Heini ernsthaft.
Ernst Werner blieb stehen. In dem Ton des Jungen schwang etwas mit, das ihn aufmerksam werden ließ.
„Na, dann schieß mal los!" sagte er aufmunternd und lehnte sich an das kleine Kassenhäuschen, vor dem sie standen.
Heini fragte zaghaft:
„Haben Sie Ihr Abitur gemacht, Herr Werner?"
„Hast du bei mir Bildungslücken entdeckt?" meinte Ernst Werner scherzhaft. „Aber wenn es dich beruhigt: ich habe es gemacht. Es ist nur schon ziemlich lange her!"

Über Heinis Gesicht zog ein Schatten.

„Schade!“

„Was ist schade?“

„Schade ist, daß ich mir etwas ausgedacht habe, was nun nicht mehr geht!“

„Was geht nicht mehr?“

„Peters hat also doch recht gehabt“, antwortete Heini etwas ungenau, „als er von Allgemeinbildung sprach und meinte, man müsse sein Abitur machen.“

„Also, nun erzähl mal richtig“, sagte Ernst Werner jetzt energisch. „Ich verstehe ja gar nicht, worauf du hinaus willst.“

Da schüttete Heini sein Herz aus. Er berichtete von seiner Unterhaltung mit Peters und davon, daß er einmal Fußballberichte schreiben möchte. Das Wort „Journalist“ vermied er auch jetzt.

Ernst Werner, der ruhig zugehört hatte, meinte zum Schluß:

„Nun ja, mein Junge, grundsätzlich stimmt das, was dein Lehrer dir erzählt hat. Aber es gibt auch im Journalismus außergewöhnliche Laufbahnen.“

„Das meinte Peters auch!“ fiel Heini begeistert ein, „und darum bin ich ja auch auf meine Idee verfallen!“

„Was für eine Idee ist es denn?“

„Ich wollte fragen, ob ich nicht nach der Schulentlassung bei Ihnen als Lehrling eintreten könnte?“

Der Satz war raus. Heini atmete erleichtert auf.

„Donnerwetter!“ meinte E. W. „Mut hast du!“

„Ich soll eigentlich bei einer Versicherung anfangen“, erzählte Heini, dem nun das Herz wieder leichter war. „Aber dazu habe ich gar keine Lust. Immer nur Zahlen! Ich kann

überhaupt nicht rechnen! Höchstens noch Torverhältnisse —" setzte er mit einem kleinen Lachen hinzu.
„Hm", meinte E. W. schmunzelnd, „das ist immerhin schon eine Voraussetzung für die zukünftige Journalistenlaufbahn!" Dann wurde er ernst: „Hast du denn schon mit deinen Eltern gesprochen?" fragte er.
„Nein", gestand Heini, „ich wollte erst einmal hören, was Sie dazu sagen."
„Also, paß mal auf, Kamke", sagte E. W. jetzt, „hier in fünf Minuten kann man eine so wichtige Entscheidung nicht treffen. Ob deine Begabung wirklich groß genug ist, um die äußeren Schwierigkeiten, die dir nun mal durch deine Vorbildung gesetzt sind, zu überwinden, läßt sich überhaupt erst nach längerer Beobachtung beurteilen. Ich hab' das Gefühl —", E. W. sah Heini wohlwollend an — „als ob mit dir was los sei. Aber so ein Gefühl kann auch täuschen. Immerhin — ein Versuch kann ja nichts schaden. Darum mache ich dir einen Vorschlag: sprich mit deinen Eltern. Wenn sie gewillt sind, würde ich dich eventuell bei mir aufnehmen."
„Eventuell?" fragte Heini. „Könnten Sie es nicht bestimmt zusagen?"
„Junge, Junge", lachte E. W. „Du gehst aber nicht nur beim Fußball ran. Immerhin, das ist ein gutes Zeichen. Du hast Glück. Ich habe vor kurzem gerade mit meinem Verleger darüber gesprochen, daß wir in der Redaktion einen jungen fixen Mann gebrauchen könnten. Warum sollst du es nicht sein? Ruf mich also an, sobald du mit deinen Eltern gesprochen hast."
Er reichte Heini die Hand und war bald darauf mit schnellen Schritten in die Dunkelheit entschwunden.

Heini blieb einen Augenblick ganz still stehen. Er sah zum Himmel auf, an dem jetzt die ersten Sterne leuchteten. Es gelang ihm nicht gleich, Ordnung in seine Gedanken zu bringen, und er überlegte, was nun eigentlich das Schönste an diesem ereignisreichen Tag gewesen war: seine vier Tore, die Meisterschaft, die Begegnung mit dem berühmten E. W. oder die Aussicht, eine Lehrstelle bei ihm zu bekommen.

Als er in das Lokal zurückkehrte, war es schon ziemlich ruhig geworden. Bernburg und Koppehel hatten sich an einem verwaisten Tisch zusammengefunden und tauschten Erinnerungen aus. Lehrer Peters war schon heimgegangen.

Rektor Schulz saß mit Papa Kamke und Frau Ritter in einer Ecke und klärte sie über die Vorzüge des Fußballsports auf. Ihnen gegenüber hockten die Mitglieder des „Teams", eifrig bemüht, kein Wort von den Lippen ihres Rektors zu verpassen. Aber das Grinsen auf ihren Gesichtern konnten sie schlecht verbergen.

Sobald Rektor Schulz eine kleine Pause einlegte, tippte Heini seinem Vater unauffällig auf die Schulter.

„Laß uns nach Hause fahren, ja Papa?"

Papa Kamke wunderte sich. Heini gehörte doch sonst immer zu den Letzten, wenn irgendwo etwas los war. Aber Papa Kamke dachte an seinen morgigen schweren Arbeitstag und war gern bereit, mitzugehen. Auch Werner und Matze schlossen sich an.

Im Zug nach Wilmersdorf war Heini so einsilbig, daß es sogar den Freunden auffiel.

„Was hast du denn? Freust du dich denn nicht mehr?"

„Doch", sagte Heini und erfand schnell eine kleine Notlüge. „Mein Bein schmerzt wieder ein bißchen."

Er wollte vor den Freunden nicht gern von dem umwälzenden Ereignis sprechen, das sich vorhin in der Dunkelheit der Nacht für ihn vollzogen hatte. Sie würden es ja noch früh genug erfahren.

Aber zu Hause, als er mit Vater und Mutter Kamke im Wohnzimmer um den Tisch saß – Mutter Kamke hatte noch einen Tee gekocht und ihre beiden Männer hatten ausführlich von den vielen gewaltigen Begebenheiten des Tages berichtet –, faßte er sich endlich ein Herz. Er war schon eine Weile unruhig auf seinem Stuhl herumgerutscht, während Papa Kamke von seiner Begegnung mit Ernst Werner erzählte und nun schon zum fünften Male bestätigte, was für ein reizender Mensch dieser berühmte Journalist sei und gar nicht eingebildet, – da nahm Heini die Gelegenheit wahr und fragte so nebenhin:

„Was würdest du denn sagen, Papa, wenn ich als Lehrling zur ‚Fußballwoche' ginge?"

Mutter Kamke wäre beinahe die Teetasse aus der Hand gefallen, aus der sie gerade trinken wollte. Sie stellte sie klirrend auf den Unterteller zurück.

„Was soll denn der Unsinn, Heini? Du hast dich doch schon bei der Versicherung vorgestellt!"

Papa Kamke lachte nur.

„Beruhige dich, Mutter. Das sind mal wieder die bekannten dummen Redensarten deines Sohnes!"

„Nein, Vater", sagte Heini seltsam ernst, „diesmal nicht. Ich habe mit Ernst Werner gesprochen. Er kann mich gebrauchen."

Nun verging auch Papa Kamke das Lachen.

„Was hast du?" polterte er los. „Mit E. W. gesprochen?

Wann denn, wenn ich fragen darf? Erzähl doch keine Märchen!"
„Ich bin ihm nachgelaufen, als er das Restaurant verließ!" gestand Heini. Er war jetzt doch ein wenig kleinlaut.
„Und da hat er dich da draußen vor dem Lokal so mir nichts dir nichts eingestellt?"
„Er braucht sowieso einen jungen Mann, hat er gesagt, und ich sollte mit dir sprechen!"
„O Gott, o Gott, Heini, was machst du nur für Sachen!" stöhnte Mutter Kamke. Sie war fast dem Weinen nahe. „Die gute Stelle bei der Versicherung. Die kannst du doch nicht einfach aufgeben!"
„Nun warte mal einen Augenblick, Mutter", tröstete Papa Kamke. „Die Stelle ist er ja noch nicht los. Da haben wir ja auch noch ein Wörtchen mitzureden. Heini soll jetzt erst mal genau sagen, was sich überhaupt zugetragen hat."
Nun erzählte Heini von den beiden schwerwiegenden Besprechungen, die er an diesem Tage mit Herrn Peters und Ernst Werner über seine Zukunft geführt hatte. Er verschwieg nicht die Bedenken, die beide gehabt hatten; aber als er an den Punkt kam, an dem von der außergewöhnlichen Begabung die Rede war, die sich trotz aller Schwierigkeiten durchsetzen könne, schilderte er seine Zukunft mit einer solchen Überzeugungskraft, daß Papa und Mutter Kamke glauben konnten, sie hätten ein Genie großgezogen. Mutter Kamke ließ sich dadurch nicht im geringsten beirren. „Das sind doch alles Luftschlösser, Heini. Kein Mensch weiß, ob du in so einem Beruf überhaupt mal etwas verdienen kannst. Aber als Versicherungsbeamter kriegst du später sogar eine Pension. Die Versicherung ist doch etwas viel sichereres, nicht wahr Papa?"

Papa Kamke schrak aus seinen Gedanken auf.
„Ich weiß nicht, Mutter, wenn man den Heini so reden hört!"
„Aber das ist es ja gerade", beharrte Mutter Kamke, „der redet wie ein Buch, doch das ist alles nichts reelles. Fußball ist nur ein Sport und wenn der mal kaputt geht, dann geht auch die Zeitung kaputt, die darüber schreibt. Und dann sitzt unser Heini da und hat nichts Richtiges gelernt!"
„Na, so ist es ja auch wieder nicht", lachte Papa Kamke. „Der Fußball hält schon noch ein Weilchen. Und schließlich ist ja der E. W. immerhin ein Mann, den man achten muß. Und wenn der es mit unserem Heini wirklich versuchen will ..."
Heini sprang auf.
„Ich darf also, Papa?"
„Nun mal nicht so hastig!" wehrte Papa Kamke ab. „Aber ich will deiner Zukunft nichts in den Weg legen. Ich habe ja selber schon oft gedacht, daß der Fußball das einzige ist, wofür du geboren bist. Du könntest es ja immerhin erst mal bei E. W. versuchen. Und wenn es nicht geht, dann mußt du eben auf die Versicherung umsatteln."
„Nie, Vater", sagte Heini, „ich verspreche dir, daß ich mich bei der ‚Fußballwoche' furchtbar anstrengen werde. Du sollst sehen, du bist noch mal stolz auf mich, später."
„Abwarten", meinte Papa Kamke, „hoffentlich ist es nicht so ein Strohfeuer wie damals beim Malen hier in der Wohnung!"
Damit beschloß er die Unterredung. Mutter Kamke setzte die Teetassen ineinander. Sie glaubte nicht, daß Heinis Vorhaben gut und richtig war. Sie hatte es ja immer schon gesagt, daß der Fußball ihren Heini nochmal ganz verrückt machen

würde. Aber sie wagte nicht mehr zu widersprechen. Wenn Papa Kamke nach langem Nachdenken einen Entschluß gefaßt hatte, dann stand er felsenfest. Daran konnte sie erfahrungsgemäß doch nichts mehr ändern. In einer Woche würde Heini also statt zur Versicherung zur ‚Fußballwoche' gehen.
Für Heini verging diese eine Woche bis zum Schulschluß wie im Fluge. Papa Kamke schrieb einen Brief an die Versicherung, in dem er bat, seinen Sohn aus der Lehrstelle freizugeben. Aber er bestand darauf, daß Heini diesen Brief persönlich überbrachte, um sich zu entschuldigen. Einen Tag später nahm sich Papa Kamke extra ein paar Stunden frei, um mit Heini zusammen alle Abmachungen bei Ernst Werner zu treffen.
Als Heini dem „Team" endlich von seinen neuesten Zukunftsaussichten Mitteilung machte, war des Bewunderns kein Ende. Die gesamte Mannschaft fühlte sich dadurch geehrt, daß einer von ihnen bei dem bekannten Fußballjournalisten in die Lehre gehen sollte.
Auch gab es in diesen Tagen noch viel zu überlegen und zu planen. Das Garnituren-Geld mußte auseinandergerechnet werden, und das war gar keine einfache Sache. Staneck erhielt sein Geld zurück, das er für die Taxe zum Spandauer Spiel beigesteuert hatte, Peters ebenfalls.
Aber darüber hinaus plante das „Team" noch einige Überraschungen für die große Feier, die ihre Schulzeit beenden würde. Vor allem sollte Peters dabei mit einem großartigen Geschenk bedacht werden. Das, fand das „Team", war es dem guten Freund schuldig. Und außerdem hielt es diesen Weg für die „diskreteste" Form, Peters das Geld, das er bei Benscher für die Garnituren verauslagt und das ja inzwischen dem „Team" vom Rektor ersetzt worden war, zurückzuerstatten.

Endlich war der große Tag gekommen. Zum letzten Male versammelten sich die Schüler der 1. Klasse in ihrem Schulzimmer, um ihre Abgangs-Zeugnisse in Empfang zu nehmen. Diesmal gab es nur glückliche Gesichter. Sogar das Sorgenkind, Klaus Mond, strahlte. Er konnte sich selbst nicht erklären, wie er es fertig gebracht hatte, seine Deutsch-Zensur innerhalb eines halben Jahres von einer 5 auf eine 3 zu verbessern.

Gerd Hoffmann flüsterte ihm verschmitzt ins Ohr:

„Wenn du im Endspiel das Siegestor geschossen hättest, stände vielleicht sogar eine 2 da!"

Robert Bernburg hatte seinem „Team" ein besonderes Abschiedsgeschenk gemacht. Hinter dem Fach „Turnen" stand bei jedem der Spieler, sogar bei Heini und dem dicken Augustin, eine glatte 1!

Nach der Zeugnisverteilung versammelten sich die Schüler aller Klassen in der Aula. Auf der rechten Seite hatten die Lehrer in der ersten Reihe Platz genommen. Links saßen die Jungen der 1. Klasse, die nun nach ihrer achtjährigen Schulzeit ins Leben entlassen werden sollten.

Rektor Schulz sprach vom Podium aus zum letzten Male mit herzlichen Worten zu ihnen. Der Schulchor beschloß mit einem Choral den ersten Teil der Feier.

Dann folgte die kleine Extra-Veranstaltung, in der die großen Erfolge des siegreichen „Teams" noch einmal gewürdigt wurden.

In ihrem Fußballdreß, den sie vor dem Betreten der Aula schnell angelegt hatten, traten die 13 Spieler vor das Podium, über dem eine große Fotografie ihrer Meistermannschaft angebracht war.

Rektor Schulz übergab jedem von ihnen ein großes, reich mit Bildern versehenes Buch über die letzten Olympischen Spiele. Auf der ersten Seite befand sich das gleiche Mannschaftsbild, das über dem Podium hing. Der Rektor hatte eigenhändig eine Widmung darunter geschrieben.

Heini hatte als Spielführer die Aufgabe, den Ehrenpokal des Oberbürgermeisters der Stadt Berlin und den Preis des Rundfunks an die Schule zu übergeben. Rektor Schulz stellte beide stolz auf den Tisch, auf dem sie für die kommenden Schuljahre den Ehrenplatz erhalten sollten.

Werner Plötz trug unter jedem Arm ein dickes, gebundenes Buch herbei. Darin waren alle Spiele, ihre Mannschaftsaufstellungen, Torschützen und Ergebnisse verzeichnet. Eines der Bücher bekam der Rektor und das andere Turnlehrer Bernburg.

Nun aber kam erst die große Sonder-Überraschung, an der das „Team" lange geknobelt hatte. Nach viel Hin und Her hatte sich Vater Plötz einverstanden erklärt, auf jedes der beiden, von den 15 Garnituren übrig gebliebenen Hemden, die auf Leinenstreifen aufgemalten Namen der Fußballer anzubringen. Im letzten Augenblick war es Heini eingefallen, daß man die Rückseite der blauen Hemden auch noch mit den Ergebnissen der Endrundenspiele versehen könnte.

„Gott sei Dank, daß Hemden nicht vier Seiten haben", hatte Vater Plötz gemeint, sich aber dann doch gutmütig bereit erklärt.

Jetzt überreichte Heini diese wertvollen Erinnerungsstücke mit einem herzlichen Dank an die beiden treuen Begleiter ihres Siegeslaufes, an den Turnlehrer Bernburg und den Rechenlehrer Peters.

Bei Peters blieb Heini einen Augenblick länger stehen.

„Nun“, fragte der Lehrer, „gibt es noch etwas?“
„Ja“, sagte Heini und griff nach einer kleinen Bronzestatue, die Werner Plötz soeben herangebracht hatte. Es war eine Nachbildung der „Viktoria“. Das „Team“ hatte die bedeutsame Summe von 30 Mark dafür geopfert.
Heini strich behutsam über die Konturen der Statue.
„Das ist für Sie, Herr Peters“, sagte er, „weil Sie uns doch beigebracht haben, was der Spruch auf dem Sockel bedeutet.“
Peters nahm, herzlich dankend, die kleine Nachbildung der großen Viktoria aus Heinis Hand.
„Willst du uns das Geheimnis eures Erfolges einmal vorlesen, Heini?“ fragte er und deutete auf die Inschrift.
Heinis klare Stimme drang durch den großen Raum:

„Elf Freunde müßt ihr sein,
wenn ihr Siege wollt erringen!“

PERSONEN-VERZEICHNIS

Die Fußballspieler des „Team"
(5. Volksschule Berlin-Wilmersdorf)

Torwart: Hermann Hinze
Verteidiger: Georg Frentzel, Heinz Augustin
Läufer: Erwin Pilz, Hänschen Ritter, Helmut Kaiser
Stürmer: Klaus Mond, Gerd Hoffmann, Heini Kamke, Matze Krause, Heinrich Erhardt, Wolfgang Schöne, Werner Plötz

Bekannte Fußballspieler:

Hans Appel, Kurt Berner, Kurt Morokutti, Franz Valinski (alle BSV 92), Kurt Elsholz (Minerva 93), Rudi Gellesch, Ernst Kuzorra, Ernst Poertgen, Fritz Szepan, Adolf Urban (alle Schalke 04), Raimond Orsi (Juventus Turin), Werner Sienholz (Viktoria 89), Hanne Sobek (Hertha BSC).

Lehrkräfte:

Rektor Schulz
Rechenlehrer Peters
Turnlehrer Robert Bernburg
Klassenlehrer Benecke
Lehrerin Fräulein Nitschke
Stadtschulrat Schweitzer

Sonstige Namen:

Ernst Werner (Chefredakteur der „Fußballwoche"), Carl Koppehel (Schiedsrichter), Rolf Wernicke (Rundfunkreporter), Mannschaftsbetreuer Bernhard Engler, Sporthausbesitzer Fritz Benscher

Mannschaften (Vereine):

BSV 92 (Störche)
Hertha BSC
Minerva 93
Viktoria 89
Schalke 04
Polizei Chemnitz
York Insterburg
VfL Benrath
1. FC Nürnberg
Preußen Berlin
Spandauer SV
Blauweiß Berlin
Germania 88
Olympia 07
Nowawes 03